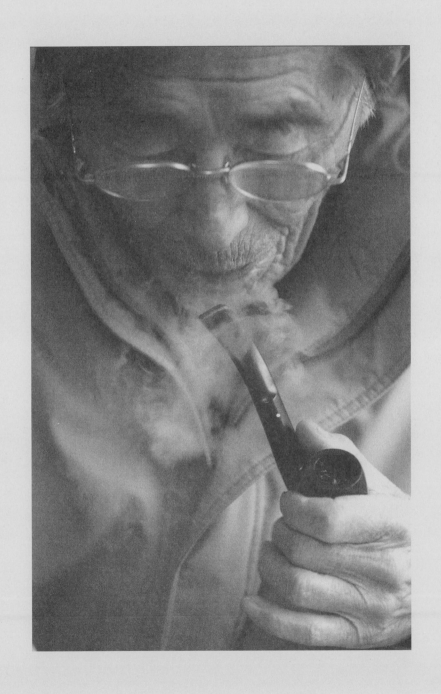

1·2

3

1 1948년 1월 평양종합대학 2학년 때 남쪽으로 내려오던 중 철원에서 후배들과. 앞쪽이 시인.
2 1960년 자유문협상 시상식에서. 앞줄 왼쪽에서 두번째가 시인.
3 1951년 '후반기' 모더니즘 동인 운동 시절.

4

5

4 1974년 11월 27일 민주회복국민회의 '국민선언' 발표일. 오른쪽 넷째 줄 왼쪽에서 첫번째가 시인.
5 1978년 한국문학사 주최 시상식에서, 왼쪽부터 시인, 박양균, 김동리, 김요섭, 이호철.

6

6 1982년의 사진. ⓒ 박용식
7 1985년 시선집 『깨끗한 희망』 출간기념회에서. 왼쪽부터 이만주, 진관, 문익환, 시인, 박태순, 강승원, 이문구.

7

8·9

10

10 1989년 민족문학작가회의 대회에서 남북문학교류 선언문을 낭독하는 모습.
11 1993년 정치일선에서 물러난 김대중 전 대통령을 격려하기 위해 남정현 구중서 송영 등의 문인들과 함께 동교동 자택을 방문한
   자리에서. 앞줄 맨 오른쪽이 시인.

11

12·13

12 2006년 제21회 만해문학상 시상식에서. 앞줄 왼쪽부터 현기영, 민영, 김윤수, 이정재, 시인, 인병선, 박후기, 고은강, 김종훈,
    뒷줄 왼쪽부터 김사인, 황현산, 구중서, 이시영, 천양희, 백낙청, 최원식, 고세현.
13 2007년 민영 시인과 함께.

14

14 2001년 '통일염원시각전(詩刻展)'을 준비하는 모습.

김규동
시전집

김규동
시전집

창비

작가의 자세

　이만 데려가주었으면 싶지만 그렇지가 않다. 죽음은 고통이 무엇인지 알아야 한다며 시간을 끄는 것 같다. 거동을 못한 지 이제 구개월. 글, 쓸 수가 없다.

　가족이 시전집 이야기를 꺼냈을 때 나는 반대했다. 그것은 사후에나 생각해볼 문제다. 전집이란 대시인, 대작가의 몫이다. 군소 시인에게 그런 책은 당치 않다.

　생각이 그랬으나 아버지가 생전에 교정(수정·첨삭)을 봐주어야 하겠다며 집안의 아이들이 서둘러 결국 이렇게 큼직한 책으로 나오게 되었다.

　이 험한 책을 사랑한 창비와 시론을 써주신 이동순 교수께 감사드릴 따름이다.

2011년 2월
김규동

일러두기

1. 『나비와 광장』(산호장 1955) 이후 단행본 시집을 간행연도순으로 수록하고 미간행 시는 마지막에 실었다. 작품 수록순서는 단행본 시집의 것을 따르되 같은 작품집 안에서 일부 순서를 조정했다.
2. 한 작품이 이후 시집이나 선집에 재수록된 경우 처음 출간된 시집에 한번만 수록하였다. 이후에 개작된 시는 그 내용을 반영해 실었다.
3. 띄어쓰기와 한자, 구두점 등은 현행 표기법에 따라 저자와의 협의를 거쳐 일부 수정했다.
4. 이 전집에 실린 모든 시의 출판권은 창비에 있다.

차 례

깨끗한 희망

하나의 세상

오늘밤 기러기떼는

생명의 노래

미간 시편

나비와 광장

산호장 1955

하늘과 태양만이 남아 있는 도시

슈—샤인

애수에 젖어
소리에 젖어
오늘도 나는 이 거리에서
도대체 어디로 가는 것인가

계절을 잃은 남루를 걸치고
숱한 사람들 속 사람에 부대끼며
수없는 시선에 사살되면서
하늘이 그리운 것이 아니라
인제 저 푸른 하늘이 마시고 싶어
이렇게 가슴 태우며
오늘도 이 거리에서
나는 어디로 가는 것이냐

간판이 커서 슬픈 거리여
빛깔이 짙어서 서글픈 도시여

추잉검을 씹어
철사처럼

가늘어진 허리들이
색깔 검은 아이를 배었다는 이야기는
차라리 아무것도 아닌 것이고

방금
회색의 지평을 달려온
그 승용차가
초록빛 커튼이 흘러나오는 이층집
여인들의 허리춤에
보석훈장을 채워줬담도
아무것도 아닌
그저 흘려버릴 수 있는 소문이란다

그 어느날
바닷가에서
가을이 비 오는 바닷가에서
갈매기가 그리는 애상의 포물선에
흰 이마를 적시며
젊은 소설가는
그가 거느린 가족의 몰살을 기도하였고
나는 나대로

전날
컴컴한 와사등(瓦斯燈)의 지하실에서
하얀 환약을 삼키고 쓰러진
시인의 손을 잡았던 것도
벌써 아무것도 아닌 지나간 이야기여서

쇼윈도우의 추녀 밑에 멈춰서면
아
그대와 나
이 거리에서
참말 떳떳한 몽유병자였구려

오늘도 밀선(密船)은
홍콩에서
하와이에서
대만에서
파라솔처럼 팽팽한
하늘을 둘러쓰고
이 항구로 달려든다 하였지―

몰아치는

검은 바람을 안고
섰어
공장 굴뚝들은
폐마처럼 숨이 가쁘냐

한 폭
정물처럼
고요한 전함(戰艦)들이 뒹굴어 있는
오후의 해상에 그림자를 흘리며
비행기는 허망한 공간에서
내일이 권태롭구나

패스포트처럼 쉽게 통과하는
로터리의 물결에 섞여―

슈―샤인

애수에 젖어
음향에 젖어
저물어가는 태양 아래
아, 나는 어디로 가는 것인가

간판이 커서 기울어진 거리여
빛깔이 짙어 서글픈 도시여.

화하(花河)의 밤

꽃이 지는 밤
탱크가 스쳐지난
바람 속에 서면
미래의 시선(視線) 위엔
오늘도
황토빛 태풍의 원경(遠景)이 얹혀지고

파리, 런던, 몬테칼로
도시의 상공마다
연기처럼 어리는
1953년의 비행운(飛行雲)은
불안한 세대의 기류(氣流) 위에 떨어지는
불행한 저음(低音)

"나는 당신이 권하는 대로 충계를 올라갈 수가 있을까요?"

유리창에 밀려오는 무수한 밤의 손
폐혈관에 스며드는
여자의 입김

까마귀와 같은

환상의 행렬을 따라
검은 층계를 올라가면
거기 마그네슘처럼 빛나는
샹들리에의 밀림이 있고
피 묻은 테이블을 둘러싸고 앉은 사람들은
저마다 식인종처럼
가벼운 웃음을 웃는다

"전쟁은 지금이 한창이라지요?"

아무도 귀기울이는 이 없는 공간 속에
싸움터의 소식은 가라앉아가고

먼 해변의 달빛 아래
비처럼 내리는 장송곡의 여운을 듣는다

"이 밤 우리들은 무엇을 이야기할까요?"

사랑하는 벗이여
너와 나는
또다시 무엇을 약속하며

이 밤의 층계 위에 서야 할 것인가?

기도

신문기자에게
당신은 의자를 줄 것입니다
그 모든 신문기자와 같은 사람들에게
지리한 운문으로 차 있는 화술(話術) 대신에
흰 커버를 씌운 의자를 내어줄 것입니다

음악은
거친 그들의 손을 씻어주는
독한 약품입니까?

바람 속에
고정된 뇌실(腦室) 안에서
수은주가 새기는 붉은 신호!

시멘트로 포장된
해변의 산보로(散步路)에 떨어지는
여자의 노크 소리

창백한 태양의 계곡을 뚫고
폭군처럼 질주하는 국제열차의 창가에 기대어
나는 기중기에 걸린

여자의 허리를 조망할 것입니다

검은 도시의 건물로부터
기어나오는 사람들은
무장경비대원의 총구 앞에
사살되고

교회당에서
밀려나온 어린 딸들은
붉은 장미꽃을 뿌리며
피 묻은 바다의 층계를 내려갑니다

야자수 그늘처럼 잔잔한
검은 운하,
성좌 위에서
내가 조감하는 화려한 불기둥!

아, 당신은
이 모든 사람들에게 의자를 내어줄 것입니다
그 모든 신문기자와 같이 날랜 사람들에게
흰 커버를 씌운 의자를 내어줄 것입니다.

전쟁과 나비

능선마다
나부껴오는
검은 사정권(射程圈)

속력의 질주는
재빨리
정신의 마디마디를
역사(轢死)시켰다

때마침
흑인 병사의 보행은
나의 환상 속에
코뮤니즘과 같은
검은 유혈을 전파하고,
수술대에 누운 나는
창백한
신경조직의
반사(反射)를 바라다본다

광란하는 바다
파열하는 빛깔 속에

낙하하여가는
선수들의 포물선—

그럴 때마다
새하얀 광선을 쓰며
전쟁의 언덕을 올라오는
어린 나비들은
믿기 어려운 네온사인의 영상(影像) 속에
마그네슘처럼 투명한 아침을 폭발시키는 것이다.

뉴스는 눈발처럼 휘날리고

낙하하는 화환의 밀림
불길 이는 초토의 해안
어두운 태풍경보의 초침 위에
육중한 물리(物理)는
저의 역학을 뽐내며
속력을 놓는다

눈발처럼 휘날리는
뉴스의 파편
하강하는 대기 속
항로를 더듬는 제트기의 비행마다
질식한 비둘기의 울음소리가 있다

이 시간
시민들의 마음은
회상의 요철면(凹凸面) 위에 있고
그 어느 능선의 황혼 속에 무참히 쓰러진
전우의 죽음에 대하여
아무도 이야기하지는 않는다

풍선처럼 이동하는

화환의 산야
검붉은 전쟁의 광선을 쓰고
화려한 고독이
죽은 미래의 지평을 질주하고 있다

연구실을 나오는
아인슈타인 박사의 기침소리

박수처럼 일어나는
선수들의 아우성
피스톤의 교성
온갖 부서진 잔해들이
내일을 질주한다

이윽고 숨가쁜 바람 속에
알지 못할 아침은 다가오고

나는 신경외과의
유리창에 기대어
옛날의 코발트빛 하늘을 펼쳐보는 것이다.

검은 날개
전쟁

기독(基督)에 혹사(酷似)한
가슴의 상흔

로켓의 사면(斜面)에 굽이치는
탄환의 비래(飛來)

새하얀 골격을 하고 내가 서 있다
화성의 평면에

1초
2초
3초
4초

무거운 하늘의
회색 뚜껑을 열어제치고
모든 신들은
세기의 종말 위에
검은 화환을 뿌리며
지상의 희극 앞에
눈을 감는다

쇠잔한 북극의 태양처럼, 또는
침묵한 해협과도 같이

이윽고
먼 하늘에 상장(喪章)처럼
날리는
오! 화려한 그림자여
검은 날개여.

원색의 해안에 피는 장미의 시

그들은
몸서리치는
팔다리를
아무렇게나 내어던지고 갔습니다

원색처럼 짙은
지폐의 푸른 계곡에서
정치가들은
구릿빛 황혼을 향해 외쳐대고

태풍과도 같이
독재자의 군대가
탱크를 굴려가던
찢어진 공간을 향해
마지막 깃발을 내젓던 소년은
지금 저 건물 밑에 누워 있습니다

테이블 위에
버려진 한 장의 러브레터

장미처럼 타는 태양을 지니고

철없는 여자들은 층계를 내려갑니다

나의 포켓 속에
지도처럼 구겨지는 빙하의 태양

끝나지 않는 여정
끝나지 않는 총구의 표준거리

―당신이 엿보는 나의 심리의 해저(海底)―
그러나
나는 또하나 다른 망명의 좌표 위에 있습니다.
아, 낙화처럼 날리는 황혼의 군가소리

문득
풀벌레의 울음소리를 딛고
목쉰 하늘을 쳐다보는
젊은 병사의 안구

제트기가 그리는 포물선의 속도는
요원한 지구의 평면 위에
낙하산처럼 빛나는

전망을 가져옵니다

―영시 사십분
아무런 일도 없습니다
원색의 해안, 희디흰 죽음
장미와 지도 위에.

나비와 광장

현기증 나는 활주로의
최후의 절정에서 흰나비는
돌진의 방향을 잊어버리고
피 묻은 육체의 파편들을 굽어본다

기계처럼 작열한 심장을 축일
한 모금 샘물도 없는 허망한 광장에서
어린 나비의 안막을 차단하는 건
투명한 광선의 바다뿐이었기에—

진공의 해안에서처럼 과묵한 묘지 사이사이
숨가쁜 제트기의 백선과 이동하는 계절 속—
불길처럼 일어나는 인광(燐光)의 조수에 밀려
흰나비는 말없이 이즈러진 날개를 파닥거린다

하얀 미래의 어느 지점에
아름다운 영토는 기다리고 있는 것인가
푸르른 활주로의 어느 지표에
화려한 희망은 피고 있는 것일까

신도 기적도 이미

승천하여버린 지 오랜 유역—
그 어느 마지막 종점을 향하여 흰나비는
또 한번 스스로의 신화와 더불어 대결하여본다.

불안의 속도

볼록렌즈를
쓰고
내가 거리를 간다

활자처럼 다가와
나의 이마에
나의 가슴에
나의 관절에
나의 동자(瞳子) 안에
정면충돌하는
중량, 중량, 중량

"절망과 공포 아, 끝없는 객혈이라오"

만나면 모두
세균학자처럼
싸늘한 체온을
내 손의 표피 위에 남겨놓던
사람들을 피하면서
피하면서 가야 하는
볼록렌즈의 운명 속에

오늘도
태양과 하늘만이
해골처럼
해골처럼
그렇게
남아갔다.

밤의 계제(階梯)에서

검은 육체와
죽음의 폭풍 속에서
머리카락 날리며 사랑하는 숙녀는
수면제같이 흰
무의식의 영상을 잊을 수 없었다

유서를 쓸 아무런 필요도 없기에
카뮈의 허망을 테이블 위에 놓았다는
청년의 자살이 보도된
신문지의 경사면에
오늘도 밤은
침입자같이 켜지고

애정과 증오에의 회상마저
역사(轢死)되어가는 불모의 땅에서
마시어도 마시어가도 휴머니티는
독약이 될 수 없어—

이 밤의 영원한 계제에 서서
나는 언제까지
기관단총의 표적이 되어야만 하는가.

대위(對位)

하얀
페이브먼트 위에 뿌려지는
태양의 조수가
어린 담수어와 같다고 하던
여자는
화성에의 비상(飛翔)이
그 마지막 염원이라 하였다

사나이들은
예고도 없이
섬광하는 전쟁의 태풍 속에
아무렇게나
그들의 영혼을 던져버리고

프루스트의 소설에서처럼
로켓의 포물선이
무의식의 공간을 스쳐갈 때
이스라엘의 백성과도 같이
신의 영광을 찬양하는
우리들의 대열엔
도버 해협 함대사령관의

푸른 행운이
영원처럼 빛나고 있다

이윽고
전쟁의 탄도를 벗어난
어린 나비들은
공포의 계절을 넘어
찬란한 대위의 층계를
내려가는 것이다.

보일러 사건의 진상

어둠과 보일러—
물체의 형상을 헤아릴 길 없었음은 암흑했다는 까닭 이외엔 아무것도 없었다

인간과 인간 들 속에서 시인은 침전으로 굳어간 육체를 보일러의 어느 경사면에 누이고 성좌와의 대화를 최후로 사랑하였다

높아가는 고압전선의 울음소리는 밤의 인광처럼 척주에 스며들고

굶주려 넘어지는 생명들과 수없는 임종의 눈 내리는 새벽
향락의 극치와 극치의 마찰에서 일어나는 뿌연 암모니아의 빛깔
폐문(肺門)이 부은 바다와 하늘, 그리고 다가오는 25시

광선! "모든 운명의 전말을 똑똑히 보라"
기관장의 비명과 그에 따르는 기관사들의 아우성

폭발!

아크등의 밝음 속에 시인은 하나의 예감을 육안으로 체험한다

보일러엔 모세혈관 같은 무수한 절망의 선이 서려 있었던 것
을—

죽음과 시체들 속에 시인은 끄스른 머리와 떨어진 팔다리의 상
처 그대로를 지니고 쓰러졌을 뿐

태양의 음악과 바다의 빛깔
오! 새로운 바다의 광선과 태양의 음악만이
또다시 흐르기 시작한다

"아무런 일도 없었다."

진공회담

무수한 교수(絞首)시체와 이동하는 두개골과 여자의 푸른 골반
으로 형성된 벽 속에서 파수병은 마태복음 3장을 암송한다

프로이트 박사는 흰 가운에 하얀 마스크를 치고
간호원 큐리와 함께 층계를 올라오는 것이다

"체온은 영도(零度) 평온입니다"

―처음 날은 황제의 결혼식에 영구차를 타고 참석했습니다
―다음날 열차의 특등실에서 여자를 강간한 일이 있습니다
―다음날엔 애인 나탈리의 유방을 권총으로 사격했지요
―그 다음날 나는 커피 깡통을 삼켜버렸습니다
―마지막 날 오후엔 대학의 하늘 닿는 고층에서 투신자살을 기
도했습니다

"간호원 큐리! 외과실에서 수술 준비를 하십시오 절단수술입
니다"

"절망입니까? 프로이트 박사"

간호원 큐리의 뒤를 따라
뚜걱
뚜걱
층계를 밟는

46

프로이트 박사의 두상(頭上)에서는
대리석 원주에 부딪치는
유리컵처럼
찬란한 폭소가 터져나올 뿐이었다.

환상가로(幻想街路)

잊어버릴 수도 있고
또 사랑할 수도 있는
환상의 언덕을 배회하며
친구와 더불어 나눈 우정이며 약속을
아무런 괴로움도 없이
망각할 수 있는 날은
황폐한 가로 위에
회색의 원경이
다가들고 있었다

자욱한 먼지 속에
대열처럼 우중충 서 있는
플라타너스 그늘에서
가로수가 우리들의 모자라고 우기던
시인은
이상(李箱)의 천재 위에
노란 아이러니를 굴리면서
오늘의 행운을 쓸쓸히 웃어가고
다방과 주점은
오늘도 항구의 저녁노을처럼
서글픈 소음에 싸여

모든 그런 것들의
신문보도와 더불어
돌아오지 않는
연대(年代)의 해협 위에 침전하여갔을 뿐이다

그는
지금—
아우성치는 도시의 반란 속에서
장미와 같은 편지조각을 뿌리며
회상의 층계를 밟고 있으리

총명한 밤의 장막 저쪽에서
끊임없는 미소를 보내는
여자들의 푸른 나체와 나체

밀물처럼 밀려드는 폭음 속에
비둘기들은
공중에서
꼭또의 화술과 같은
원주를 그려올리고

투명한 공간을 타고
하얀 사선을 긋는
세이버 제트기의 비행 뒤에
아득한 가로를 향하여 낙하하여가는
내 그림자의 빈 대열을
조감하고 있는 것이다.

장송(葬送)의 노래
병상의 연대(年代)에서

군장처럼 나를 둘러싸버리는 침구
짐짓 거리(距離)를 피한 나의 안구엔
아스피린 분말에 도장된
도시의 그림자가 있고
어두워가는 기억의 터널들은
때마침 모르핀의 명정권 내를 배회한다

활자처럼 또렷한 산토닝의 복용 뒤에
오히려 생활의 반응을 고대하던
이상(李箱)
조명 없는 행복과 초침의 질서—
이윽고 나는
해저와 같이 검은 공간에서
다가오는 내일에의 공포를 몰아낸다

발열지대(發熱地帶)—
거기서 나의 육신은
다소곳이 초조하고
머리맡에 쌓인—
오늘은 물건인 서재 위에서
나의 모든 인생의 플랜들은

또다시
소리없는 장송곡을 부른다.

포대(砲臺)가 있는 풍경

바다를 향한
옥상의 대공포대 위에서
젊은 병사는
해양 천리 먼 고국에 있는
어머니에게 편지를 쓴다

연막처럼
흰 구름 밀려가는
여름 하늘 아래를
갈 길을 잃은 짐승마냥
사람들은 밀려가고 밀려오고

투명한 바다의 행렬에 지친
작은 배들이
오후의 피곤한 그늘에
그리움과 같은
기폭을 나부껴올 때

포대를 지키고 선
이국 병사는
소리없는

음성에
귀기울여간다

오! 리라여
한 많은
1953년의 기류는
얼마나 당신이 그리운
계절이었습니까?

바다와 하늘 사이를
신념처럼 내닫는
검은 포신

지금
도시는
괴로운 투영을 안고
분주한 일모(日暮) 속에
침전하여가고 있다.

1952년의 교외
신년송

피어오르는 기관차 연기와
아스팔트의 검은 소음은
태양이 걸려 있는
1952년의 교외에 널려 있습니다

피로한 눈
지친 다리
조각난 신경

삐걱이는 바퀴 위에
수없이 거꾸러지며
쳐다보던 하늘과
질식이 아로새겨진 커피잔과
냉혈동물들의 회화(會話)는
이 교외의 식탁 위에
놓지 마십시오

오직 한번만은
체온에 기대어
어족과 같은
과수원과 같은

또 바다와 같은
이야기들을 장식함이 어떨까요

"굿바이! 판문점"

아득한 푸른 공간에
분사식 비행기가 흘리고 간 백선(白線)은
무슨 악장입니까

신문 파는 아이와
지폐보따리와 패스포트와
아스팔트의 소음이 멀어진 여기는
태양이 고흐의 그림처럼 걸려 있는
1952년의 교외랍니다.

열차를 기다려서

비 오는 어두움이 가슴에 아파
그럴 때마다 허망한 거리를 가며
당신의 모습을 찾습니다

탄환에 쫓긴 사슴모양
생활의 막다른 골목에서
불현듯이 그대 손길을 더듬어봅니다

북에 갔던 항공기의 편대들이
푸른 공간 위에 폭음을 굴릴 적마다
그대 모습을 어루만집니다

다섯 해의 세월이 지나갔어도
꿈에 보는 당신의 그림자는
항시 환히 밝아—

육십오세의 흰머리 날리시며
어머니
돌아가시면 안됩니다

지금은 큰 우뢰 산하를 진동하고

옳고 그름을 가리는 인민의 눈동자
별빛처럼 타는 밤—

삶을 위한 싸움 속에
자유를 위한 신음 속에
우리 모두 대열져 섰거늘

이윽고 목메인 평화의 아침이 열리면
그 무슨 주저도 없이 달려갈
아들들의 열차를 기다려

어머니
돌아가시면 안됩니다
돌아가셔선 안됩니다.

3·1절에 부치는 노래

목메인 만세소리
땅을 뚫고 터져나오는 아우성 소리
아, 이날은 다시 오고
삼천만 겨레의 흰 대열이
거리와 하늘을 가고 있다

얼마나 긴 인내의 세월이었던가
독립과 자유를 그려
암흑과 형틀과 압박을 박차고
침략자의 총칼 앞에
분화처럼 일어서던 민족의 분노가
산하를 진동하고
천추에 못 잊을 겨레의 원한이
세기의 하늘 위에 산화하던 날—
하늘과 태양
산천과 초목도
애달픈 슬픔 속에 잠겨갔어라

의롭고 뜨거운 가슴마다
장미모양 붉게 피는 선혈의 강—

위대한 민족의 의지는
하늘 높이 치솟고
깃발은 구름같이
독립의 탑에 나부꼈노라

오랜 시간의 흐름
비록 우리들의 상흔을 스쳐갔다 하여도
꿈에도 잊힐 리 없는
그날의 추억은
꺼질 줄 모르는 연정모양
민족의 혈관 속에 되살아오거니
삼월이여
너의 연가(戀歌) 속에
우리들의 대열이 굽이쳐간다

그러나
아직도 못다 이룬 통일독립의 여명—
3·1에 바친
민족의 넋과 기개
또 한번 다시 뭉쳐
분단 없는 민족의 내일을 이룩하리라

위대한 민족의 의지여
삼월의 샛바람 속에
승리의 노래를 교향하라.

조국

다시는 돌아오지 않을
먼 이역으로 떠나가는 것처럼
모두 다 황망히 스쳐가는 체온 속에서
위태로이 흔들리는 조국의 모습

아, 이젠 모든 희망과 추억과
애정마저 버려두고
모두 다 지나가는 겐가
영영 떠나가는 것인가

거리는 차라리 최후의 향연
뜻없이 푸른 하늘 아래
조국이여
그대 앓음소리 너무나 소연(騷然)쿠나

가장 불행했던 연대와 연대의 물굽이를 헤어돌아
가슴속 면면히 뻗어내려온 한 갈래 혈맥 위에
별빛 찬란히 피어난 문화야
슬기론 손길아

훈민정음과 향가와

다보탑과 시조—
이두와 산천과
청자와 가요—

그 언제나 바다 우짖음처럼
가슴 설레게 그리워오는
쪽빛 진 지혜와 꿈, 파도치는 미래
동방 어머니의 나라여

피와 살을 뿌려
건져낸 조국
불과 화약연기 헤치고
지켜온 조국

천만 가슴과 가슴으로 으스러져라 부둥켜안고
뜨거운 얼굴 부비던 것
천만년 떠받쳐나가리라던 맹서
바람결처럼 가버린 것이나 아닌가

그리움마저 얼어붙은 가슴들인가
어디로 흩어져가는 것이냐

진정
어디로 흩어져가는 겐가

기울어가는 태양 아래
외로워가는 조국이여
그 어디까지 젊은 목숨 위에 초연히 서야 할
유구한 조국
어머니인 나라여.

8월은 회상의 달
8·15 해방 십주년 기념시

팔월은 회상의 달
온 겨레의 가슴에
추억과 눈물과 원한을 뿌려주며
다사로운 백성의 염원 위에
빈 태양의 물결만이 부서지는—

오랜 굴욕의 사슬에서 벗어난
민족의 함성이
너무나 화려했던 지난날
금 없는 새 나라의 얼굴을 쳐다보며
서로 껴안고 울었던
우리들의 꿈을 위하여
또다시 찾아온 팔월은
탄식과 비애의 회상 속에
젖어 있구나

지리한 고난의 역사—
개일 줄 모르는
긴 세기의 암흑과 불안이
오늘도 회색의 방파제마다
깔려져 있고

넘실거리는 해협은
스스로의 몸부림에
가없이 비등하도다

솟구치는 겨레의 아우성은
검은 문명의 소음 속에
가라앉아가고
비참한 전쟁의 여정엔
아직도 요원한 평화에의 문

백번 천번
쓰러지고 거꾸러지며
우리가 쌓은
자유와 평화의 탑에
오늘
비둘기는 우는가

밀물 치는
팔월의 회상 속에
가슴마다 그리는
하얀 사념은

처절한
전쟁의 종언을 향한
우리들의 연도(連禱)이리라.

헌사
우리들의 깃발을 세우자

아무도 살지 않는
인간의 체온이란 찾을 길 없는
먼 섬에도
우리들의 깃발을 세우자

황막한 광야
또는 생명의 입김이 꺼진 지 오랜
아득한 사막의 모래불에도
우리들의 깃발을 세우자

황폐한 도시,
전쟁의 기억이
태풍처럼 스쳐간 우리들의 도시에
오늘은 믿음과 추억의 깃발을 세우자

세계의 곳곳마다
우리들이 올리는 깃발은
자유와 힘과 승리의 노래 속에
나부끼리니—

깃발이여

그대 이름은
유구한 미래―우리들의 희망이어라

출렁이는 해협을 헤치고
깃발은 간다

포연에 싸인 무수한
연대와 연대의 하늘을 뚫고
깃발은 간다

그 아무런 과장도 시위도 없이
그러나 늠름한 걸음걸이로
우리 모두의 손이 닿은
깃발은 간다

세찬 비바람 속
검은 연기 헤치고
이 기를 바라보는 이마다
먼 내일에 아니 먼 후세에
저마다 찬양하리니
깃발이여

너는 지금
가장 험악한 세기의 하늘을 가고 있다.

눈 내리는 밤의 시

고독 속에서는
낡은 서적이 풍기던
곰팡이 내음새가 풍겼다

벗은
타이피스트 아가씨처럼
경쾌한 솜씨로
무의식의 시를 써갔다

먼 시간의 경과 뒤에 오는
피곤과 같은 애수

부둣가에서는 지금쯤
하얀 마스트가
맥없이 깃발을 내리고 있으리

숱한 어저께들처럼
검은 공간을 기웃거리는
1953년의 검은 얼굴들

여자들은 푸른 물굽이에 안기우며

청춘의 해협을 건너갔다고 한다
때 묻은 활자 위에
함박눈처럼 내리는 밤의 신호

전쟁이 지나간 도시는
찢긴 연대의 기억 속에 잠들어가고

전사들은
황폐한 화성의 평면에
그들의 대열을 짓는다

'눈이 내리는 밤의 경적!'
'눈이 내리는 밤의 벨트!'

고향

고향엔
무슨 뜨거운 연정이 있는 것이 아니었다

산을 두르고 돌아앉아서
산과 더불어 나이를 먹어가는 마을

마을에선 먼바다가 그리운 포플러나무들이
목메어 푸른 하늘에 나부끼고

이웃 낮닭들은 홰를 치며
한가히 고전(古典)을 울었다

고향엔 고향엔
무슨 뜨거운 연정이 기다리고 있는 것이 아니었다.

가을과 소녀

푸른 하늘을 향하여
다소곳이 피는
코스모스의 입김

소녀는
코발트빛 상념을 지니고
먼 추억의 계곡을 간다

소녀의 가슴에
기폭처럼 나부끼는
투명한 음계

황폐의 회랑,
가을은 때마침 소녀의 등뒤에서
폭죽처럼 터지고 있었다.

해변단장

아침 안개를 헤치며
해변의 신작로를 걷는다

어느새
이 길에도 밀려든 풀 향기가
푸른 바다의 소음과 더불어
나의 폐문(肺門)에
오롯한 미각을 돋구어준다

한겨울 병실의 창문에 기대어
너를 그리던 날의 기억들이여
풀미역을 뜯어
쌈을 싸먹으면
폐에 새 기운이 생길 것만 같아
유리창에 입김을 어리우며
바다 우짖음 소리를 그리었거니—

봄 봄
봄이 넘쳐나는
신작로의 하얀 상념을 밟으며
이제

건강한 계절의 층계를 내려가는
나의 그림자를 따라
오래인 꿈,
불행한 역사에 시달린
흰나비들의 손짓도
새삼 시름겹구나.

날지 못하는 새
애인상

　이오니아 바다, 비 오는 지성의 광선으로 조명되는 공간에서 너는 수평처럼 엿보이는 미래의 기류를 거느리고 자랐다고 한다. 너의 검은 유선(流線)의 머리 위에 날아와 앉는 나비들의 속삭임을 바라보는 사람들의 눈에는 지금 해저와 같은 고요가 수면(睡眠)이 되어 다가오고 그 시선 아래 시체처럼 흩어지는 무수한 사격수들의 아우성을 듣고 있는 것이나, 네가 날지 못하는 것은 무수한 벽이 음악과 같이 난립하고 있는 까닭이다. 대리석으로 이루어지는 안개의 해안에 서서 오! 검은 신 검은 그림자 검은 미래, 진정 네가 날지 못하는 것은 오늘의 벽이 너를 포위하고 있는 까닭 이외에 아무것도 없다.

소년

소년은
내가 쓰는 시를 더듬어본다

흰 손가락 사이에
펜을 굴리는 그에게
무슨 뜻이냐고 물으면
수줍은 눈을 할 뿐 대답이 없다

소년이
내 앞에 펼쳐놓는
한 장의 그림
나의 시는
소년의 눈에 어리는 슬픔보다 크지 못하다

어린 소년의 시선 아래를
스쳐간 무수한 회색 기류

나는 여린 소년의 안구에
슬픔을 찍은 손이
누구의 것인가를 알고 있다

그러기에 지금 나의 눈은
아무 빛남도 없이
너의 머리 위에 머물고 있는 것이다.

단장

가슴에 십자가를 그린
많은 여자들처럼
도시의 아우성 속에 시달린
육체를 이끌고
황혼이 다가드는 숲으로 간다

초연히 싸우고 돌아왔다는 것 —
내가 살아 있다는 진실이
자꾸만 공허한 일인 것만 같아
그 어딘가 기대고 싶은 나무의 그늘에서

차마 이런 연약한 생명 같은 건
돌아다보지 않으리라던
지난날의 책장을 넘겨다봄은 무엇 때문일까?

밀물처럼 밀려오는
어두움의 조음(潮音) 속에
단조로운 벌레가 울고
피곤한 사념의 패각 위에
무거운 침묵은 떨어져온다

나의 사념은 나의 그림자
나의 그림자는 나의 슬픔

오, 암흑이여
내가 다다라야 할
푸른 벼랑은
과연 그 어느 곳에 머물고 있는 것인가.

참으로 난해한 시

탈옥수들은
일제히
뇌성이 지나가는 미래의 영토를 질주하고 있었다

교통순경의 철모가
낙엽과 함께 사라질 무렵
도시는 무덤처럼 일어서서
지폐보따리와 숙녀들의
회화의 안을 기웃거리고

퇴색해가는 특호 활자와
벽에 붙은 붉은 글자의 소집공고는
외국판 성서와 함께
밤의 어두움 저쪽에 침전하여갔다

"그 철학교수는
당신들을 가리켜
정신병원의 철문을 부순 자들이라
단언하였다지요"

이윽고

불꽃을 튀기는 전압기의 울음소리는
뭇 짐승들이 우짖음 속에서
연기 어린 지평을 헤치고 인간의 내장에 닿는다
철근으로 다져진
인간의 폐포(肺胞)에도 동공은 뚫린 것일까?

시야에 가득 차가는 유혈!
지구 위에 얹혀진
무수한 인간의 손을 보라

열에 들뜬 검은 기계와 탄도
화약연기 속에 피어오르는
원자의 불기둥—

신이여!
이는
당신이 최후로 인간에게 주는
죽음의 악장(樂章)이라 하였나이다.

이런 멜로드라마

모든 사람들이
뭇 비극의 원인은 나 때문이라고 한다

생명의 구제에 있어서
상업에 관하여
또는 인신매매에 있어서
또는 전쟁에 대하여

모든 사람들은
나를 무서운 사람이라고 한다
나는 오직 한번이라도
무서운 눈을 해 보인 적은 없지만

모든 사람들은
내 앞에서 수없는 그들의 회화를 중단하고
슬픈 노예와 같은 얼굴을 한다

또다시 밀려드는 나의 울분과 참회
내 가슴처럼 복잡한 슬픔이 빗기인
봄 하늘엔
오늘―

백만 군병의 깃발처럼
가로수의 음향이 나부끼고
문명의 소음도
기중기의 이미지도
몇천년 전의 일처럼 아득하기만 하다

그 언젠가
화가 달리가 그린 그림의 그것처럼
내 가슴에 내려오는 건
안개와 같이 피곤한 권태의 기류—

무너져가는 시간의 계제에 서서
이 많은 암흑을 음미하며
차가운 죽음의 계곡을 오를 때
화장터의 연기가
추억 속에 어리는 담배연기모양
아름다운 교향을 이룬다.

전쟁은 출렁이는 해협처럼

옥상과 옥상 사이로
쳐다보이는 푸른 물결
운하에는 하얀 깃발이 있고
스크린엔 환상의 협주가 있다

하늘의 경기장을 질주하는
리듬의 영상은
기상대의 아침을 거느리고 있다

포도(鋪道)의 소음에 사라져가는
빌딩의 원경 ―

회색건물의 층계를 기어오르는
까만 그림자는
사막의 신화와 같은 그리움에 잠겨 있고
안나의 유방에 감기는
새하얀 구름은 유선형이다

나비는
상장(喪章)처럼 휘날리며 오고
새하얀 태양이

로터리의 분수 위에 부서질 때
나의 기슴엔
장미처럼 타는 전쟁이
출렁이는 해협을 이루어오고 있다.

헬리콥터처럼 하강하는 POÉSIE는 우리들의 기관총 진지를 타고

여자들은 율리시즈의 하루 속에서 한량없는 시간을 늙어만 간다. 시인들은 지하실의 창가에서 잔을 기울이며 저격능선을 향한 비둘기들의 귀환을 바라보고, 깃발처럼 나부끼는 정치인의 함성은 골고다의 하늘 위에 우짖는 까마귀의 울음소리를 닮아갔다. 로켓의 포물선이 피사의 투영처럼 다가오는 시각―눈발 휘날려오는 POÉSIE의 공간은 우리들의 기관총 진지 위에 있고, 무수한 밤의 태양! 헬리콥터모양 하강하여오는 태양은 화성의 평면 위에 빛나는 묵시록! 그것은 찬란한 장미의 강을 이루어놓는다.

2호의 시
강의 추상

강에는
죽은 사람들의 얼굴이 감추어져 있다

소리없는
사람들의 상념과 역사를 저류에 지니고
엷은 남빛의 파라솔에 싸인
여름을 스쳐
강은 노련한 군대의 진주처럼
서두르지도 않고
그러나 게으르지도 않게 간다

마음의 공백에
담배연기를 흘리며 백사장에 누우면
육체에 밀려드는 그리운 노래가 있고
하얀 여자의 구두는
가을 음향처럼
투명한 대기 속에 사라져간다

강을 건너는
헬리콥터의 프로펠러 소리는
어느 흑인의 애가인가

눈에 보이지 않는 황색 테이프를 뿌리며
아기자기한 기계는
푸른 건반의 하늘에 날고
우거진 숲
흑석동의 원경은
전쟁의 슬픔에 홀로 젖는다

물결에 씻기는 체온은
가슴속 어느 곳에
아픈 기억이며 쓰라린 회상이 있기에
소리내어 웃으며
어두운 강면(江面)에 뛰어드는 것이리

동족상잔의
원한이 흘러가는 강

다감한 언덕에
구릿빛 피부를 하고
나는
강이 놓고 가는
슬픈 이야기를 듣기 위하여

이렇게 잠시 화석이 되어버려도 좋은 것이다.

풍경

화가 달리의 그림 위에
폭죽처럼 흩어지는 포연

메커니즘의 중량은
코뮤니즘의 반항 위에
포탄이 되어 하강하여갔다

재즈와 같이 비등하는
전야(戰野)의 코러스—

모든 수뇌들은
질주하는 로켓의 기상(機上)에서
노란 세계지도를 꺼내고

밝아오는 역사의 아침을 향하여
기적과 같은 태양이
파르테논의 평면 위에 하얀 광선을 뿌릴 때

월계관을 쓴 시인들이
그들의 에베레스트에서
새하얀 손수건을 내어 흔든다.

난립하는 광장에서

1954년의 서장(序章)

내가 다다른
이 종점이
임종처럼 꺼져간
무수한 어제와도 같이
또하나 다른 검은 날의
먼 궤도 위에 잇닿아 있음을
믿어야 하는
오후의 광장에 서서
새삼스러이
인간의 것도 신의 것도 아닌
어느 인정을 그리워하면서 살아야 할 것인가를
생각해본다

탄환처럼
하늘에 솟는
트럼펫과 재즈의 질서를 따라
묘지의 언덕마다
부서져 나부끼는 저 기폭들

지난날
까마귀모양 날아드는

뉴스의 빗발 속에
다사로운 회화를 놓고 간
사람들은
지금쯤 어디서
맹수와 같이 울부짖는
병든 원시림의 울음소리를
듣고 있는 것일까?

어둠속에 묻히는
층계를 밟고
그 어느 미래의 수평선을 향하여
멈춰서면
폐포(肺胞)에 가라앉는 뜨거운 기류가 있어
오늘도 나는
결코 아름다울 리 없는
유서를 정리하여가는 것이다.

가을과 죄수

빌딩의
시계탑이
르 코르뷔지에의 건축처럼
말없이 기울어갈 때
초연 냄새에 절은 수목은
구름의 계곡에서
세이버 전투기의 비상을 바라보고 있었다

하늘엔
수많은 전쟁의 기억이 남고
아득히 사라진
군용도로의 숲속엔
세계의 가을을 전해주는
벌레 울음소리가 흩어져 있었다

남해의 폭양에 그을린 얼굴
50킬로 미만의 체중—
꾸겨진 노타이를 입고
신문지처럼 펄럭이는
회색 가두에 나서면 나는
진정 화려한 죄수일 수 있을까

백주,
어둠속에 흰 이빨을 내어 웃으며
빙하의 지평을 가고 있는 상형문자는—
아
해골같이 웃으며
한국의 오늘을 가고 있는 물리(物理)는
화려한 죄수일 수가 있을 것인가.

잠 아니 오는 밤의 시
실재하는 것을 위하여

다시는 돌아가볼 수 없을 것만 같은
북쪽 옛 마을의 육친들을 생각하여
잠 아니 오는 밤들이 있었던 것은
아득한 어저께의 일이다

땀에 젖은 사지
온 가슴에 이슬처럼 방울짓는
땀을 씻으며
밤중―
홀로 깨어 눈을 감아봄은
새삼스럽게 이것이야말로
분명 희극일세
옳다던 오늘 하루의 싸움 속에서
웃음과 눈물과 울분을 함께하던
여자와 남자와
약한 사람과 슬픈 사람들의
그리운 얼굴이
너무나 뚜렷이 다가와 있기 때문이리라

서로서로가
말없는 수면(睡眠)의 광야에서

넋을 잃고
다시는 깨어나지 못한다 할지라도
그저 그렇게 알고 그만일
비참한 오늘의 언어 속에서
하얀 눈길처럼
나의 사념
멀리 돌아나감은
잠시도 머물러 쉴 수 있는
풍경이 여기 있을 리 없는 때문일 것이다

괴로운 생명의 몸짓—
촛불을 밝히고
외로운 정신으로 하여금
그대 환상의 해협을 항해케 하자

서력 1955년, 혹은
1980년 그 어느 하염없는 공간 속에서 한 조각 티끌모양
나의 배는 가고 있으리니—

싸늘한 손길에
식은땀에 젖은 가슴의 고동을 얹으며

아직도 먼
디시로운 안개의 아침을 기다리는 하나의 실재―
밝은 실존이 여기 있는 것이다.

항공기는 육지를 떠나고

나는 기독(基督)처럼 머리를 숙이고
죽음의 고요를 기다린다

실내에는 검은 음악이 흐르고
한줄기 슬픔도 없이 나의 임종은 피어오른다

하얀 석조건물의 그늘에는
검은 의상의 여인들이 있고

폐허의 사막으로 가는
바람 속엔 검은 나비가 난다

목마름과 기아를 잊은
신들의 몸짓

오늘도 불안한 세기의 하늘을 향해
항공기는 육지를 떠나고

난해한 나의 이미지의 이마 위를
급행열차의 폭음이 스쳐간다.

현대의 신화

····························

덕연문화사 1958

위기를 담은 전차

살아남았다는
기적과 기적의 틈바구니에서
창백한 문명의 위기에
서글픈 진단서를 쓴
로렌스의 얼굴을 그리며
오늘도 살벌한 귀가의 전차에 오른다

갈수록 괴로워지는 현실 때문에
말이 없는 청년과
숱한 피곤한 얼굴을 부둥켜안은 그림자
모두가 제각기
붙잡히지 않는 행복을 서글피 여기며
밤의 어둠속을 굴러가고 있을 때
안전(眼前)에 어른거리는
내 가난한 가족들의 헐벗은 정경이
황폐한 지평에 쓸쓸히 남는다

학문과 직업과 생활
또는 애정과 죽음
그 모든 오늘의 위기를 한몸에 안고
그 속에서 오히려 살아남을 수 있는 가장 좁은 길을 찾는

정신의 쇠잔한 흐느낌이여

죽는다는 것
그것은 언제 어디서라도
기꺼운 웃음 머금고 행할 수 있는
가장 어리석은 휴머니티일 것이나
그것은 또한 얼마나
건장한 체격을 요하는 사상일 것인가

나는 '나'일 수가 없다
그렇다고 좀더 안온한 시대에 살았던
어린 정신의 귀족인 프루스트처럼
흘러간 시대의 회상에 목메어 울 수도 없어
이 밤은
차창에 불어드는 훈훈한 바람이
불안하기만 하다.

곡예사

가벼우나 슬픈 음악
관객이 손뼉을 치며 즐거워할 때
곡예사의 가슴엔
싸늘한 바람이 스친다

아슬아슬한 새 기술을 부리기 위해
파리한 얼굴의 여자와
표정 없는 구릿빛 가슴의 사나이가
줄을 타고 오를 때
얼마나 신기한 기대를 보내는 관중들이었던가

이쪽 그네에서
저쪽 그네로
서로 옮겨 탈 순간과 순간

담배연기 자욱한
공간 위에서
아 저러다 떨어지면 어떻게 하나?
그런 것은 벌써 잊어버린
곡예사의 어저께와 오늘

하얀 손의 여자여
곡예사여
너의 입술에 어린
떨리는 생명의 포말들을 삼키며
너는 더욱 잔인해야만 한다

원폭의 하늘처럼
소란한 오늘의 기류
그 속에서 오히려
네가 지니는 한 오라기의 질서가
무한한 기쁨처럼 나를 울린다.

나체를 뚫고 가는 무수한 구토

스스로 운명의 전말을
알 수가 있는 것이라면
끝 모를 전진의 대열에서
낙오하여도 좋을 것을

그러나
다행스러운 시간이 있어
타히티 섬의 토족처럼 태양을 반기는 오후
메마른 육체 속에서도
오히려 생각의 물결은 파도쳐온다

다시 여름이 오는 강엔
지난해와 같은 권태로운 풍경이 걸리고
미운 나체를 하고
사장에 누우면
바람에 나부껴오는 조그만 행복이 있다

움직이는 것은
정지할 줄 모르는
역학(力學) 위를 달리고
신경을 자극하는 것, 모터보트의 소음이다

여기는 아시아
남북으로 갈라진 한반도의 서울
가난과 무지와 폭력이
강물처럼 흐르는 곳

허구많은 세월이 흘러갈수록
탄식과 고독이 익어가는
우리들의 생활 위에
덧없이 쌓여가는 계절의 몽매한 속삭임이여

도무지 애착이 가지 않는 과거와 미래
한 마리 짐승처럼 늙어가는
한 개의 실존을 돌아다보며
새삼스러이 오늘의 역설을 믿어서가 아니건만
문득 서글픈 구토를 느끼는 오후가 있다.

거리에서 흘러오는 숨소리는

병든 정신의 앓음소리같이
거리에서 흘러오는 숨소리는 차다

까맣게 내려다보이는 작은 조감도
거리의 질주가 현기증을 일으킨다

갑자기 공포에 떨리는 팔다리
귀를 기울이면
불안한 음향이 열을 지어 달리고
자동차의 행렬 속을
꺼져가는 의식같이
몽롱한 암흑이 흐른다

살인과 범죄
뭇 허위와 뱀의 영상
그런 것들의 이미지를 한데 섞으며
생활은 동요한다

가빠지는 숨결
창백한 얼굴들
약속과 신의는 한꺼번에 무너지고

낙엽이 뒹구는 광장의 소음 속에
하오 두시의 침묵이 누워 있다.

내 가슴속에 기계가

바람소리
바람이 부는 날은
내 가슴속에서도 소리가 난다

금문도를 폭격한 중공군의 미그기들
하늘은 푸르고
내 가슴속에서 소리가 난다

심한 신경쇠약 증상도
폐결핵도
생활 속에서 내가 안고 나온
모든 정신의 병은
바람소리와 함께 날아다닌다

속력에 떠가는 하나의 시추에이션
배후를 꾸밀 빛깔은
지금 내 손에 없다

질서와 하나의 제국
어떤 이는 그것을 찾아
떠나기도 했고

죽음과 탄생이
긴 시간의 테두리를 수없이 돌아갔을 뿐

나의 내부에선
지금 기계의 소음에 싸여
무수한 소리가 나고
허수아비 같은 허무의 그림자가
행렬을 지어 가고 있다.

기수(旗手)의 노래

어두운 뒷골목
감도는 주기(酒氣) 속에서
잃어버린 오늘 하루 때문에 그는 울었다

하늘은 흐릿한데 도스토예프스키의 초상이 되살아오고
바람 찬 거리에서
오늘의 중국을 생각하던
청년 노신(魯迅)의 모습이 어른거릴 때
외로운 그림자
그는 외쳤다

책을 팔고 잡문을 팔아도
한가히 날으는 한 대의 항공기의 여운보다
빛나지 못하는 생활의 외곽지대에서
불행한 가족을 위하여 그는 육체를 팔았다

노래처럼 빛나던 한잔의 조니워커
여자들이여
잃어진 미래의 기수를 기억하는가

용맹한 의지와

경쾌한 문체를 구하여
헤밍웨이와 올더스 헉슬리를 읽으며
자랑삼아 지껄이던
버지니아 울프의 도시여
스펜서의 속사포여

50년대에 서서 새삼스럽게
이상(李箱)의 막다른 골목을 외우며
음악도 없었다
풍경도 없었다, 시도 없었다

거친 땅
잿더미가 된 무지의 광야에서
독한 술을 들이키며
한마디 유언도 없이
장미처럼 눈을 감은 영상
어둠속에 사라진 모습이여.

살아 있는 것은

금테 안경을 끼고 코밑에 수염을 기른 의사 앞에 앉으면 어항의 금붕어가 유유히 노니는 아버지의 진찰실을 생각한다.

어디가 다를까보냐. 사람을 보는 눈짓도 그렇고 꼭 아버지를 닮은 것은 의사끼리인 탓일까. 대체로 몸이 약하니까 약을 쓰라고 처방을 하고 돈을 받는 것만이 다른 의사 앞에서 나는 저고리 소매를 끼며 생전 본 일도 없을 우리 아버지를 아느냐고 묻고 싶은 충동이 생겨 만일 그렇다면 나는 어린아이밖에 안된다는 생각이 들어서 총총히 나와버렸지만—

"안 그래요?" "그렇지요!" 내 앞에 앉은 다정한 그이가 지금 무슨 동의를 구하고 있는데 나는 그 의사의 진찰실과 여자의 눈동자 사이를 가장 빠른 속도로 왕래하고 있다. 전류처럼—

그런데 다시 어저께 이비인후과에 가서 코에다 소금물을 넣어서 씻어내고 아픈 것을 참으며 약을 넣던 일에 생각이 미치자 캬바레의 작은 의자에 걸터앉은 올더스 헉슬리 씨의 사진이 떠오른다. 눈이 나빠도 이만저만 나쁘지 않았던 헉슬리 씨는 안과수술을 두 번이나 받았다. 그래서 그는 절망적이던 시력을 조금 회복할 수 있었다.

폐가 나빠서 열이 39도씩 계속되어도 정열에 넘친 인생의 체험을 쓸 수 있었던 로렌스는 플로렌스의 맑은 하늘 때문이었던가? 싸늘한 기류가 흐르는 절망의 순간에 있어서까지 로렌스의 의식은 대리석처럼 차가웠다.

하루 두 대의 칼슘 주사를 맞아가며 에스프리의 발화를 기다리던 나의 육신은 지나간 세월 동안 허황한 망명의 먼 도정을 걷고 있었는 게 확실하다. 원래 예이츠가 노래하던 봄의 풍광이라든가 정서가 나의 울타리 안에 날아들 수가 없는 것이고, 고갱의 고뇌라든가 고흐의 끊임없는 변혁을 그리워하면서 산다는 것이 자연스러운 자세였음을 잘 알고 있으면서도 때로 비약을 꿈꾸기도 하고 새삼스러운 절망을 의식하는 것은 도대체 누가 물려주고 간 풍속일 것인가.

거리에 나와 오래간만에 비 오는 거리에서 벗을 만나 웃고 떠들면서도 방금 들러온 병원의 기억이 머리에서 떠나지 않아 자신을 여러번 꾸짖었다. 사람이 그리 약할 수 있는가. 과거를 아무리 파본들 거기엔 살아 있는 것이라곤 없으리라. 그런데도 너는 어찌하여 회상이라든지 추억이라든지 하는 따위의 물건을 헌신짝처럼 버리지를 못하는 것이냐!

기적소리는 추억을 그리는 화가

벗이여
어쩌면 이렇게도 신통하게 신비로울까
밤중 홀로 깨어나 가슴에 베개를 고이고
담배를 피울 때
너무나 지척에서 들려오는 기적소리는
어쩌면 이렇게도 걷잡을 수 없는 추억의 안개 속으로
이끌어가는 것일까—

밤이 새어나가는
가냘픈 소리가 잠자리 날개처럼 가벼운 이런 시간은
공연히 마음이 약해져서
옛날에 걷던 길이며 산이 한없이 그리워지는 것도
사실이지만
싸늘한 벽
말없는 책장
붉은 줄이 낯익은 때 묻은 사전
그런 것과 나란히 깨어 있을 때
부르는 듯 반기는 듯
멀리서 무심히 들려오는 기적소리는
아득한
해저 속에 이끌어들인다

웃으며 반기는
여인의 그림자도 눈물에 어리고
하루종일 안되는 일만 많다고
한숨짓다 잠들어버린 사람들의 모습도
울고 싶도록 다정해져서
기적소리는
누구의 울음소린가보다
분명
고단한 이들의 앓음소린가보다

사랑하는 이의 뒤를 따르는
여자의 소리없는 눈물

내가 화가였다면
달밤에 혼자 우는 저 기적소리를
가느다란 연필로 그려볼 것이다.

남산 근처

차가운 저녁이면
어두워지는 불빛

자동차 소리
전차의 흐느낌 소리
모두 멀어가는 저녁과 저녁

그것은 벌써 옛날의 일이다
아침마다 남쪽 하늘에 나타나는
선명한 B-29의 기체를 향하여
공산군의 포탄이 날아오르던
그 음산한 여름은
가슴속에 아직도 남아 있는 먹구름

귓가를 스치는 어스름 저녁의 한기(寒氣) 속에도
해맑은 근심이 흐른다

잎을 벗은 나무숲
무수한 별바다의 하늘 아래를
무거운 걸음을 옮기며
잃어버린 나의 분신이

황막한 미래의 언덕을 거닌다

짙어가는 허무와 절망이
가느다란 의식 속에서
얼음보다 차가운 대기가 된다.

제야의 시
1957 라스트 포엠

또다시 한 해를 보내며
이루지 못한 꿈을 어루만진다

일년이란 나날이
강물모양 도도히 흐르는 동안
우리는
우리의 시간을 예측하지 못했다

시간과 노동의 투자에서 해방되었을 때
우리가 전취한 것은 무엇이던가
소란스런 지구
벗어날 길 없는
고뇌의 늪에서
잔잔히 들려오는 애절한 음성

우리로 하여금
패배의 쓴잔을 들게 하라
오직 미래로 하여금
현재로부터 탈출케 하라
우리는 우리의 무거운 수레를 끈다

연약한 육신이여
힘에 겨운
하루의 짐을 풀어놓고서
두 눈을 비비며
내일을 생각하는 저녁이여

수줍은 미소와도 같이
달아나버리는 시간 위에
애탄(哀歎)과 회한의 바람은 스친다

총총한 가운데도
찾아볼 수 있었던
몇가지 시네마
그것은 아이스크림의
단맛이었던가

그러나
깨어 있으면서도
생활을 못 가졌던 일년
좀더 충실하게 희망에 넘쳐서
나아갈 수 없었던 고비고비

어슴푸레 이슬을 머금고
기적도 없이
한 해는 간다

헐떡이는 들 위에
괴로운 숨결이여 종을 울려라
그 서러운 여운으로 하여금
남북으로 갈려 대치하고 있는
이 불행한 산하를 통곡케 하라.

강으로 가는 길

이른 아침
생강을 넣은
점심밥을 들고 한강으로 갔다

친구들 같으면
등산모를 쓰고 산에라도 오르련만
해마다 여름이면
한강 모래를 밟는 것이 작은 즐거움이다

100환을 넣으니
표 두 장을 주고 70환이 도로 나온다

모두가 쓸쓸한 표정들이다
자리가 나서 앉자
나는 이내 책을 펼쳐들었다

그러나 활자가 머리에 들지 않았다
내 앞에 선 파리한 얼굴의 소녀가
자꾸만 엄마 보고 웃는 것이나
그 순진한 눈이
내 가슴속의 슬픔처럼 어둡기만 하다

고운 볼, 하얀 이
그러나 짓눌린 가난의 자국이
벗어날 수 없는 그림자를 감추고 있다

남대문에서 채소를 넘겨다 파는 어머니를 도와
짐을 이는 어린 소녀는
박나비처럼 여위었을 뿐

이윽고 텅 빈 전차는
인도교 어귀에 와서 문을 열어놓는다

맑게 흐르는 강물
따스해지는 햇빛
변해가는 것은 사람의 마음이고
강물은 예나 이제나 다름이 없다

번잡스런 수영객의 물결을 피하여
상류의 모래불에 누우니
안개를 쓰고
해안을 가는 흰 배처럼

한 대의 비행기가
듣기 알맞은 엔진소리를 흘리며 지나가고

조는 것도 깨어 있는 것도 아닌데
나는 아까 전차에서 본
그 소녀의 티없는 얼굴을
놀랍게도 환히 보고 있는 것이었다.

비(碑)

잎을 잃어버린 겨울나무처럼
앙상하게 메말라 있어도
항상 깨어 있는 에스프리 때문에
너의 모습 어여쁠 수 있었다

광야를 헤매는 외로운 그림자
검은 밤이 너의 가슴에
절망과 비애를 흘리고 갈 때
나는 머나먼 새벽을 찾아 목말라 달렸다

불타오르는 노여움
가을날 쓸쓸히 웃는 하얀 미소
생활, 질서, 자유
그런 것들의 울타리 안에서 네가 그리는 난해한 꿈

걷잡을 수 없는 분열과 돌진
불행한 계승을 위하여
훈장과 영광을 비웃으며
쓰디쓴 질주를 거듭했다

불안한 세기의 노을 밑에서

빛과 태양과 생명의 그늘을 헤치고
네가 가는 길은 어디냐
흰 비석은 말이 없구나.

사라센 환상

낡은 것과
새것을 비교하며
예이츠가 노래한 심령의 영원
또는 오늘을
설레이는 조수 속에
그려보는 시공(時空)
밤의 정적이
도시와 태양의 비밀을 흩어놓는다

비잔티움의 기억처럼
다사로운 빛깔의 왕궁이 잠자고
왕과 백성이
형제처럼 줄지어 서는
예의와 대의, 슬기에 찬 시대도 있었건만
우리의 도시는 여전히 태평무사하기만 하다

한번도 본 일이 없으나
창 밑의 전망처럼
선조의 흰옷과 혜지(慧智)가
선명히 떠오르는 이런 시각은
감상을 버려라

새 시대는 문전에서 떨고 있다
푸른 아침이 준비되어 있다 하여
무엇을 예찬할 건가

넘실거리는 물결의 깊이를
우리는 모른다
육중한 어두움
갑갑하다
창을 열어라
허탈도 하나의 탈출이라면
너는 다만
찬연한 사라센의 휘장이라도 둘러라.

밤의 신화

북소리, 나팔소리, 다채로운 행진곡이 울려오는 소리에 잠을 깬 나는 눈을 비비며 밖으로 나갔다

텅 빈 대낮의 거리를 요란하게 울리며 오는 것은 북을 치며 걸어오는 코끼리와 그 옆에 서서 피리와 나팔을 부는 광대들이었다

코끼리가 어떻게 저런 음악을 연주하나? 나는 창피한 줄 모르고 아이들처럼 서서 당당히 행진해오는 코끼리를 구경했다

내가 입가에 미소를 띠자 어진 코끼리의 둥그런 눈이 껌벅거리며 웃음을 감추지 못하면서 더욱 신이 나 악기에 떡떡 장단이 들어맞게 북을 쳐내었다

이 거창한 행진의 뒤를 따르는 것은 아이들뿐—아이들은 바지가 흘러내린 것도 모르고 어른의 걸음걸이로 또 달달거리면서 행진의 뒤를 따랐다. 코를 훌쩍거리는 아이들의 얼굴에는 숨가쁨과 무한한 호기심이 빗기었다

검은 가로수와 초연 냄새—

나는 어찌된 영문인지를 몰라서 오늘이 무슨 날인가 곰곰이 생

각해보았으나 아무 생각도 나지 않았다

가족도 동료도 다 어디론가 사라져버리고 나만 혼자 이 거리에 나와 선 지금, 그러면 가족은 어찌된 것일까? 사랑하는 아들아! 너는 어디에 있느냐? 네가 좋아하는 코끼리가 나팔을 불면서 오고 있구나!

나는 비로소 오늘이 무슨 날인가를 알게 되었다. 그렇다. 전쟁이 지금 바로 끝난 게로구나. 지금까지 나는 잠을 자고 있었나보다. 그러면 나의 혈육들은 어찌 되었을까. 그 수많은 자동차와 사람과 세상의 부귀영화는 모두 어찌된 것일까

그러자 이해 못할 행진의 배경이라도 장식하는 듯 코끼리의 악대가 걸어오던 저쪽 서편 하늘가에서 푸른 광선이 공중에 번쩍거렸다. 그것은 원자탄보다 무서운 무기라 했다. 그것은 바로 전쟁의 종언을 고하는 신호등이란 것을 순간 나는 깨달았다

코끼리의 악대는 쉬지 않고 가고 있고 남루한 옷을 입은 아이들은 줄곧 코끼리와 광대를 따라 뜨거운 아스팔트 위를 쉬지도 않고 따라가고 있었는데, 이 광경을 망막에 담은 채로 내 한쪽 눈은 풀밭에 떨어졌고 다른 한쪽 눈은 허공의 한 점에 가 박혀 있었다.

침묵의 소리

도회의 밤을
전쟁처럼 소란케 하는
연기와 네온

밝은 불빛 아래 서면
두뇌의 폐허 위를
분류처럼 스쳐가는 암흑의 강이 있다

잠든
아이들의 의식 속에도
흐르는 강물
피를 흘리는
어린애의 잠꼬대를
잊을 수가 없다
사람들이여
이 처절한
오늘의 소리는
어디로부터 오는 것인가

바다와 산맥
미래가 응시하는 과거에의 미련

북국의 월야를 지키는 수목의 그늘처럼
쓸쓸한 인간의 지성과 애정의 질곡에서
오늘의 치륜(齒輪)은
탄생과 죽음을 한데 섞으며
새로운 싸움을 선언하는 것이다

한 장
스테판 말라르메의 달이 걸려 있는 천공(天空)
인간에게 저런 세계도 있었던가

이 외롭고 의지할 데 없는 운행 속을
아, 이 밤을 알 수 없는 침묵의 소리가 가고 있다.

철로가 있는 풍경

이 길 위에는
철없이 무성해가는
가을의 회상과 더불어
정다운 어머님의 목소리가 남아 있습니다

파도처럼 흰
구름 아래
아득히 뻗어간
가냘픈 의지

이 길 위에는 또한 한때
푸른 물굽이를 끼고
풍성한 전원으로 뻗어가는
우리들의 유쾌한 낭만이 깃들어 있습니다

그러나 지금은
모든 힘과 사랑이 죽어버렸고
산도 사람도
고요히 잠들어버렸습니다

마음의

청각에
울리는
그리움의 향연

흩어지는 풀벌레의 울음소리를 헤치고
지워지지 않는 얼굴을 찾는
나의 보행 위에
공허한 정오의 태양이 부서집니다.

그 소리는
다시 돌아온 3월 초하루

그 소리는
나라 없는 백성들의
마지막 아우성

그 소리는
제국주의자들의 총칼과 강제에 항거하는
위대한 민족의 절규

3월달 샛바람 속에
파도소리같이 울려오는 만세소리

그 소리는
백의민족의 희망과 분노가 한데 얽힌 피 끓는 소리
땅과 하늘 사이에
가득 차 흐르는
검은 구름과 선혈의 강을 보아라

3월 초하루
그 소리는
땅을 뚫고 치솟는 생명의 노래
아니, 철석같은 부활의 노래였다.

가을이 데리고 오는 프로이트적 환상

갇혀 있는
벼돌집 조그만 창으로 내다보던 하늘
두만강은 안타까운 추억을 되살리며
가슴에 못을 박았다

법은 인간이 만드는 것이고
사상은 역사가 만드는 것이라는 법칙을
평범한 수인(囚人)처럼 외우며
단죄를 기다렸다

20여년의 세월이
르네 클레어의 필름처럼 명멸하는 공간에
그날의 어두운 사연이 펄럭이는데

투명한 음계를 밟고
어느덧 무덥던 여름은 가고
우수수 가을이 내린다

프로이트적 환상은 언제나
책갈피 속에 남아서
내 절망의 날을 기념하고 있다.

작은 손

쓸쓸한 거리를 바람이 넘나드는
담천(曇天)의 하늘

거리의 시멘트 벽에
소년이
수다스런 정치인의 강연 삐라를 붙이고 있다

빨갛게 언 손
어려운 상형문자는
알 길 없지만
풀통을 든 사나이가 뒤에서 시키는 대로
손바닥으로 눌러가며
정성들여
붙이고 있다

아직은 학교 운동장에서
선생님의 꾸중도 듣고
만화책이나 모험소설을 읽으며
정치가 무엇인지
잘난 사람과 못난 사람이
어떻게 다른지

그런 것 모르고 자라야 할 나이에
아무도 돌아다보지 않는
허위의 삐라를 붙여야 하는
순진한 소년의 눈

내 가슴에 박힌 그 시선을
떼어버릴 수가 없다.

바다의 기록

파도소리

비끼인 구름 사이에서도
별들이 속삭이는 한밤

빈대와 모기와
바람 한점 들 리 없는
서울의 더위에 견디던 몸이
깊은 밤 파도소리에 잠을 이루지 못한다

내 곁에 자는
네살짜리가
"아버지, 기차가 이렇게 쿵쿵거려서 어떻게 내려!"
천막 밑까지 와서
철썩거리는 파도소리를
아직도 대천행 기차 속인 줄 알고
이런 잠꼬대를 하는 바다의
첫날밤이 있다.

저녁바다

해는 천막 등뒤에서
떠올랐다가 수평선에 진다

붉은 석양 노을에 물드는 바다의 잔등
우물쭈물하다가는 저녁밥이 늦는다

바람이 거세어
담뱃불을 붙이지 못하는 언덕

때마침 어두움이 내려온 바닷가를
백인 부부가 아득한 추억 속에서처럼 말없이 걷는다

바다의 갈 길은 멀다
기어이 바다는 어둠을 맞고야 만다.

아침의 풍속

아침 여섯시만 되면
시골 아주머니들이 삼십리 길을 걸어
충청도 사투리와 함께
김치와 조개를 팔러 온다

물이 나간 모래불은
아침의 운동객을 즐겁게 하는 그라운드
경쾌한 걸음걸이로 나타나는
뚱뚱보 버스회사 사장의 골프가 멋진 격식을 갖춘다

차츰 선명해지는
바다 저쪽의 조그만 섬들
하늘은 쾌청, 남서풍이 불고
해안에 모여앉은 천막촌이 일제히
깃발처럼 퍼덕거린다.

바다의 마음

바다에서는 누구나 다
조금씩 흥분해 있다
나이 먹은 아주머니들도
여학생들처럼 수다스럽다

파도를 안고 뛰어들었다가
파도에 밀려 쫓겨나오는

여인들의 웃음소리

문득 잃어버렸던 청춘이 복받쳐올라
그 아무라도 붙잡고
소리쳐 외치고 싶은 마음의 충동을 이기지 못한다.

조개껍질 이야기

조개가루
하얗게 비낀 모래불
조수가 밀려나간 아침과 저녁
분홍빛, 남빛, 초록빛
러브레터처럼 화려한
드레스를 입은 소녀들이
바다의 패물인 구멍 뚫린
조개껍질을 줍는다

집에 돌아가면 바다냄새가 나는
하얀 선물을 보여주리라

차츰 잔잔해지는 물결

갑자기 구릿빛 바위들이
푸른 요를 뚫고
머리를 치켜든다

오전 열한시
젖가슴처럼 부풀어오른
비치파라솔이 점점이 늘어섰다.

바다의 초생달

시원한 해풍
푸른 바다가 하도 신기하여 아침저녁
짠물에 세수하고 풍덩 뛰어든다

온화한 날씨
쨍쨍한 햇빛에 피부가 익고
잠을 청하지 않아도
저절로 잠이 드는 바다의 일과들

이 바다를 찾아오는
수많은 해수욕객들모양

떠들기 위함이 아니었거니
둥근 수평선을 향하여
예민한 소녀처럼
하얀 편지를 쓰는 것이다

밤마다 쳐다보는
총총한 별빛, 아 내가 언제 저런 별을 사랑했던 것일까

넓은 하늘에 뿌려진
보석의 아름다운 빛을 쳐다보며
새삼스러이 내가 걸어온
가느다란 반생을 생각해볼 때
회한과 쓰라림의 무성한 잡초뿐,
너무나 초조하고 안타까운 생애의 추억 때문에
초생달이 어두침침한 밤 바닷가에 앉아
오래도록 벌레소리를 듣는다.

공간의 회화

간호사

하얀 복장을 갈아입고 복도에 선 모습이 흡사 수녀와 같다고 하더라. 꽃병 옆으로 다감한 시선을 흘리며 간호사가 기록하는 체온표의 투명한 리듬! 젊은 외과의를 따라 피아노처럼 층계를 굴러가는 하얀 의상의 여인 뒤에 하얀 초침을 응시하는 나의 권태가 그 어느 등대로 가는 길처럼 멀리 돌아갔다.

여배우

다만 무대를 위하여 울어야 할 때 간간이 정말 울음이 터져버리곤 하는 것은 어쩔 수 없는 여자의 숙명이기도 하였다. 일생을 배우로 늙으시려는 당신의 뜻을 세상 사람들은 너무나 등한히 여기는 듯싶어서 길가 포스터의 이름 위에도 걷던 걸음을 멈추는 때가 있습니다.

타이피스트

당신을 대할 때마다 전원버스의 차창과도 같은 녹색의 5월을 연상함은 그 푸른 스웨터 때문이 아니올시다. 긴 머리 위에 가랑잎처럼 떨어져오는 하얀 사각봉투! 나는 갑자기 이러한 환상을 간직하며 아스팔트처럼 넓은 복도에 나섭니다. 굿바이! 타이피스트 아가씨!

교통순경

　모든 세상의 남성들은 패잔병이올시다. 어쩌면 저렇게도 신나는 호각소리만을 말없이 기다리고 섰을까요? 팔이 가로수처럼 뻗어가는 제모 경관의 평행운동! 발밑을 미끄러져가는 무수한 자동차의 경기를 위하여 당신이 긋는 직선의 코스가 한껏 푸른 하늘을 등지고 꼭또의 기지처럼 빛납니다.

7월의 노래

바다 내음새가 그리운
나의 피부는
푸른 잎사귀처럼
해맑은 햇빛에 젖고
사념의 화석은
오후의 침상에 누워
하얀 구름의 층계를 오르내린다

산정을 날으는 비행기는
푸른 바다를 가르는 물고기
추억의 밭이랑을 밟고 간다

빌딩의 옥상을 스쳐오는 미풍에
먼 섬의 향수를 느끼며
고단한 생활의 수림(樹林) 사이로
열차의 기적소리를 들어본다

시름없이
우거져오는 나뭇가지와
풀포기들

바야흐로 여름은
온 지구의 언덕마다 작열하고
빨간 입술의 여자들은
전쟁과 집과 추억을 함께 버리고
남국의 숲을 찾아
그들의 항해에 오를 게다

바다빛 하늘에
세워진 한 장의 기(旗)

나의 공허한 시각엔
넘실거리는 해협의 오후가
지금 비치파라솔처럼 펼쳐진다.

풍경으로 대신하는 진단서

검은 습지와
마천루를 휘어감으며
전쟁은 지금 한창인가보다

검은 계곡에 즐비한 하얀 비(碑)
비는 하얀 마스트

비대한 타이어를 굴리는
흑인의 눈
찐득거리는 밤의 액체
애드벌룬의 불안한 하늘에
한점 공허가 남는다

탁상회의일랑 그만둡시다

폭양에 그슬러지며 무럭무럭 자라나는
아이들의 육체와 같이
서로 부둥켜안고 우리도 클 수는 없는가

너를 더 바랄 것 없는 상식적인 인간으로 만들어낸 자는 누구
냐?

인간의 가슴에 검은 문장을 찍어놓은 손은 누구의 것이냐?

교회도 학교도 내일도
지금은 위험한 공간 속에 잠들고
황폐한 정원
생명의 입김 사라진
어두운 도시
꺼져가는 빛 속에
분열하는 정신의 그림자 어른거린다.

텔레타이프의 가을

가을은 투명한 유리컵에
한줌의 서정을 따라놓고
거리의 바람 속에
종잇조각처럼 사라져간다

갑자기 현기증이 남는 내일을
다시 한번
헤아려볼 때
성냥개비 같은
붓대에 매어달린 나의 가족들은
오늘의 천기(天氣)에 대하여
텔레타이프처럼 서러운 사연을 날려보낸다

먼지 속에
퇴색해가는 사색과
떨어진 구두
하늘이 너무 높아 소스라쳐 놀란다

파도모양 설레이는
계절의 소식은
아득한 날의 비행운처럼

쓸쓸히 사라져가고
언제 또다시 돌이올 건가
아득히 사라져버린 것들이
손짓하여 부른다
창백한 근심을.

밤은 바다의 언덕을 흐르고

밤중
오래도록 잠을 이루지 못한다
지하에 숨어 들던
포격소리같이
파도가 끊임없이 밀려와 부딪친다

벽이 넘어지는 소리
산이 허물어지는 소리
미운 것 또는 낡은 것 다 씻어버리는 소리
수천수만의 바다의 포격이
연이어 천막 밑으로 몰려와 부딪친다

숨을 죽이고
적막을 어루만지면
풀벌레의 울음소리가 뼈에 사무쳐
아, 몇해 만인가
두고 온 고향의 여름 밤길이 꿈속에 아련하다

실구름에 감긴 채 떨고 있는 먼 별빛
밤은 바다의 언덕을 흐르고
괴로운 겨레의 신음소리같이

이 밤 파도소리 굴러온다
수천수만의 상륙부대 밀려온다

지구 어딘가에
밤새 커다란 구멍이 뚫리나보다.

공상의 날개

희미한 창밖에
멀리 뻗어가는 공상의 날개
이 밤 눈길이 흽니다

어머니
그곳에 가만히 계셔주세요
당신의 말씀 듣고 싶어요

오랫동안 혼자 계시게 했군요
밤중 아들이 오는 꿈을 꾸며
몇번이나 소스라쳐 깨셨는가요
눈길이 차군요
꿈에도 잊지 못하던 그 길이

햇빛에 빛나는 하얀 벌판
눈이 어찔거려요
어머니 그곳에 가만히 계셔주세요

그래요
그렇게 웃으시면서
눈길에 서 계세요

이 길은 당신의 길

흰머리가 무슨 소용인가요
아, 눈 속을 아무리 걸어도 춥지 않아요.

세 사람의 사형수

저녁노을이 내려온 황야
비둘기들 날개 치며 날아가고
멀리 들리던 총성도 멎었다

묵묵히 걸어가는
세 사람의 사형수 뒤에
바람이 설레이고
지상에는 벌레소리도 들리지 않는다

어두운 역사처럼
침울한 회화
생과 사의 갈림길에서
마지막 나누는
대화는 무엇이던가

우수수 지는 낙엽 속에
하나 둘
쓰러지는 지난날의 기억들

말없이 걸어가는
사형수의 가슴에 새겨진 검은 문자

내가 너에게 베푼 위선과
네가 나에게 돌린 죄악의
어두운 과거

총성이 멎었다
이윽고 내려와 덮이는 밤의 장막이
소리없는 폭음을 긋는다.

친구의 이름들
박인환의 추억

어리석은 사나이
르네 클레어의 어두운 영화에 나오는 사람처럼
큰 키를 하고
백주(白晝), 초조히 쏘다니던 얼굴!

피차 바른말 옳은말 할 때가 없어도
남달리 뛰어난 생각과 재능을 가졌던 사람
어리석은 사나이여

분명히 그것은 역설이었다
이상(李箱)을 추켜올리는가 하면
실상 오든과 스펜서를 좋아하며
쓸쓸한 거리에서 빈손 들어 인사하던
'검은 신'과 '목마'의 시인

'휘가로', '세종로', '모나리자', '소공동'
기억에 떠오르는 찻집과 가로(街路)와
친구의 이름과 수많은 주점의
작은 이름들을 외어보리라

그대 남긴 한 권의 시집이야

거친 세상을 다녀갔다는
발자취로 남는 것이리 히겠으니
그보다 중한 건
그대 열렬한 청춘과 예술에의 꿈이었기에
고약한 나날 속에서
까닭 모를 싸움을 싸우며
그대 뜨거운 염원 앞에
저 모르게 눈물지어보네

생활이 어찌 평탄할 리가 있으랴
우리의 처량한 삶의 풍속을
그대 아름다운 시구가 표현했듯이
'세기의 한촌(寒村)'
한국의 하늘은 오늘도 어둡기만 하다

그러나 잔인한 계절은
이윽고 죽은 땅에 꽃을 피우고
사랑스런 가족들처럼
우리들의 우정과 희망을 흥성케 하리니
죽은 사람이여
땅에 누운 시인이여

그대 영원한 꿈의 노래
고독의 광야를 달리게 하라.

죽음의 그림자

벽처럼 어두운 하늘에
드디어 『백치』를 덜고한
도스토예프스키의 눈이 내린다

장미같이 고운 꿈은
이제
옛 바다의 조망과 더불어 사라진 지 오래고

오늘밤 내가 걷는 이 뒷골목은
어둠에 싸인
조그마한 도회의 처마 밑
파란 불빛에
골고다의 슬픔이 스민다

학비를 못 대어
자식의 생명을 자른 사나이,
네 부자의 자살 보도는
오늘의 특종인가?

바닷속 깊숙이 들어가 사랑을 하자
그 투명한 의식의 구름 속엔

새로운 희망과 낙원도 있으리

때로 들려오는 거창한 「황제」의 선율이
동상같이 내 앞에 군림하는 것이나
처절하게 밀려드는 생활의 무게는 오늘도 병든 나의 폐를 깎
는다

시간의 행렬을 넘어
조용히 휘날리는 죽음의 그림자

작은 날개
새 한 마리
불덩이 물고 가고 있다.

군묘지

길가에 버려진
군화
길과 군화와 산맥은
살바도르 달리의 풍경화같이
서로 유혈(流血)하고 있었다

코발트빛 하늘에 출렁이는
영원에의 정적!
하얀 비(碑),
전사자의 웃음소리는
먼 사막의 바람 속에 사라지고
불행했던 작은 생애가
피안의 소음에
말을 건넨다

구름처럼 흰 환상의 물결
그날 전투기들은 검은 연기에 뒤덮인 밀림을
기총소사로 내리덮었다

빈 광야에 뒹구는 하나의 철모
오후

묘지는
하얀 은지(銀紙)를 나부끼며 걸어온다.

죽음 속의 영웅

······························

근역서재 1977

죽음 속의 영웅

식어가는
마음을
떠받치기에 지친 육체는
가랑잎 구르는 소리를 내며
서천에 비낀
뭉게구름의
이별을 쓸쓸히 여겼다
죽음이 딛고 가는 소리도 들리지 않는
검은 암석 밑에
미래의 언어는
순수하게 죽고
모멸과 비관
교활한 자기학대와 무위
스스로의 처참한 세계를
새롭게 목도하는
밤은
지옥의 불빛을 피하며
미친 듯이 달렸다
탈출
도주
단념

그런 것들이 뒤범벅이 된
평야에 나서면
말없는 사물들이
죽은 듯이 누워 있는
한낮의 고요를
가르쳐준다

자연이 그리고 우주가
혹은 물이 사멸했다고
할 수 있을까
악의 신비스런 습성대로
심령의
나무는 조금씩 기운다
무엇을 보았다고 할 수 있을까
눈으로 보는 세계는
눈과 귀가 만들어낸 것이다

거대한 못을 박는다
땅속 깊숙이
그리고
그 위에

가장 보람 있는 요람을 펼쳐놓는다
그리하여
주야로 달리는 철기둥이
사라져가는
애절한 영상을 매장하고 있다
토막(土幕) 속에 사는
날의 번뇌는
벌레였다
기어다니는
작은 생물의
직감적인 영위였다
패하여 그늘 속에 들어서면
죽음의 정체는
심장 가까이 접근한다
광인은 광인끼리
원시적인
손짓으로
빛나는 하루를 넘긴다
흙을 베고 누워서
뜨거운 공포의 속삭임을 기다리는 것이다

처음으로 지구가
넓다는 것을 상상한 것은
싸리나무 냄새에 의해서인가보다
햇빛이
사기그릇이 부딪는
소리를 내는
이랑 깊은 밭머리에
버려진
철사고리 달린
청동빛 숫돌
고고학 속에서
캐어낸 영웅의 이름은
당나귀의
잔등같이
따스한 촉감이었다
엘리어트의
회중시계는
기억의 물이 흐르는
신선한 강이다
윈덤 루이스의
중절모 속에서

흰 비둘기가 날아가는 날에도
대포는
마그리뜨의 구름과 더불어
파랑 물감을 짜내며
들판을 유유히 밟고 갔다
점심때도 되기 전에
배가 고프다
연인은 대개
걷고 있는 모습으로만
혈관 속에 비쳐진다
이런 일을
모두
신비스럽다고 생각한다

흰 꽃은
목련이나 국화 말고 무엇무엇일까
연둣빛 종이는
어떤
추억을 불러일으키는가
흰 등대
자전차 바퀴 모양으로

선회하는 어느날의 잠자리
어디 가십니까 하고
인사를 걸어오면
무엇이라 대답해야 할까
영원히 모를 일이 많아진다
권총을
모젤이라 불렀다
그것은 기관차 소리와
흡사한 리듬을 가진다

죽음은
소낙비 속을
비스듬히
뇌성처럼 스치며
진짜로 자빠졌다
흙냄새가
기어들어오는 방 안에서
전면적으로 와닿는
찬란한 감각
그것은
블레이크가 열어 보인

지혜의 일곱 개의 기둥보다
분명한
실재의 두께다
여름은 넘쳐흐르고
식물은
저마다의 원환(圓環)에 기대어
위대한 정적의
세계를 긍지로 삼는다
하늘과 땅
그리고 바람이
작은 유리병에 담긴
하나의 사상을 정복하고 나면
사물은 비뚤어져서
죽음의 공동으로부터
해체된 의식을 밀어낸다
누구를 위해 사느냐
어리석은 질문을
때로 하고 싶어지는
이름 모를 나무 그늘에서
갈대를 신고 가는 바람을
조망하며

가슴을 울리고 지나는
말을 찾아 헤맨다

하루가 천년이 되고
천년이 하루가 된 뒤에
다시
소생한다면
말없는 비석 뒤에 숨어서
검은 신을 신은
여신이 오기를 기다릴까
침묵과 약동 속에서
진달래처럼 다시 피어난다면
달빛처럼 고요히
육체의 부드러운
옷깃을 스쳐볼 것인가
민족만이 남는다
사치를 모르는
말과 살아가는 지혜로 하여
움막 속의 지저분한
도구들과 더불어
민족의 향기는 남는다

개인의 명리영달과
재정학과 국가가 남는 게 아니라
민족이 남는다
진달래가 남는다
바람과 불과 물이 남을 것이다
신은 하나의 추측이다 짜라투스트라같이
내부를 향하여 붕괴되지 않으면 안된다
전적으로—
작은 파괴는
기술에 지나지 않았다
그만 죽여라 공기를
그만 빼앗아라
혼을
미노톨은 죽었다
떨리는 신경을 누르고
벽 속의 울음소리를 들어볼 시각이다
해체를 기다려
바다의 침묵이 필요할 때다
시간은 어느새 공간을 넘어선다
사라져가면서 보고 있는 눈들이
거짓말을 하지 않는다면

하늘 아득히 퍼져가는
저 무궁한 빛깔은
영원한 정신의 아침이다

손을 씻고 기다리자
사고의 흔들림과 이동을
다시 태어나기 위해선
소멸되지 않으면 안된다
오직 하나의 죽음 속의 불씨를 위해
지하의 기계소리로부터 빠져나와
죽음의 고요를 지켜볼 필요가 있다
스스로의 생에 뒤엉킨
모순의 눈물을 귀중히 간직하고
오
차디찬 현실의 허무를 부감(俯瞰)하자
탈출의 용기는
죽음 속의 영웅들 가슴에
남아 있는 유일한 혈흔
고독의 깊은 가슴에
검은 날개는
스스로 기쁨에 넘쳐 퍼덕인다.

한 시대

작은 돌이
공중에서 떨어졌다
돌을 피하여
달아나는 바람이
내게 와닿는 소리가 들린다
무겁고 어두운 거울 속으로부터
뛰쳐나간 사내들은
대부분 온데간데없다
날이 밝으면
아무것도 보지 않기 위하여
눈을 부비며 나서는 기둥과 벽이
음산한 삼림을 돌아
내게로 온다
타다 남은 마음의 공터에
불을 붙이면
죽음의 냄새는 심장 가까이 와서
새의 깃소리같이 파닥거린다
나는 에스컬레이터를 타고 내려오며
물 위에 떨어진 달이
흔들리는 것을 본다
한 시대의 기묘한 얼굴이

물속에 잠긴다
깊은 수심(水深)이다
손이 금속에 얼어붙어 떨어지지 않았다.

수면을 기다리며

모두가 누른다
밤도 공기도
이 돌이 어디까지 떨어져갈 건가
빠르다
천년 묵은 낡은 것이
자고 있는 소리가 들린다
밖에는 없고
내 속에 있는 것 같다
혼자서들 달린다 혼자
가지는 부러질지 모른다.

나의 허구

또다시 새로운 허구를 위하여
육체는
가냘픈 화분처럼 시들어갔다
악령은
이웃에 와서
공포에 싸인 소문만 퍼뜨리고 갔다
블레이크의 말대로
감각만이 천진난만하게 살아 있는 것이라면
탈출로는 오직 이것뿐인지도 모른다
그렇다면
나는 로렌스의 『캥거루』를 읽으며
고흐와 같은 수염도 붕대도 없이
거만하기만 하다
공전하는 두뇌에
비전의 폭포를 내려라
이 눈도 코도 없는 텅 빈 기계에
기억의 회랑에
우수는
때로 눈물처럼 미끈거리기도 하지만
서글픈 부정의
새로운 허구를 위하여

또다시
증오에 찬 벽을 허물어야 하리라.

만가

숲속을 향해서
허공을 비스듬히 가르는 몰체는
강철의 날개를 가진 새였다

새는 인간의 지도에서 무엇을 읽었는가
보고도 보지 않은 듯한 몸짓으로
불타는 욕망 속으로 사라지는 인력

환상의 새는 죽었다
갑자기 깊어지는 물체와 영원의 아득한 거리
견디어야 한다 죽음을 붙잡고 이 밤의 불빛처럼

밀폐된 가슴속의 푸른빛 미이라
벽 속의 살인은 아무도 볼 수가 없기에
언어의 사슬에 묶이는 해골의 소리를 들어야 한다

팽창하여가는 의식은
거대한 화폐뭉치모양
위험한 도시의 소음에 젖어들고

포장 속에서 더듬어보는 우리들의 기억은

한줄기 눈물에 의지해서라도
꺼져가는 불길을 되살려야 한다

오, 빈손에 내리는 어둠의 고백
우리들의 가능성은 어찌 되었나
하나의 그림자는 외친다 그대의 말을 묻어야 한다고.

어둠을 앓는 병

그는
우리들의 병을 고치지 못한다
폐허 위에 뜬 달을 향하여
개가 짖는 밤이면
고고학 속에서처럼 쓸쓸한 이야기가 들려온다
스산한 밤물결이
정신의 빈 구석에 스밀 때
일월은 화조 노니는
내 지난 시절의 병풍 뒤에
흰나비의 그림자를 떨구었다
그리움이여
주저없이 내려라
우리의 병은 어두운 일월을 달리는 병
보이지도 들리지도 않는
바람 속에 우뚝 선 그림자
이제는 죽음도 죽음이 아니고
우리의 걸음걸이도 걸음걸이가 아니다
바다 밑 그윽한 음계 속에 고요히 피는 이상한 꽃
사념의 엷은 빛이여
거센 시대의 물결에 밀린 아이들은
자꾸만 밖으로 나가려 하고

우리는 그것을 말리며
우리의 가정을 다스려왔다
눈이 감긴 채로 정신의 눈이 감긴 채로
요란하게 뒤집히는 비현실의 질주
욕망과 단념의 빛나는 두려움을 딛고
부서지는 언어 속의 자유는
고독을 적시는 작은 물결
그는 우리들의 병을 고치지 못한다
빈병처럼 조용한 형상 가운데
세월은 폭탄 모양으로 피고 지고
보람은 서글픈 낙조 되어
바다의 침묵을 잠재웠다
문을 닫아라
사상의 나무를 가꾸기 위하여
우리 떨리는 개성을 불사르기 위하여
어둠을 앓는 병을 키워가자.

운동

지난밤의 어지러운 꿈을 잊기 위해
무거운 돌을 들어올린다
꽃 이파리처럼
땅에 떨어져 있는 사자(死者)의 얼굴
말을 한다 죽은 사람은 말을 건넨다
사랑해주지 못한 사람들의
극진한 이야기를 잊지 못한다
잘 살아보기 위해 사람은 태어난다
싸운다 질투한다 쓰러진다
뛰어가나 걸어가나
가는 기쁨은 같은 것이나
어두운 밤별은 구슬같이 흘러내리고
증오에 찬 눈이
초연 속에 빛난다
우리들은 얼마나 순박한가
무지를 박차고 일어서는 지혜를
나무는 가르쳐주지 않는다
사멸한 땅 위에 불타는
사랑과 반항의 정신을
꿈은 일러주지 않는다
영화와 야심

복종과 편견 대신에
흘러내리는 별을 안고
가슴에 고인 눈물을 씻어내기 위해
시시포스여
산맥같이 끄떡 않는
돌을 들어올린다.

사생(寫生)

우리는 때로 죽은 자의 눈을 빌어 사물을 볼 필요에 부딪힌다

존재하지 않는 것을 만져본다 먼 촉각으로 팽창하여가는 의식의 경험을— 잃어버린 단추의 눈 두 눈을 감으면 아마는 잘 보이느냐 갔다가 돌아오는 빛을 보는 원리를 배워라 돌아오는 죽음을 본다 배는 항구로 울면서 돌아오더냐 소리처럼 가서 돌아오지 않는 내 아들은 병풍 속에도 없다 비슷한 것을 만져보아라 강물이요 사람이요 세월이요 만져보아야 단단히 박혀 있는 혼을 보겠느냐 오 파이프 파이프여 너는 대포를 쏘든지 코를 골든지 아니면 다시 죽든지 마음대로다 허공중에 떠서 곡마단처럼 춤을 추니 뿌연 아침나절이 한 발자국 멀어질 따름이다 아이야 장하도다 벌써 20년이냐 아니 50년이냐 잠깐이다 개미는 여전히 흙을 파내고 양식을 메어 나른다 누가 보고 있느냐 나무냐 깃발이냐 지나가는 말소리냐 미련하게 생긴 커다란 돌이 여전히 엎디어 있다 무덤 속에서 다시 이가 아프기 시작한다 순간 내부에서 단단한 것이 청산가리처럼 부서졌다 부서진 것은 뼈가 아니고 무엇이냐.

세계의 낮과 밤에

거짓말이다 시간이 상처를 고쳐준다는 것은—존 웨인

이성의 눈을 감기 전
작두의 칼날은 떨어지고야 만다
아직도 남은 신경성의 항의는
약육강식의 의지 앞에 다만 눈물지을 뿐
신이 준 지혜의 역학은 굴복한 자를 살육하고야 만다
무서운 밤의 적막과 질서를 마련한 자
서글픈 목격자인 별들과
타들어가는 시간의 모래를 마련한 자
그는 결코 말하지 않는다
이 비극의 현장을 보지 않는다
우위에 선 자만이 가지는 발명과 발견
죽음을 살찌워가는 수단과 폭력
진실은 또하나의 허위일 뿐 새로운 전설은 솟아나고
지리한 사랑의 교훈은
타인의 가슴에 설움의 묵은 씨앗을 뿌린다
행복한 백과사전 속의 철리처럼
일상은 무지개같이 풍경을 물들이고
동서남북 권력은 새로운 시대의 미학을 부르짖건만
소리없이 지는 하나의 나뭇잎은
비밀에 싸인 내일을 말하지 않는다
내가 피워 문 한 가치의 담배연기

내 폐 속에 스며드는 한 폭의 꽃향기
사라졌다 다시 펼쳐져오는 의식 속의 그림자
탄환과도 같이 죽음은 신속하게 사라져가지만
생명은 조용한 물결같이 뇌수 속을 흐른다
아닌밤중 소스라쳐 깨어난 자여 무엇을 보았는가
연기처럼 불처럼 또는 바람처럼 소멸되어가는
관념의 참혹한 폐허에 서서
무엇을 확인하였는가
이 슬픈 단죄의 역사는 끝날 줄 모른다
동반자여 끝없이 비굴한 개성으로 하여금
타협과 저주와 모멸의 손을 벌리게 하자
남은 생애 남은 시간을 거대한 공존의 제단에 바치자
생과 사 모호한 범죄 속에 영리를 구하며
미소하는 자여
흰 돌에 새겨진 몇낱 상형문자는
치사량처럼 우리들을 질식시키지는 못하기에
바다와 같은 노여움이여 사자와 같은 날랜 힘이여
이 위대한 정복의 날을 용서하라
이 냉혹한 시대의 영예를 용서하라.

반(反) 오브제
죽음의 상징적 기능

집 안에

유령이 밤낮없이 들락거림은

정신이 불안정한 탓일 것이다

절대로 예측할 수 없는 것은

사상이냐 행위냐

석양에 돌아와

자신의 혼을 붙잡고

아무리 꾸짖어봐도

소용없는 짓일 뿐

마누라는 이자 낼 돈을 꾸러 가서

아직 돌아오지 않았다

백치 같은 소리를 써서

개나리 같은 행복을 누렸더냐

말을 배운 것이 죄다

눈도 코도 없는 세월이 등뒤에서

늙은이같이 눈물짓느냐

장미는 장미다 장미는 장미가 아니다

그러나 장미는 장미다

플라톤에서 칸트에로

존재는 아무것도 없는 가운데서

소생하였느냐

레오나르도 다빈치의 벽을 스쳐간
구름조각은
어머니 옷고름이었다
펄럭일 줄 모르는 육체를 안고
현실적인 벌판을 걸어보자
내 늑골은 부서지기 쉬운
열두 개의 뼈로 되어 있다
밤이면 한길가를 중얼거리며 걸어도 봤지만
다같이 허탕이다
너는 하도 작아서 보이지 않느냐
너를 다시 찾을 가망은 없다
용해된 달리의 시계가 걸려 있는 달밤을
뭉크처럼 쏘다니는 저 개는
해골의 매혹을 지녔더라
그 안구 속에 영원을 목도한다
지금은 기나긴 겨울
물보다 깊은 것은 무엇이냐
물이냐 하늘이냐 아니라면 무슨 끝이냐
살아남은 그림자는 보이지 않는데
미적지근한 향수냄새만
간신히 옷깃에 남아서 돌아온다

오, 나의 죽음
지평선을 가물거리고 지나는 자전거 바퀴
사막에서 들려오는 여자의 목소리
마룻장에 누워서 꾸는
고향의 아지랑이 같은 꿈은 죽었다
게르니카는 일어나 외친다
일렬 도열하여라
우리들의 욕망이
철야하여서 찾아왔다
망각 속에 매몰된 욕망이여
여기 잠시 쉬었다 갈밖에 없으니
이 지구덩어리를 넘어서며
목쉰 소리로 더듬는
두어 마디 연설은 무엇인가
부디 정신을 차려라
열심히 당부하는
저 사람은 누구의 전신이냐
욕망을 없애는 것이 수양이다
인간에게서 정신을 분리시켜라
노동 속에서 발견하는 법열
빛의 환상을 물질화하는 시

스승의 말씀은
라디오 소리에 가리이 질 들리지 않으나
나의 내부에서
죽음의 구조가
점차
변경되어가고 있다
고요히…… 고요히.

달리는 선(線)

인간의 욕망은 갑자기 쓰러졌다
잘린 나무의 흰 이마에
우리는 당황한다
키리코의 감각은
절망적인 귀로에
완전히 무에 가깝다
내 앞에 걸어가는
저 움직이는 유령은 무엇일까
암석도 아니요 영원도 아닌 것
괴로워하는 베토벤의 데드마스크같이
그림자의 구성요소는 연기와 철분이다
지옥으로 가는 길에
수학으로 문장을 쓰고 싶었던
꼭또의 재롱 섞인 악문
유쾌한 시절도 있었다 인간의 계절엔
자객의 무사성공을 빌었던 맥베스
결코 죽음을 이길 수는 없으나
시작은 가슴을 펴고 하여야 한다
세워진 칼날에 흐르는 전류의 냉기
내 주머니에는
몇낱 동전이 뒹군다

한강을 끼고 멀리 동작동 길을
걸어보고 싶다던 『기상도』의 시인은
지금은 어찌 되었나
38도선은 어머니의 유방을 갈랐다
무덤까지 가지고 가야 할
허무와 이기주의
오, 점잖아라 왕이여
그는 무거운 짐을 벗어놓고
잠시 쉬고 싶었던 것이다
피카소의 「이카로스의 추락」은
드디어 악을 물리치지 못하였다
전쟁은 일요일에 일어났다
우리들의 6·25
절대의 무처럼 잠든
트리스탄 차라의 트럼펫
그것은 에른스트의 불타는 나팔이다
백년하고 또 천년을 살았다
내 팔굽에 밀려
책상 모서리에서 떨어지는
볼펜의 음향은
슈만과 베토벤을 들으며 죽은 사형수의 사념이다

그것은 양철판의 현실이다
위대합니다 판결문이여
골동품같이 밴질밴질한 시는
고물상에 갖다 맡겨라
야음을 타서 뒤통수를 쏘는 것이 총이든가
모든 것은 희다
세월이여 속이지 말아라
너와 나의 대화는
굴곡이 없는 침묵의 결합이니
아무것도 없는 두꺼운 소설같이
싱거운 흔들림의 누적을 향하여
너는 달려야 한다
집이다 돈이다 권력이다
다시 시작하련다
시대가 재능을 낳느냐
재능이 시대를 낳았느냐
아폴리네르 이상 아인슈타인 데스노스
그리고 굵직한 손금의 안중근
모든 재능은 질식하여 죽었다
흐린 하늘의 무게를 누르고
작은 뜨락에

다시 꽃이 핀다
하늘에 그려진 노자의 그림
바람은 드뷔시의 음악이 지나는
환희를 반사하고 있다
여신의 치맛자락이 날린다
수학이 제로점인 내 아들아
해보려무나 네 어려운 공부를
쥐새끼가 슬슬 기는
시멘트의 담 밑에서 녀석들이
침범할 구멍을 노리고 있다
중요한 건 지혜의 샘을
묻어버리는 일이다
칼자루를 녹여내는 일이다
내 뇌수 속에 잠자는 열두 개의 바다
모든 행로는 결국 도그마에 도달한다
진실을 알기 위해선
몇마디만 있으면 족하였다
거울에 비추어라
진실의 낯짝을―
이 원시적인 언어
지금 바깥에는 어떤 바람이 불고 있느냐

너는 알고 싶겠지

미완성이 완성이다

세잔느의 색조를 보아라

팔리지 않을 바에야

서투르게 그릴밖에 없구나

역사를 조종한 사람을 찾고 싶다

키리코의 선이 달리기 시작한다

과학은 어디쯤까지 가고 있나

이윽고 백주의 꿈은 사살되고 말 것이다

자취도 없이……

새여 깃이 무거우냐

침몰하는 거대한 도시를 박차고

날아보아라

마그리뜨의 대가족같이

오, 좁은 지구를 박차고

네 중심을 떨쳐보려무나.

표범의 노래

관모봉을 보았다
백두산보담 낮지만
은빛 산정은 요란하다
표범은
안구를 굴리며
무산령 쪽으로 사라졌다
자작나무 샛길을 나오는
포수의 헛기침 소리
정오의 햇빛에
쌓인 눈이 눈부시다
영하 30도
인제 키이츠도 들리지 않는다
새파란 하늘이
놋그릇 깨지는 소리를 낸다
제3의 사나이는
신의 존재에 대하여 잠시 생각하였다
눈더미를 헤치고 나온
시커먼 곰 한 마리
두 다리를 뻗치고
기차를 세웠다지
윙윙거리고 지나는

바람소리
들릴 듯 말듯
30년은 너무 길었다
살아남은 사람들아 한마디만 하여다오
아직 살아 있다고—

노을과 시

혼자만 와서 불타는 저녁노을은
내게 있어 한 고통거리다
가슴을 헤치고
혼자만 와서 불타는 저녁노을을
원망하며 바라본다
노을 속에서는
언제나 우렁찬 만세소리가 들리고
누님의 얼굴이 환히 비친다
이러한 때
노을은 신이 나서 붉은 물감을
함부로 칠하며
북을 치고 농부들같이 춤을 춘다
한 컵의 냉수를 마시고
오늘도 빈손으로 맞는 나의 저녁노을
저녁노을을 쳐다보는 사람은 벌써
도시에 없다.

절대에의 통로

모든 시간이 정지하였을 때
머릿속을 스친 것은
불구경이었고 원숭이의 눈물이었다
어찌하여 원숭이는
풍매식물의 종자를 닮았을까
박제가 되어버린 천재
천상에서 북소리가 들리고
커다란 발자국이
흰 종이에 찍혔다 달리는 기병
자비를 베푸소서
바람이 벽을 치며 당부한다
텅 빈 사원을 채우는 문서
한 줄의 시를 고안하였으나
그것은 모두가 무효다
낮과 밤을 따라 저자의 길은 열리고
바다의 잔등같이 우리들은 노한다
명석한 두뇌가 인도하면
만사는 순조로우리로다
그대의 그림은 잘됐습니다 정말 잘됐습니다
거침없이 나아간다
나아가다 막히면 기적을 울려라

위급을 알려라
밤중에 암초에 부딪힌 흰 배
영원을 향해 기운다
수면 속에서 보는
거미가 거미를 먹어치우는 이치
인장(印章)이 관뚜껑같이 울리는 소리
소유하여라
모든 무너져가는 것들을
인간의 도구는 깨어지는 소리 모양을 닮았다
패하라 패하여라
달려들며 외치는 육중한 공기
증발하기 위해 떠오르는 언어를 볼 것이다
죽어가면서 수천 마리의 새끼를 게워놓는
하루살이의 꿈을 볼 것이다
기억을 살려라 위급하구나
20세기는 잘 정리되었다
잊어버린 것도 없이
떨리는 손으로 그대의 밤을 더듬는
양심이여 달려나가자
파충류같이 기어다니는 이상한 생존
높은 데서 내려다보는 것은

제왕의 눈이요 귀인가보다

계산은 끝났느냐 줄 만큼은 준다

산천초목에 기쁨이 도래하는 날이다

너는 누구이기에 아직도 죽음의 그림자를 좇고 있느냐

창백한 얼굴에 비쳐지는 검은 환영

별은 언제나 우물 속으로만 떨어졌다

쇠망한 햇살이

벽을 뚫노라고 애쓰고 있다

연기 속에 사라지는 하나의 글귀

지구상에는

생선 말리는 냄새가 미만(彌滿)한다.

3·1 만세

산을 넘고 들을 지나
저 혼자 오는 봄바람은
그날의 바람일 게다
어떻게 싸웠던가 임들은
얼마나 초연했던가 적의 총칼을 박차고
그날을 되새기는 바람 속에
제비들도 오려는가
얼었던 대지에 봄빛은 찾아드는데
가신 이들 무덤가에도
봄풀은 돋아나는지
거침없이 내달은 겨레의 항의
자유와 독립 외치는 그날의 만세소리
천지를 뒤흔드니
바람이 혼자 와서
분단된 국토에 서러운 봄소식을 전한다
위대한 빛은 영원한 것이기에
빈 하늘 아래 사랑의 빛을 보는 이
국외자여
정의와 비분과 영예의 날을 노래하자
어디서 그런 힘이 솟았던가
어디서 그런 사랑이 태어났던가

한없이 넓은 마음의 우주 가득 채우며
거룩한 모습으로 다가서는 절대의 환영(幻影)
3·1 만세
우리들 가슴속에 출렁이니
가난과 설움 벗하여 살아온
민족이라 할지라도
전세계에 자랑하자
이 떳떳한 정신과 양심의 소리를
이제는 불을 붙이자 죄 많은 마음에
조국통일을 우리 손으로 이룩하리라
누가 누구를 꾸짖으랴
서로 사랑하는 마음으로 껴안으며
꿈에도 잊지 못할 통일의 날을 향해
기미년 그날같이 일어서보자
따뜻한 봄바람이 강산을 지난다
설레이는 물결같이
삼월이 산하에 넘친다.

사월의 어머니

이 허전한 마음은
지옥의 입구같이 스산한
현실을 살아서 헤매고 있다는
유일한 증거다
아, 들에는 아무것도 보이지 않는다
가련한 생물같이 지친
인간의 머리 위를
한 떨기 목련이
초롱불 켜들고 머뭇거릴 뿐
흰 구름 끝없이 흘러
봄풀만 새로운데
어머닌 작은 길을 돌아
또 들에 나선다
책가방을 들고
어머니를 부르며 뛰어들던 네가
내 가슴 속에서
웃고 있구나
괴로울 때도 슬플 때도
엄마를 불러다오
네가 사는 곳엔
인정도 빛도 많아서

아, 빈 들에서 너를 만나면
그저 눈물이 앞을 가려
우린 무슨 말을 하여야 옳으냐
자유 그리고 민주주의
바로 너희들이 외치던 소리는
넓은 하늘가에 그대로 남아 있는데
총탄에 뚫린 네 가슴의 상처
아, 내 흰 저고리로 가리우마
하지만 이 지구의 어딘가에
네가 부르는 소리 남아 있을 것만 같아
빈 들을 달리는
어미의 마음을
혁명의 날이여
4·19
너는 잊어선 안된다.

재회

석양 노을 속에
네 모습이 보다 분명히
떠오르는 것은
너와 내가
저녁노을 속에 있었던
정다운 옛날이 있었기 때문이다
땀에 젖은 너의 얼굴
그러나 웃는 네 모습이
석양 노을에
검붉게 불타고 있다
널찍한 두 어깨는
너의 성격 그대로
어렵게 걸어온 너의 과거가
담겨 있다
그날 너는 서로 나는 남으로
아, 20년 만인데도
오늘
저녁노을 속에
두 사람은 소년처럼 기꺼이 웃고 섰고나.

희망

일정 때
두만강변 회령경찰서 취조실에서 흘러나오던
그 사나이 비명은
어째서 아직도 내 가슴에
못처럼 박혀 있는지
6·25 때
한강을 헤엄쳐 건너온
백골부대의 한 병사가
담배 한 대를 맛있게 피우던 일은
어째서 아직도 내 가슴에 남아 있는지
지난날
38선을 넘을 때
안내꾼에게 준 할아버지의 회중시계는
아직도 시간을 가리키고 있는지
해체된 풍경 속에
잃어버린 것은
스승과 눈물과 후회뿐인 줄 알았더니
추락하여가는 내면의 눈에
번개같이 스치는 것은
깨끗한 한 개의 희망이다
스산한 나뭇가지에

빛의 다른 한쪽이 머무는 것을 보고
무서운 경이를 느낀다
그것은 내일을 향한 순간의 전율
푸른 공간의 전락을 뒤로
부서져내리는 차가운 유리조각
오, 희망을 위하여는
처참한 것을 넘어서야 한다.

엉망이 된 그림

조금씩 주고 조금씩 얻어왔다
밤이면 골수에서 물이 흐르는 소리
우리들의 그림은 엉망이 되었다
모두가 그렇고 그러하니라
형해만 남아서
다정한 인사를 나누지만
아무 도움도 되지 않는다
이래저래 여기까지 당도하였다
여기서는 거창한
탄환자국 같은 이야기는
그만두어라
어떠한 형이상학도
언어의 희롱도 그만두어라
누구를 속이려고 여기에 왔는가 영웅이여
이 손에서 저 손으로
저 손에서 이 손으로
종잇조각은 빨리도 달린다
고물 자동차보다도 빠른 거짓
우리들의 스피치는
속도를 가할 필요가 있겠다
모든 국가는

무슨 목적 때문에 음악을 사용한다
공기를 이용한다
사랑을 포장지에 싸서 선사하기도 한다
시는 약도 되고 욕도 되는 법이니라
천치를 만들기도 하는 거다
가장 속임수가 따르는 것이 또한
말이요 시요 음악이요 그림이냐
누구를 속이려고 여기에 왔는가
조금씩 주고 조금씩 얻어 사는 사이에
20년이 흘렀다
우리들의 그림은 이제 엉망이 되었나보다.

북에서 온 어머님 편지

꿈에 네가 왔더라
스물세살 때 훌쩍 떠난 네가
마흔일곱살 나그네 되어
네가 왔더라
살아생전에 만나라도 보았으면
허구한 날 근심만 하던 네가 왔더라
너는 울기만 하더라
내 무릎에 머리를 묻고
한마디 말도 없이
어린애처럼 그저 울기만 하더라
목놓아 울기만 하더라
네가 어쩌면 그처럼 여위었느냐
멀고먼 날들을 죽지 않고 살아서
네가 날 찾아 정말 왔더라
너는 내게 말하더라
다신 어머니 곁을 떠나지 않겠노라고
눈물어린 두 눈이
그렇게 말하더라 말하더라.

어머님전 상서

솔개 한 마리
나즈막히 상공을 돌기든
어린 날의 모습같이
그가 지금
조그맣게 어딘가 가고 있는 것이라
생각하세요

움직이는 그림자는
영원에 가려
돌아오지 않지만
달빛에 묻어서라도
그 목소리는 돌아오는 것이라
여겨주세요

이제 생각하면
운명이라 잊혀도 지건만
겨레의 허리에 감긴 사슬
너무나 무거우니
아직도 우리들은
조그맣게 조그맣게
걸어가고만 있나봐요

아무리 애써도 닿지 못하는
서투른 이 발걸음
죽은 자와 더불어 헤매어봅니다

솔개 한 마리
빈 하늘을 돌거든
차가운 흙 속에서라도
어여삐 웃어주세요.

백성의 힘

소와 사람의 힘을 겨룬다고 레슬링선수가 소를 매달아놓고 당수
로 무참하게 내리치는 장면을 TV는 중계하였다

백성의 힘은
착한 일에만 쓰여야 한다
장충체육관에서
죄 없는 소를 때려죽인다든지
도무지 경우가 아닌 일 앞에서도
보복이 두려워 할말을 못하고
머뭇거려서는 안된다
백성의 힘은
하늘이다
하늘을 쳐다보아라
하늘처럼 당당한 것이 백성의 힘이다
눈을 가리우지 말아라
소의 눈을
눈을 가리지 않아도
우리들의 황소는 고통을 참는다
순박한 백성의 힘을 타고난 소여
꼼짝도 못하게 고삐를 잡힌 소여
말 못하는 소여
견디는 죄로 하여
더없이 얻어맞는 하나의 생명—
그러나

너는 죽어도 결코 죽은 것이 아니다.

여로

하늘나라에의 길은
봄이 오면
내 쓸쓸한 마음속에서도
열릴 듯 말듯
정처없이 나서는 이 길은
임이 이끄시는 길같이

아무도 만나지 못할지라도
먼 산 있는 데까지
교외버스 타고 가련다

얼음 속에서도
햇빛을 받아
소리없이 자라는 식물의 귀
존재란 그지없이 단조로운 것이나
그것에 의지해서
유령 같은 형상에
절망도 허무도 아닌 미소를 띠고
오늘을 헤쳐가련다

무슨 말을 하였던가

쏟아지는 소리의 난무 속에서
사람들아 무슨 말을 하였던가

먼 데서 가까운 데서
간간이
임의 말씀이 들린다
한 점
돛단배같이
휘청거리는 나의 여로
종점은 어느만큼 남았을까
아직 보이지 않는다.

길

내가 당신을 위로한다든지
당신이 내게 정다운 말을 한다는 건
어려운 일입니다
봄은 와도 반겨주는 이 없으니
아득한 하늘 아래
뜻없이 손이나 잡아봅시다
무슨 노래를 부를까요
당신에게 필요한 것은
노래가 아니건만
서투른 노래밖에 부를 줄 모르는 쓸쓸한 마음

두 개의 길이 있어요
편한 길과 어려운 길이
떠들썩하게 가는 길과
말없이 가는 어두운 길이
낮이나 밤이나
정다운 세상 되었으면
꿈에도 잊지 못하던 가고 싶은 외로운 길
보입니다
추억 속에 어리는 정다운 구름
그날의 모습이 아직은 보입니다.

호흡

오후의 태양은 도심의 허공에 떠서
머뭇거릴 이유가 없건만
그 커다란 관용이
불안한 눈매로 절망을 기웃거린다

무엇 때문에 우리는 억울한가
엘리베이터를 타고
잠시 기도를 올리자
차이코프스키의 광야에 나서서
말을 달리는 소년
영원한 맨발의 영웅
자유의 바람

시장에 나가
한 보자기의 언어를 쏟아놓고
깊이 파보는 기억의 샘에
나의 광기는 청산가리처럼 빛나고
한줌의 쇳덩어리조차 찾아내지 못하였기에
가소로운 비극을 묻어버린다
영상이여
너는 어디서 오느냐

눈으로 듣고 귀로 보는 이 물체의 신비

검은 빛깔의 상냥한 미소를 지우고
허위의 양산을 접었다 펴면
세계는 공허한 백주(白晝)가 되고
생의 예리한 칼날은
입방체의 공간을 가른다
소리도 없이

모든 성공 대신에 실패를
그리하여 혼자가 되기를
오직 그것을 위해
비상한 공적을 내부를 향해 쌓는 것이다
에른스트의 움직이는 손이여
잠 속에서 움직여오는 은근한 손이여
우리에게 잔을
이 백주의 한잔은
우리들의 마지막 고독을 위함이로다.

질주하는 자

부채춤이라니, 한번
추어보시라요
하늘도 보이고 달도 보이고
다 보이는데
부채로 가리고
실컷 웃어보세요
예수는 끄떡도 않는데
모인 자들만 눈물짓네요
눈 감아서는 안되겠네요
당신을 팔아 이름을 내려는 거미
거미가 기다리고 있어요
보시라요 생통 모를 이 나타나
당신의 시체를 메고 마구 달아나네요
달아나네요.

바다의 가을

농부의 얼굴과 같은 달이 담 위에 걸려 있었다—T.E. 흄

그 사나이가 산상의 마지막 층계를 내려섰을 때
박수처럼 한꺼번에 파도가 부서졌나
하늘의 푸르름으로
질식할 뻔하면서
감겼다 열리는 시야—
꿈속에서 흐르던 선체의 기관 소리
지금 달음박질 자세로 다가오는
뉴스의 현실에
가냘픈 입김을 날리는 건
하나의 휴식이다 항의다
멀어가는 섬들과 바람
종교와 사상 그리고 추억이
흐느껴 우는 먼 그림자 뒤에
천천히 걸어오는 오후
오, 우유 빛깔의 가을.

선회하는 시점

한 발자국 물러선다
잘 보이는 나의 자리
불이다
구름이 지나듯 심장은 사라지고
느린 맥박을 딛고 육체는 떠나간다
빗물이 묻은 창으로 내다보면
누더기를 걸친 초목이
개구리같이 행간을 메우느냐
고상한 모발
껌벅이는 눈
돌이냐 모두들 무겁구나
끝이 나지 않는 토론은 싱거워서 하여라
단테는 은하를 잃어버렸다
혼자서 거니는 파이프오르간
태양을 찬미할 때는
두어 놈 굴러떨어지게 하라
고전적인 점잖은 생각
물처럼 팽창하여가는 식물의 귀에서
보석같이 빛나는 눈물을 보리라
모든 것이 기울어졌다
웃을 때는 돌아서서 웃어라.

유전(流轉)
시인 박인환의 추억을 위하여

그가 메이드 인 잉글랜드

새 옷을 입고 나서던 날

거리에는 궂은비가 내렸지

긴 머리카락에서 뚝뚝 떨어지는

빛나는 물방울

두 손엔 언제나 힘을 주며

빙긋 웃을 때마다 느끼게 하는 작은 스릴 같은 것

버지니아 울프를 만나고 왔다

예지의 기술자 꼭또는 아편쟁이지

시는 편집이야 거꾸로 써야 해

시는 써도 난 포에지는 안 쓰지

캐롤 리드 그 녀석 썩 좋아!

어두컴컴한 창가에 앉아

한껏 교만하던 사람

여봐

이 책 먹어갈까?

(그러면 오종식 선생이 노할 것이다)

술은 조니워커지

그 여자 멋쟁이야

―그짓말 마

돈은 돈이 아니야 지폐야

그래야 점잖은 거야 알어
멋없이 씩 웃으며 큐비스트같이 빠르던 사람
그래도 한때는
기성복 같은 길쭉한 체격을 가지고도
뒷골목의 깡패를 때려눕혔다는 공갈
버려야 할 성격
그 늠름한 고집 때문에
인체를 다스려야 할 의학 공부를 집어치우고
신문기자가 되고, 연애 한번 한 것이
항상 자랑이더니—
젊을 땐
시장기쯤 문제가 아닌 거지
한두 끼 건너뛰는 한이 있어도
패기에 넘쳐 선언처럼 노래하던 사람
희미한 항구엔
숱한 미제 물건 실은 배가 와서 닿는데
여전히 빈 호주머니엔
시 나부랭이를 소중히 간직하고
태연히
거리에 나서던 사람
여봐

술을 가져와요

암 고급으로

두 주먹에 힘을 주며

엄숙하게 주장하던 그대의 항의—

사는 거야

현실이 미워서 더러워서

그렇기 때문에 한번 인생을 사는 거야

까불지 마

멋있게 시 쓰며 사는 거야

힘주어 그가 다짐할 때

얼어붙은 시간은

언제나 벙어리 시늉만 하고 사라졌다

형편없이 무모한 생활의 포수꾼

가난뱅이 시인이

메이드 인 잉글랜드

단벌 번쩍이는 양복으로 단장하고 나서던 날은

종일 궂은비가 내렸지

어수선한 장례날처럼.

부재의 논리

때로는 아지랑이처럼
때로는 먼지처럼 시야에 가득 차오는
하나의 감정—
그것은 무엇인지 모르지만
한 개의 느낌은
존재의 밖으로부터 나를 둘러싼다
죽은 문서가 된 오늘의 울분
새들은 깃소리도 없이 사라지고
하루의 노동이 끝나는 시간이
너무나 절실하여
빈 하늘을 쳐다보면
내게서 떠나 있는 자신의 비뚤어진 그림자가 있다
망각은
초목처럼 무성한 세월을 쌓아올리고
독수리같이 날개를 펴는
오늘의 선전에 섞여
외쳐보는 소리는 타인의 소리다
부재의 문을 열어라
보이지 않는 손이여
나는 벗어나야 한다 내 혼란한 마음을
억압하여야 한다 나의 자유를

육신을 흐르는 하나의 집념을
추방하여아 한다
내 몸의 세균은 언제나 직접적이다
싸늘한 현실의 이해에 얽혀
쓰러져가는 양심을 붙잡고
다감했던 시절을 속삭여도 보지만
검은 지면에 넘쳐흐르는 것
거대한 관념의 뿌리뿐이다
모른다고 대답하는 객체의 행렬뿐이다
깜박이는 부정의 불빛 아래
내 의식의 배면을 흐르는
하나의 감정
그것은 무엇인지 모르지만
은밀히 내게 촉구하는 것
날아가는 새를 목격하듯
그대의 메커니즘을 조용히 유기하라는 것이다.

만원버스

누더기를 밀치고 드러눕는다 팔이냐 혈압이냐 편하다 힘과 힘이 서로 밀고 당기니 그 틈에서 잠잘 때와 같이 편한 자세를 취한다 수심이 깊어 미끈거리는 육체가 살구꽃 냄새같이 둥근데 이대로 그냥 가면 온돌방이 아니면 잠자리 나는 벌판에 이르느냐 면도 면도날이다 등뒤에서 예수를 믿읍시다 예수를 믿읍시다 그러는 것 같다 영구차같이 네모반듯한 궤짝이 아침마다 한삽 떠가지고 거리 복판을 수탉같이 달린다 전선주에 올라앉은 운전수는 어릴 때 타던 썰매 생각이 난다 누가 치였느냐 조심하여라 내릴 때와 오를 때 차장이 등에 대고 쓸쓸한 과거를 실어낸다 지쳤어요 지쳐버렸다니까요 바늘같이 따끔한 것이 누더기에 찔린다 콘크리트 바닥에 내려서면 툭툭 털며 저마다 인생이 어느만큼 질길 것인가 대강대강 생각해본다 천사는 사라지고 못생긴 하늘을 힐끔 쳐다본다 안녕하십니까 창백한 얼굴이 언제나 이태백이 놀던 달같이 벌겋다 달을 치마 속에 품었느냐 낫 같은 모자에 평준화된 지식이 베어진다 다들 어디를 갔느냐 정말 비었구나 안개도 없이 들판이 비었구나 바람이 숱한 시간들을 차곡차곡 개켜가지고 가버렸다 어디선가 중이 방문하는 말소리가 들려온다 깡통 속에서 왱왱거리는 라디오 소리가 계속된다.

흐르는 생명

아이들아 조용히 하여다오
꽃이 다 졌다
문 여닫는 소리가 총소리 같구나
나무 밑에 기어들어가
거기 떨어져 있는 조간을 집어들면
검은 산비탈에서
주저없이 꿩이 울었다
자연의 법칙은
불행하다는 생각은 잘못이다
위대한 번식이
피카소의 게르니카를
창백하게 물들인다
여신이 놓고 간 바구니엔
감자와 가지가 들었다
고흐의 농부의 구두는
하이데거의 책 속에서
바른쪽을 향하여 걷고 있다
아 딱따구리도 울지 않는 골짝을 나와
외줄기 하얀 길에
포플러나무를 스치는 바람소리를 들을 건가
연탄집게를 쥐고

분주히 창밖을 왕래하며
이 아침을 꾸려가는 아내여
현실을 살아가는 모습은
거꾸로 보는 망원경같이
어렵고 먼 것이기에
근심 가운데 웃는 미덕을 익혀야 하리라.

물을 마시는 소

아침의 희뿌연 대기가
치창에 몰려올 때
온양을 지나 신창 도고를 지나노라면
사람의 눈을 피해
황급히 소에게 물을 먹이는
소장사치의 무서운 풍경을 본다
나무와 나무 사이에 새끼줄을 치고
소의 코를 꿰어 달아맨 다음
깡통으로 양동이의 물을 퍼
소에게 먹이는 사람들
대여섯 마리의 소가 차례를 기다리고
맨 처음 코를 달아매인 소가
지금 얼음이 서걱이는
물을 사람이 퍼넣는 대로 받아넘긴다
소는 언제나와 같이
하라는 대로 하고
사람은 날쌘 솜씨로 희뿌연 물을 퍼넣는다
물로 채워지는 소의 배는
이윽고 산만큼 불어나
도살장에 가기 전 저울에 달면
근수가 늘어나겠지만

이른 새벽 벼락같이
빈 배를 물로 채워야 하는
소의 고통은 얼마나 할까
하늘을 쳐다보는 것도 아니고
무엇을 생각하는 것도 아니고
다만 큰 눈을 껌벅이며
고통을 견디는
소의 무한한 인종이
내 가냘픈 가슴팍에
천근의 무게로
커다란 구멍을 뚫는다.

편지

거짓이 없는 너희들의 말을
진직으로 믿는다
시끄럽게 떠드는 너희들의 이야기는
때로 내 일과 생각을
마구 내던질 적도 있으나
너희들의 노랫소리를 들으면
성이 났다도 어느새 풀려버린다
버스도 안 타고
걸어다니고 싶은데
너희들은 자가용차 타고 싶단다
이런 세상에선
그것은 자연스런 생각일 게다
가난한 내가 너희들에게 줄 수 있는 것
그것은 과연 무엇일까
곤히 잠든 너희들의 모습을 보고
미소짓는 일과
열려진 문을 닫아주고
한동안 지켜섰다가 가는 것
너희들의 종이 되어도 좋다는 서약뿐이다
어서 너희들이 커서
세상을 알았으면도 하고

또 반대로 언제까지나 이런 세상을랑
모르는 채 살아주었으면도 한다
―우리가 걸어온 길에는
추한 것 미운 것 눈물과 한숨이
너무나 많았기 때문이다
그러나 아이들아
너희들의 내일은 좀더 아름다워야 하리라
너희들이야말로 저 넓은 세계의 아이들과 함께
굽힘 없는 마음과 꿈으로 자라야 하지 않겠느냐
그 일을 위하여도
우리는 밤이나 낮이나
너희들의 충실한 종이 되어도 좋다는 마음뿐이다.

강연회

눈발이 펄펄 날리는 밤인 것만 같은데
불꽃이 장미보다 짙어
시간이 되기 전부터
입추의 여지도 없이 차버리는 강연회
흰 벽에 걸린 시대의 격문
르네 클레어도 오늘 저녁은 놀라 자빠져라
이 모임은 우리들의 발견을 위한 이성의 밤이다
그럼에도 홍수 같은 정열에 휩싸이는 것은
오랜만에 맛보는 감격 때문인가
사랑하던 시절의 코러스같이
우리들의 머리 위에 눈발이 날리는 것만 같은데
좌우 출입문이 미어지게
운집하는 젊은 신들
누구나 이 광경을 보면
이 시대가 무엇을 바라는가를
알 수 있건만―
알고자 가슴을 열고자
그리하여 새벽을 목말라 기다리는
부리부리한 눈동자 속에서
살아 있는 한 편의 시를 읽을 수 있는 것은
확 트인 수평선을 바라보는 느낌이라

오늘밤은 꿈도 없이
깊은 잠에 곯아떨어져도 무방하리라.

어떤 사기술

선량한 선생님네들은 읽지 마십시오

밀폐된 방이 적당하다
용도불명의 상품이라아 하고
길 가운데 내다놓고
숨어서 사람 모여서기를 기다린다
될 수 있는 대로 심각한 체할 필요가 있으며
구름 위를 거닐듯이
서너 줄은 나도 모를 소리를 써라
목소리는 한 옥타브쯤 낮은 게 좋고
속에 무엇이 들어 있는 것처럼
희귀하게 위장하는 것이다
들키면 패가망신이다 정신 차려라
단단히 연기로 감싸라
아무렴 무엇이 있겠거니
약이 되는 것이 있겠거니
보석이 들어 있겠거니 하고
사람들은 든든해하리라
실상 아무것도 존재하지는 않지만
─명심하여라 현대다
맛대가리 없는 무 같은 그림이나
나비 같은 고운 시는 해될 것은 없지만
견디기 어려우니라

철저히 전시하는 것이니라
그저 백치를 가장하는 것이니라
변화무쌍한 약품의 작용으로
번져가는 작시술(作詩術)의 반응은 날카롭다
조심할지어다 찔리면 때로 죽는 이도 있느니라
바보 같은 소리 하면
때로 시인 소리도 들으리라
장사꾼같이 달려온
비평가 선생께서 맥을 짚어보더니
이 약은 신묘한 것으로
이런 물건은 아무나 만들 수는 없을 것이라고
높은 값을 붙였다 지당한 값이다
아무렴
그물을 치는 거야
하늘에 대고 그물을 치는 거야
시장에 들어서면 나사못을 조이는 거야
남이야 살든 죽든
허허
불혹에 스물두어살 때 이상이 썼다는 시와
매우 흡사한 걸 지었다고 평판이 자자한
점잖으신 두어 분 신사 나으리가

진기한 걸음걸이로
태평로 어귀를 돌아나오는 것도 보인다
아마도 망할 거야 시궁창에 처박힌 이상
—속세에
몇날 몇줄의 글깨나 써 남긴 것을
천추의 한으로 여기고 계시다.

오늘

우리는 그날 5층 높은 지붕 위에서 만났다. 그가 웃었다 "또 그 일을 생각하나? 잊어버려 사르트르 이야기 봤잖아?"—사르트르 의 애인과 보봐르 부인의 젊은 남자 이야기—

사다리도 없이 우리는 내려올 수가 없었다. 그가 나의 손을 잡 고 있었다. 이윽고 푹 꺼지는 지붕…… 완만한 자살, 다행히 우리 는 죽지 않았다

감개무량했음인가 서로 말이 없었다. 나는 그와 헤어지며 울었 나보다. 나 혼자 5층 지붕 꼭대기에서 키가 자라나는 소년을 의식 하였다

몇번 죽어도 결코 죽음을 볼 수 없는 추락 사고, 이런 안타까운 일도 세상에 있을까. 친구는 손도 흔들지 않고 먼 길을 자꾸 걸어 가고 있었다. 음악도 없었다. 다만 한 장의 아무 뜻도 나타내지 못 하는 새파란 하늘이 있었을 뿐—쓸쓸한 날이었다. 그것은 오늘 의 일. 그러한 오늘이 차곡차곡 겹쳐진 무수한 오늘이 번식하는 그런 한낮이었다.

당신에게

이렇게
새침하고 고요한 아침을
무슨 선물처럼 선뜻 보내놓고
모르는 척하시는 당신

그러나 이윽고 서울은 왼통
우리들 생존의 싸움터가 되겠지

도대체
하늘을 이렇게 하염없이
푸르게 해놓고
당신은 어디에 숨어서
우리의 이야기를 엿듣고 있는 것이오

올가을엔 무슨 일이고 해야지
약속만은 단단히 한다마는
하늘이 너무 깊어 믿을 수 없구나

허나 단풍이 물들 무렵이면
툭툭 털고 일어설 수 있을 게다
풍요한 가을 들판을

가슴이 벅차서
타이탄처럼 걸어갈 수 있을 게다.

행복

몇줄의 글을 쓰거나
읽던 책을 펼쳐놓은 체
페인트칠을 하거나
시멘트를 바르는 일은 즐거운 일이다
서울의 해는 빨리 진다
불이 켜지면
잘난 사람들 내노라하는 친구들
어디로 가는가를 보아라
우리 집은 납작하나 뜨뜻해서
아랫목에 무릎을 녹이면
내일의 심문을 걱정하며
마룻바닥에 눕던 때를 생각한다
추운 때에 옮겨 심은 어린 향나무
그것이 까딱 않고 사는 것을 보고
생존의 큰 뜻과 기쁨을 배운다
서로 이야길 나눌 순 없지만
죽은 사람들이 늘 말한다
내 힘껏 인생을 싸웠노라고
이래서는 안되겠다
이럴 수가 있을까
하는 것이 양심이다

그 소리는
인적 없는 바닷가에서도
산에서도 여전히 들린다
자취도 없이 사라지는
약한 사람들
정면으로 파리떼를 보는 사람들
그들과 함께 가는 것은 행복한 일이다.

용해되어가는 입상(立像)

호랑이는 늙었나보다
처참히 용해되어가고 있다
인간의 꿈은
철사 모양으로 선회하던가요
낙엽이 지니
이 길은 다시 시멘트 담장을 드러내었다
기계는
내 폐장(肺臟)의 순수를 파헤쳐놓았다
이별의 성분엔
경도(硬度)가 없고
댁에서는 장미를 싸줬던가요
그저
이런 말소리가 오가는 가운데
나뭇가지 끝에서
한점 눈송이가 굴러떨어진다
심리학에서는
이런 효능을 뭐라고 하는지
알았으면 좋겠다
아름다운 것은 망가진다.

권태

오후 여섯시 혹은 일곱시
해는 도회의 먼지를 뒤집어쓰고
아이들처럼 숨이 차서 넘어갈 때
개를 데리고 남산 길을 걷는 습관이 있었다
『이방인』에 나오는 살라마노 영감처럼
일년에 한번 이맘때면
음분해지는 개의 수태기
좋은 종자를 얻어 붙여주겠다는
친구도 있으나 그만두었더니
개는 못 견디어 가다도 말고 정신을 잃는다
개는 개대로 먼 데만 바라보고
나는 또 무슨 생각에 잠겨
그림엽서에서 본 홍콩을 닮아가는
황혼의 도시를 내려다보며
가슴에 못을 박는다
고무냄새가 훈훈한 아스팔트 위를
바람이 스쳐갈 적마다
훅 끼쳐오는 죽음의 냄새
니진스키의 무대가 공중을 날아가는 소리
그러나 자동차가 줄을 잇는 길을 벗어나
궤짝같이 밀집한 집들과

네모번듯한 양옥집 담벽을 끼고
좁은 길을 오르노라면
여기저기 사람도 많고 살아가는 괴로움도 많더라
라스코리니코프는
두 사람 다 살해할 뜻은 없었다
그 어두운 지평
공연히 나와 선 아낙네들이나
손에 일감을 쥔 채 문간에 나온 여인네가
무슨 영문인가
개도적이라도 지나간다고 생각한 건가
날카로운 눈초리로
나를 감시한다
짜라투스트라는 골짝에서 나와 인간의 배후를 유유히 걸었다
오늘따라 의심 품은 흰 눈이
나를 당황하게 하는 것은 무엇 때문일까
무럭무럭 연기를 뿜으며
도시는 차차 어둠에 젖고
말없는 눈들이 뒤를 쫓을 때
자주 거꾸러질 뻔하면서
음분한 개의 고삐에 끌려
일년 내내 이렇다 할 기적도 없는

몰락 속으로 빠져가고 있었다.

거리

"수면제를 먹여서 한 달간만 잠재워라 그러면 낫는다"고 냉혹한 시대의 의사는 말하였다

이것과 저것과의 거리 하늘과 땅 사이 이 사람과 저 사람과의 사이 거리는 두 개의 얼굴을 함께 길러간다. 아무리 달려가도 좁혀질 줄 모르는 거리를 두고 습관은 여러 가지 천륜을 빌어 오늘의 문자를 장식하며 또 거두어들인다.

꽃병이여 너는 진실로 여러 가지 각도에서 바라볼 수 있도록 조용히 앉아 있구나. 숨이 턱에 닿아 이 계단을 단숨에 달려올라온 것도 사실은 어제와 비슷한 거짓을 두르기 위함이었다. 누구의 발견이냐 말은 세내지 않고 쓰는 물이나 공기나 양잿물 따위와 신통하게도 흡사한 데가 있다. 그래서 누구나 이렇게 말한다 이야기 좀 하자. 그러면 다 알게 된다고. 하지만 영원히 항구적인 하늘과 이 축축한 땅 사이 저 사람들과 이 사람들과의 사이에 끼어드는 거리를 아주 없애주겠다는 이를 만나보기는 어렵다. 지는 잎과 피는 꽃을 한데 조화시켜 하나의 우주를 엮어낼 수 있다고 장담하는 이를 만나보기는 어렵다. 되풀이하여라 그대의 시 그대의 음주를 그리고 슬쩍 눈치를 보아라 자못 유쾌하냐. 큰 주인은 서슬이 푸르고 작은 주인은 굽신거리는 법이다. 지구에는 무거운 돌이 매어달렸더라 무거웠다.

수험생

문둥병 환자라면
산에 약이나 구하러 가겠다
3년 동안이다
봄 여름 가을 겨울
에미는 도시락을 두 개씩이나 싸주면서
마음대로 안되는 네 운수를 서러워하였다
5점이 모자랐으면
운이 없는 탓이지
서울에는 맞히는 데도 많아서
답답할 때면 그런 데를 찾아갔다
어떤 때는 부적을 사른 재를 먹으면
네가 된다기에
에미 몫까지 내가 먹었다
혓바닥에서 녹는 재는
타버린 오징어 냄새가 나더라
친구들은 벌써 3학년이 되는데
며칠 안 남은 시험날을 두고
쿨룩거리는 너의 방에는 아직 불이 켜져 있다
우린 문지방도 조심조심 넘었느니라
오늘 아침 밥상을 대하면서
다 큰 아이보고 또 한다는 소리

애야 답안지는 꼬박꼬박 알아볼 수 있게 써야 한다
글자란 사람이니까
이런 공허한 훈계에
너는 죽은 사람같이 웃는다
차라리 팔다리 없는 병신이라면
그저 그렇게 알고 물러앉을 것을
기어이 그 학교 가고 말겠다고
같은 공부를 세 번씩이나 되풀이하는 너를
이렇게도 저렇게도 하지 못한다
거북이다
말이 삼수지
어둡고 조심스런 나날이 하도 멀어
스산한 바람이 훌쩍 지나는
창밖을 내다보고 잠시 눈을 감는다.

사랑의 법칙

영웅의 안경에 파여진 우물은 할아버지 이마에 새겨진
수심을 비춰주지는 못하였다
변변하지 못한 세월은
한마디 위로도 없이 떠나갔을 뿐
몰아치는 바람이 흙벽을 치는 밤마다
정성들여 쓴 편지는
어느 무인도의 모랫벌에 파묻혀버렸을까
빙판을 뚫고
흙탕물 소리같이 흘러내리는 오늘의 연설
살육을 키우는 시간의 풍화작용을 피하여
미래를 향하여 뛰쳐나온 행동가들은
끄떡도 않는 지구의 체적에
그만 낙담하고야 말았다
이제 사자(死者)의 얼굴을 비추는 달빛과 더불어
침묵을 나르기 위하여
수평선을 넘어오는 조수의 울음소리에서
그 옛날
우리들의 머리 위에 유유히 원을 그리며
인간의 생활을 부감하던 솔개의 기억을 되살린다
가슴속 잿더미에 꽃 피우는 두어 마디 낱말
그것은 무엇일까

시인이여
어떤 거센 바람도
이 격렬한 시대의 방언을 지워버리지는 못하리라.

세계의 어디선가

너를 생각할 때면
멀거니 혼자 가는 태양처럼 쓸쓸하고
말을 못하는 산과 들처럼 갑갑하다
온 세계가 변화하고 달라지고
병들어간다지만 너는 영원히 총명하다
청춘은 여름날 바다같이 다사로왔고
헛된 열기와 분노로 부풀었었다
신비로울 것도 놀라울 것도 없는 먼 과거 위에
해어진 남루모양 사념의 기는 날리고
한없는 마음의 고요 속에
조용한 침묵으로 내게로 온다
내가 너와 숨을 맞대어 말을 하고
네가 나를 스스로 감싸주었을 때
바람은 다시 와 만리장성을 쌓는다
나의 의식에 감기는 쇠사슬
나는 커다란 심연을 굽어본다
건널 수 없는 강인 줄 알면서도
뛰어넘을 수 없는 산맥인 줄 알면서도
바위에 머리를 쪼는 슬픈 짐승같이
검은 벽을 쪼는 사랑의 의지
벽이여 더 높이 솟으라

벽을 쌓는 자여 더 높이 쌓으라
어두움은 죽음보다 멀고
보이지 않는 미래같이 우리들의 오늘은 지루하지만
헐자 쉬임없이 바위를 뚫자
어디선가
세계의 어디선가
희미한 속삭임
문이 열리는 소리는 들려오고 있다
변하지 않는 네 얼굴이 있다
너의 목소리가 거기 있다.

운명

어떻게 될 것이다
이 절망의 나날은
어떻게 될 것이다
이 어두움의 행렬은
노한 바다 검은 구름이 지나듯
고통의 시간이 지나가면
길은 열릴 것이다
파도에 밀려가자
밀려가 부딪치자 잠자코
달과 별을 의지하여
말없는 밤하늘에 파묻혀서
암담한 나날을 맞이해가자
얼마나 많은 생명들이
이 비탄에 젖은 길을
운명이라 불렀던가
아이야 용기를 내어라
죽음이 너무나 확실히 보인다
막다른 골목에서
주춤거릴 때마다
속삭여주는 그윽한 목소리
하나의 비전

그것은 잘려진 고흐의 절망이다
성냥집에 든 고흐의 직은 한쪽 귀다.

육체의 물리

인주같이 육체는 찍힌다
돌과 흙에 그리고 벽에
그것은 하나의 공동이기도 하다
커다란 강물에 떠내려가는 중량이다
하늘에 날리는 관의 널빤지
의식을 흐리게 하는 푸른 빛깔은
범속한 것을 가르친다
말은 한 개의 울타리다 방패다
그것은 자연스럽게 살인한다
용맹한 짐승조차도 훌륭히 길들이는 말은
자랑스럽게 오늘을 인도한다
가는 길은 같은 것이지만
누워서 가는 자와 서서 가는 자가 다를 뿐
풍족하게 화폐를 주물러보는 재미가 남았을 따름
육체는 과육같이 끈적인다
축축한 누더기같이 낙하한다
그것은 쓸쓸한 그림자다
침묵 속에 풍화하는 슬픈 형해다
눈물은 석고상에서 흐르는 개울
그것은 별이 떨어져 뒹구는 서정시다
무한한 휴식을 갈망하는 조용한 호소다

잔잔한 바닷가 닻모양 내려지는
내일로 뻗어가는 한 개의 호흡이다
그것은 한 묶음의 연기다
오늘이 있고 내일이 없는 물리가
서글픈 지구를 떠받쳐가고 있다.

내면의 기하학

한 백년 동안 잠재울 작정으로
바위는 육박해왔다
눈을 감으면
하늘은 더욱 푸르고 구름은 희다
뜻하지 않은 이별이 곤충의 일생을 어둡게 하였다
때로 너의 가슴속을 별빛처럼 지나는 말은
아무 의미도 나타내지 못했으나
그 낡은 벽면에
순서도 없이 떠오르는 어린날의 석양빛은
책상머리를 조용히 지났다
아름다운 몸짓, 흐르는 말
안개 속을 헤치고 나타나던 그 침묵
죽음은 서두를 것도 없이
잔잔한 파도소리를 반복한다
내부는 외부의 껍질일 것이다
황금의 햇살 속으로
주저도 없이 다가서는 공허한 그림자
인간에 의한 인간의 착취ㅡ
헤겔의 미학은
만질 수 있는 식물의 체계에 속한다
볼 수만 있다면 적도를 바라보며

출렁이는 들을 헤매이자

이제 남은 것은

구름 속에 종이꽃을 안고 달리는

아이들뿐이고

해와 그늘이 뜻없이 낮과 밤을 이어간다

한 백년 잠재울 작정으로

바위는 닫혀 있다

결론은 곤란하다

미친 자와 더불어 놀 것이다.

인간의 법칙을

사람은 누구나 혼자라고 전해다오
사자(死者)는 흙 밑에서 눈을 감고 있을 뿐
영원이란 어떤 말로도
설명할 수 없다고 전해다오

오늘은 언제나 새로운 시작이다
무수한 실패를 딛고 생각하는 새로운 시작이다
달라진 것은 그 공간에 비치는 관념의 풍경일 따름
거울에 비치는 숯 칠한 풍경이다

사람이 역사를 지배하여왔다고 전해다오
생활은 하나의 연습이라고 가르쳐다오
빈 들에 쓸쓸한 바람이 불고 있다고 전해다오
바다는 고요히 넘실거리고 있다고 말해다오.

황금의 여로

은빛 가지밭 사이를 빠져나와
잡초가 자란 둑길을 슬그머니 돌아서
서산 허리에 남색 그림자를 떨구는가 싶더니
태양은
떠나는 이의 가슴을 황금으로 물들인다

조마조마한 것은 빛깔의 되풀이다
산을 넘으면 아득한 벌판이 있고
벌판을 지나면
산짐승 같은 여신이 사는 마을도 있으리
미켈란젤로의 공간은 위태롭다
꿈의 낙하

혼자라도 좋으니
무슨 씩씩한 노래라도 부르고 싶다
이슬에 젖은 가냘픈 식물의 눈과 귀
어떻게 하면 좋은가
지구를 지나는 걸음걸이가 휘청거린다

밀짚모자 밑에 이마를 가리우자
돌아가는 길은 언제나 쓸쓸한 것을

지금 몇시일까
피부를 건드리는 것은
세계를 한바퀴 돌아온 연둣빛 바람인가보다.

빈손으로

빈손으로
어머니에게로 가듯이
그래도
눈물이 앞섰듯이

아직도 쟁쟁하게 귀에 남아
괴롭히는 세상의 말과 말들
바다는 잠자도
말은 끝나지 않아

미안하다
미안하다
가슴속에 가득 차서
넘쳐나는 이 한마디

해놓은 일 자랑스런 일
내게 아무것도 없으나
이해도 마지막이라니
미련은 있어 나이 먹는 것이 두렵다

우직하게 살려고 한다

허나 남을 밀치고 나서기 전엔
성공하기 어렵다는 것을
여러 백번 아프게 느꼈다

하늘의 소리를 믿으며
차가운 겨울을 나는
헐벗은 길가의 나무처럼
깨끗한 빈손으로 다시 한 해를 보낸다.

해와 달을

아내여 오늘도 박수를 치고 왔소
박수를 치고 돌아왔소
말을 하고 싶었으나
말은 모두 집에 두고 와서
박수를 치고 헤어졌소

네 것 내 것 없이
허물이 없다는 말도
정작 쓰려들면
유통이 되지 않는 허허벌판에
애처로이 또 잃어버리고 말았소

죽음처럼 다가서는 하나의 고백
정말을 털어놓을 순간을 노렸지만
꽃은 단애에서 낙하하고 말았소
지는 해를 붙잡지 못하듯이
지는 달을 붙잡지 못하듯이.

바다의 편지

나의 가족이
시골로 가든지
내가 혼자 어디론가 떠나든지
그러한 때를 위해
사다 쌓아둔 책은
바다의 꿈에 휘감긴 채
창백한 사색의 실을 늘어뜨렸다
인도양을 지나는
코끼리의 꿈을 꾸며
여름은 익어간다
안개가 걷히면 배가 닿는 아침이다
내 육체 안에 남아 있는
생각을 분석해보면
한 자루 철필의 적막이다
행동의 영웅이여
그대의 죽음은 비장하다
오늘도 바다는
고뇌의 벽을 쉴새없이 때리건만
인간의 소리는 바다 한가운데서
무엇을 외치는 것일까
목마름과 절망의 유혹으로 눈부신 나의 바다

내 연정은 여름 하늘의 뜬구름처럼
부푼 마음으로 넘실거릴 뿐—

새의 죽음

짙푸른 논밭에서 날아오른 한 마리 새가 일발의 총성과 함께 소리없이 떨어졌다. 무릎에 차는 벼숲을 헤치고 그가 잿빛 날개를 집었을 때 가늘고 긴 새의 다리는 선혈에 젖어 있었다. 용케 잡았다고 환성을 올리는 그의 아내가 아직 살아서 푸드득거리는 새의 다리에 풀잎을 뜯어 감아주고 주머니에 넣었다. 새는 두 개의 다리가 모두 부러졌던 것이다. 서투른 총 재주는 아래로 처진 것이다. 그래서 새의 생명에 중상을 입혀주었을 뿐이다. 석양 노을을 지고 돌아오면서 새의 다리에 꽃 피듯 붉던 선혈이 떠나지 않아 그는 괴로웠다. 집에 돌아오니 끝엣아이가 새가 아직 살아서 가엾다고 하였다. 하룻밤을 자고 나도 새는 여전히 살았다. 아이는 쌀과 물을 날라다 주었으나 먹지 않았다. 다친 새로 하여 식욕까지 잃어버린 포수는 새의 상처에 약을 바르고 붕대를 감았다. 하루해가 기울면서 새는 차츰 기운을 잃었다. 자꾸 눈이 아래로 감기는가 싶었다. 아이는 몇번이고 물을 나르고 부채로 파리를 쫓아주었다. 그러나 해가 질 무렵 새는 끝내 죽었다. 아이는 돌아서서 울면서 아버지가 새를 죽였다고 서러워했다. 아이는 새를 묻어주고 십자가 표지를 해주었다. 이렇게 하여 서글프고도 고운 소리로 여름날 오후를 울던 한 마리 새의 생애는 끝난 것이다. 아주 죽은 새가 아니면 갖고 오지 말라는 아이의 말을 되새기며 서투른 포수는 참을 수 없는 아픔을 안고 죽어간 새의 조용한 임종에서 무한한 슬픔과 아름다움을 배웠던 것이다.

적

적이 잘 보이는 것은
낮이 아니라 밤인 것이다
한줌의 흙 한점의 바람에서
적을 보기도 하지만
융숭한 대접을 하면서 오는 적을
보지 못한다
백과사전을 믿었던 탓인가보다
마지막 두 손까지 팔아먹은 우리들이다
그렇다 허락하여라 낮이 아니고 밤에
적은 언제나 상냥한 미소를 잊지 않았으니
어둠을 향하여 두 손을 휘저어도
잡히는 건 허전한 목마름뿐이다
신이 어디 딴 데 있었더냐
거지꼴이 되면 저절로 신이 되는 법이다
장자같이 점잖치 말라
우리의 적을 알아야 한다
암세포의 사진을 본 사람은 알리라
내 의식 속의 거대한 적을 섬멸하여야 한다
도연명과 한 개의 연탄 그리고 오늘의 재벌들
결론을 말하지 말라
우리의 할일을 다시 한번 가르쳐다오

뇌수 속을 흐르는 살육의 소리는
교활한 시대의 대낮을 물들이는데
적은 되도록 높은 데 서서 민첩하게 움직인다
혼을 노리는 수천만 개의 적들이 웃고 있다.

산상의 신

산 너머에서 누군가 떠나간다
쓸쓸히
해 지는 저녁의 서울 인왕산 마루에
울고 섰는 것은
창끝같이 솟아난 나무들인가 했더니
작은 마을에 사는 헐벗은 신들이다
오늘도 도시는 희멀건 눈을 뒤집고
소리없이 침몰하는데
별도리 없다고 우리는 우리끼리라고
멀리 상여꾼같이 히죽거리며 가는 것은
산마루의 벗은 나무들이다
그 풍경에서 견고한 죽음을
대하게 되는 것은
철공장에서처럼
먼지인지 연기인지 마구 피어오르기 시작하는
무서운 저녁 무렵이다.

시의 천국

한 편의 시는
연탄 한 개만한 열기라도 있을까
한 백리쯤 걸어도 끄떡없는
근력이 있을는지
뜻없이 푸른 하늘 아래
조용히 흐르는
실의를 달랠 수 있을는지
헐린 무허건물이
가축의 뼈다귀처럼 길가에 나뒹구는 오후
바람은 풍경을 손질하느라고 분주한데
포켓의 먼지를 털며
말의 효력을 믿어서는 안된다
흰 이마에 회의와 애탄의 불을 켜들고
무거운 입술을 굳게 다문 고뇌의 증인
보들레르여
절망이 어떻게 빛을 볼 수 있었던가
울부짖는 바다는 저 혼자 단애에 부서지고
낮과 밤을 잇는 세계의 소식은 불꽃을 튀기건만
소리없이 나의 시야를 적시는 빛
눈물이여
내 시의 천국엔 흰나비 한 마리.

아버지의 식목

아버지의 식목은 구식이다
집장사 집은 그렇게 해서 안되는데
아버지의 도덕은 온통 구식이다

억대짜리 당신의 호화주택의 지반도
잡석과 연탄재로 메꿔졌다면
아무리 벼락부자 나으리라도
그리 기분이 좋진 않을 것이다

한 그루의 나무를 심는데
아버지는 돌과 유리조각
비닐 포장지 따위 일일이 가려내고
진짜 흙으로만 덮어서 심어야 성이 풀린다

돈을 못 버는 아버지
아버지의 도덕은 벌써 구식이다
정보시대에
정보를 등지면 자연도태된다는
자식들의 이론이
항상 아버지의 양심을 괴롭히지만
식목할 때만큼은

아버지 인생관은 끄떡도 않는다
그래서 아버지는 건강하다
텔레비전 선전에 나오는 약을 쓰지 않고도
얼마든지 무거운 노동에 견딘다

구식인 도덕을 믿고 싸우는 아버지는
하지만 혼자다.

서글픈 무기

우수의 배는 떠났다
이 정적 속에
남은 것은 고백을 밝히는
대상들의 창백한 잠이다
옛날에는 우리의 추억에도
인간이 왕래하였지만
모든 양식은 무너지고
햇볕이 들었다 나가는 한낮에
고독이 빙하에 떨어지는 소리가 들린다
음영도 없이
나의 병은 순수하게 자라간다
이 기묘한 분리현상은 가을바람 스치는 거리에서
자취도 없이 자연도태되어가리라
이것이 생활이라는 것이라면
그 물질성에서
대리석같이 차가운 이성을 배우며
망가져버린 마음을 달래도 보겠지만
기류처럼 흘러드는 검은 물리가
상표가 되어 빛나는 일상을
덮어줄 기적은 없다
실용주의여

너는 튼튼하다 하지만
유리같이 맑은 그 미덕을
땅에 떨어져 뒹구는
나뭇잎도 탐내지 않는구나
투명한 마음의 걸인이여 너는 알고 있다
수직으로 일어서는 힘
소생하는 불길
한 발자국 심연의 그 밑바닥에서
바람이 거두어가지고 떠나는 희망과 슬픔을
오후 네시
이 네시의 바람이 상쾌하여
무인도의 모래밭에서
잃어버린 손을 흔들어도 보건만
거칠은 들가의 풀포기를 살려놓을 겨를도 없이
우리들의 애수는
르누아르의 빛깔 속으로 잦아든다
싸늘한 수면에 어리는
시꺼먼 물체
석양 노을에 젖어
울려퍼지는 종소리를 듣던
멀고도 가까운 감정은 사라지고

죽음을 기다리는 자에게
신비롭게도 지평선은 열린다
부채는 아흔아홉 개의 돌이 되어
감각을 누른다
가볍게 쓰러지는 트레이너의 흰 가슴을
나비같이 지나는 순간적인 사건들
모든 희생은 희생으로 하여 비로소 빛난다
이윽고
사제는 고해주리라
침묵의 무게와 돌의 의미를―
혼자 일어서자
내 속의 음악은
항상 결정적인 총소리다.

깨끗한 희망

창작과비평사 1985

노래
만가(挽歌)

빗발이 듣는 세느 강엔
둥둥 떠가는 가마니와 함께
황소 머리를 닮은
몇개의 뿔이 오르내리고 있었다
나폴레옹의 군마 소리는
강심 깊이 잦아들고
피에 얼룩진 여러 개의 선언이
전봉준의 핏발 선 눈처럼 빛나고 있었다
노트르담을 배경으로 사진을 찍었으나
거대한 아프리카 코끼리를 몰고 온
앙드레 브르똥의 야유와 공격 때문에
세느 강 황토빛깔의 우수를
퍼담는 일을 종내 포기해야만 했다
엷은 입술에 빗물을 물고
보들레르가
콧소리로 모음자 발음만 하며
급진사상에 대하여
모종 생각을 하고 있는 것이 떠올랐다
서둘러 흐르는 강심에
성난 뿔은 잠겨가고
강변의 노점 책방은 닫혔는데

잉어들은 흙탕물 속에서도
빠리의 투명한 지성을
미인들의 회색빛 겨드랑 사이로
멀리멀리 실어나르고 있는 것이 보였다
세월이 세느 강에 흐르고
말하지 않는 죽음과 사랑도
긴 역사의 다리 아래를 흘렀다
흰 돌들과 늘어진 가로수를 스쳐
서편 하늘을 비껴가는
암울한 만가를 물결에 뒤섞으며.

안부

알려다오
살았는지
죽었는지
그것만이라도
분계선이 꽉 막혀
오도 가도 못한다면
땅속 깊이
바닷속 깊이
잠겨서라도 소리쳐다오
죽어서라도 외쳐다오
혼백끼리라도 만나서
이 원한 풀어보자고
거짓말로 논문이 되겠느냐
시가 되겠느냐
끊어진 형제의 마음 이어지겠느냐
고상한 말보다는
앓음소리가 더 확고한 말이구나
말로 통일이 되겠느냐
하늘은 멀고
땅은 어두우니
나는 믿고 싶다

온 세상 그 무엇보다도
뛰고 있는
이 심장의 고동소리를.

송년(送年)

기러기떼는 무사히 도착했는지
아직 가고 있는지
아무도 없는 깊은 밤하늘을
형제들은 아직도 걷고 있는지
가고 있는지
별빛은 흘러 강이 되고 눈물이 되는데
날개는 밤을 견딜 만한지
하룻밤 사이에 무너져버린
아름다운 꿈들은
정다운 추억 속에만 남아
불러보는 노래도 우리 것이 아닌데
시간은 우리 곁을 떠난다
누구들일까 가고 오는 저 그림자는
과연 누구들일까
사랑한다는 약속인 것같이
믿어달라는 하소연과도 같이
짓궂은 바람이
도시의 벽에 매어달리는데
휘적거리는 빈손 저으며
이해가 저무는데
형제들은 무사히 가고 있는지

아무것도 이루지 못한
쓸쓸한 가슴들은 아직도 가고 있는지
허전한 길에
쓸쓸한 뉘우침은 남아
안타까운 목마름의 불빛은 남아
스산하여라 화려하여라.

유모차를 끌며

그 신문사 사장은
변변치 못한 사원을 보면
집에서 아이나 보지 왜 나오느냐고 했다
유모차를 끌며 생각하니
아이 보는 일도 쉽지 않다는 것을 깨닫는다
기저귀를 갈고 우유 먹이는 일
목욕시켜 잠재우는 일은
책 보고 원고 쓸 시간을
군말없이 바치면 되는 것이지만
공연히 떼쓰거나
마구 울어댈 때는 귀가 멍멍해서
아무것도 생각할 수 없이 되니
이 경황에 무슨 노랜들 부를 수 있겠느냐
순수가 어디 있고 고상한 지성이 어디 있냐
신기한 것은
한 마디 말도 할 줄 모르는 것이
때로 햇덩이 같은 웃음을
굴리는 일이로다
거친 피부에 닿는 너의 비둘기 같은 체온
어린것아 네게 있어선
모든 게 새롭고 황홀한 것이구나

남북의 아이들을 생각한다
아무것도 모른 채 방실거리고 자랄
미국도 일본도 소련도
핵폭탄도 식민지도 모르고 자랄
통일조선의 아이들을 생각한다
이 아이들 내일을 위해선
우리네 목숨쯤이야 초로 같은 것이면 어떠냐
탄환막이라도 되어주마
우리를 딛고 일어서라
우리 시대는 틀렸다지만
너희들은 기어이 통일된 나라 만나리라
숨막히는 열기 속에 쫓겨 달리는
차량의 물결을 스쳐
미친 바람 넘실대는 거리를
삐걱이는 유모차를 끈다
통일을 만날 어린것을 태운
유모차 끄는 일은
시 쓰는 일을 미뤄두고라도
백번 눈물겹고 신나는 노동이구나.

재판

의롭고 당당해야겠다 재판은
백해무익한 일을 밥 먹듯 하면서도
뉘우치는 일 없으니
도대체 너는 무엇을 꿈꾸는 것이냐
소리 지르지 마라
사람을 알기를 허수아비로 알고 있다
한식구가 모여앉아
지켜보는 적도 있으나
네가 기특해서인 줄 알면 잘못이다
기가 막히고 답답해서
죽어버리지 못해 본다면 본다
너를 보고 있으면 머리가 나빠지는구나
살아간다는 것이 무엇이냐
이토록 불공평한 세상 이치를
당장 바로잡을 생각하는 일 아니겠느냐
너는 여기에 잿가루를 뿌리고
있어도 좋고 없어도 좋은
헛바람만 불어넣었다
목숨 부지하는 일도 어려운 판에
산더미 같은 호화상품 선전이 무엇이냐
이 나라 아이들은 모조리

직업 야구선수와 농구선수 되란 말이냐

못 먹고 못 배위도

분칠하고 서양춤 출 것이냐

무엇보다도 네게선

제국주의 냄새가 나서 질색이다

이만큼한 침략에도 부족하여

무엇을 더 빼앗겠단 것이냐

그만 빼앗아라

그만 짓밟고 그만 속여라

오만한 목청 돋구어

노동에 지친 곤한 잠 깨우지 말며

어린것들 순박한 꿈 멍들게 하지 마라

두고 봐야 허황한 놀음이다

말이면 다 말이냐

너의 말장난질은 중형이 마땅하다

그만 쳐라 북을

너는 죄없는 백성들

귀한 시간 빼앗는 기세 좋은 도적이다

양놈 왜놈 합세하여 못살게 굴지 마라

분단을 영구화하지 마라

가난한 자와 억울한 자를

사랑하는 척도 하지 마라
이러한 죄로 재판에 회부된 너는
네모난 상자 속에 숨은 요사스런 적이구나
엄한 눈 하고 시청료 받아먹는.

오시는 임에게

오시는 임에게
오, 오시는 임에게
어두웠던 마음의 불 밝히고
가까이 가오리다
이처럼 멀리 떨어져 있었기에
서먹하여 우리 발길 주춤거림은
이리도 오랜 설움
지녔기 때문이외다
화사한 꽃의 부드러움으로
우리 어깨에 손을 얹으시며
말하기도 전에 모든 사연 알아주시는 당신
모래 되어 쓰러진 이 상처야
애타는 당신의 마음에 비하면
한낱 바람결에 지나지 않으니
산 넘고 물 건너
올 수도 갈 수도 없는
어려운 길 쉬지 않고 오시는 당신
모든 것 다 갖추어
그 어떤 믿음과 힘과 영광
부럽지 않은 임이시기에
때로 무겁고 더딘 그대의 걸음걸이

원망도 했으나
눈부신 빛으로 하늘과 땅 가득 채우며
오시는 임은 우리 생명의 임이시니
어떻게 맞아야 하오리까
오, 임은 정말 오시니
이 황홀한 마음
무엇에 비겨야 하오리까.

시인의 검(劍)

합리적인 것은 현실적이요 현실적인 것은 합리적이다 — 헤겔

꽃을 흔들고
날아가는 새의 날음을 보기 위해
눈을 감을 것은 없다
오늘 살면 내일 살 일이 태산 같은 삶을
심장으로부터 떼어내기 위해
어둠의 불빛 아래를 헤매일 것은 없다
괭이를 잡은 손과
펜을 쥔 손의 다름을 알기 위해
공해에 찌든 들판을 지나는 바람소리에
귀기울일 것은 없다
시인의 검은 치욕의 검이거니
가장 합리적인 웃음과 눈짓을 거부하고
자유를 가두는 운동을 미워하며
체제를 또한 믿지 않으리라
날개가 아니며
형태가 아니며
관념이 아니리니
숨쉬는 자유와 만나는 자유를
백두산에서 한라산 끝까지
하나되어 솟구칠 통일의 강을 노래하리라
피 흐르는 화목을 이뤄가리라

시인의 검은

묶인 것을 자르는 바람결이거니

화살보다 빠른 뇌성이거니

육중한 것 기름진 것을 모조리 불태우며

억압을 푸는 날랜 손이리라

난초잎에 비낀 달빛이 아니어라

가슴 깊이 파헤쳐진 국토에

시멘트에 묻혀 잠드는 철근더미를

한 맺힌 늑골이라 생각하자

조직이요 벽이라 느끼자

어둠이 짙으면 귀신 같은 흰빛이 다가오리

죽은 자의 혼도 일어서는

나날의 놀라움으로

어떤 시대에도 속하지 않는

오늘의 암흑을 노래하자.

새 아침의 시

새 아침을 위해
바칠 것은
고요한 마음을 담은
한 편의 시고나
새해가 올 때마다
많은 것을 바라기도 하고
기대도 했지만
가고 오지 않는 무정한 세월
그래도
이 아침의 둥근 해를 쳐다보며
속절없이 기약해보는
가슴속의 꿈은 무엇인가
남북의 형제들아
진실로 우리의 꿈은 무엇인가
금 없는 한 덩이 둥근 해는
이 아침 이리도 눈부시니
한 많은 겨레의 사연 위에
새날은 다만 화려한 빛이고나
쓸쓸한 사막의 모래 위에도
해는 뜨는가
막막한 바다

어두운 삼림의 고요 속에도
새 아침은 열려오는가
어디선가 들려오는
경건한 마음의 기도소리
바람에 실려오는
그 목소리는
인류의 화평과 자유와 행복을 비는
울음소리다
아시아의 동쪽
오, 아침의 나라에서
시인이 이 아침을 위해
바칠 것은 한 편의 시고나
새해여
이해야말로
그 무엇보다도
통일을 내려달라고
민족이 하나가 되는
마음을 내려달라고
간절히 빌어보는 한 편의 시고나.

반지 받으러 오시는 예수님

예수님은 어째서
히늘나라에 계시지 않고
땅에 내려와
누님의 반지랑 쌀을 받아가시는가요
여러 천사들 거느리고
저 넓은 하늘 유유히 거니시며
가문 땅에 비를 주시듯
배고픈 이를 위해
넓은 사랑 나눠주시지 않고
와우동 산 몇번지 그 교회에 내려와
아이들 돼지저금통이며
자질구레한 금붙이 따위 거둬가시는지요
물과 풀포기 하나 없는
사막의 고행길에서도
제자들을 향하여
길을 떠날 땐
쌀주머니와 짚신조차 지니지 말라
당부하신 그대시기에
가슴 울렁이는 곡절이 캄캄한 것일지라도
우리가 겪는 지상의 비극을
어찌 감히 탓하오리까마는

당신과 우리 사이에 긴하게 상의되어야 할 것이 있음을
어이하오리까
부흥회서
밤새워 손뼉 치고 찬송을 한 누님은
정말 예수를 눈으로 보았다고 했다
예수는 두 팔을 벌려
세상 만물을 싸안는 인자한 모습으로
당신들은 이제 암흑에서 벗어난다
그리하여 사람다운 생활을 하게 되리라
너희에게 새로운 삶의 문을 열어주노니
내 가르침을 받으라
이렇게 말했다 한다
예수를 본 누님은
그날부터 복음을 온 장안에 전파한다고
미친 듯이 나섰다
청산유수 같은 목사님의 열띤 설교를
귓전에 새긴 채
이 거리 저 거리에
하늘나라의 소식을 알리고 다녔다
마귀를 쫓아낸다고
나의 등을 세게 두드려준 것도 이 무렵이다

이런 나날이 계속되는 동안
어린것들은 끼니를 굶어야 했고
가난한 살림살이는 엉망이 되어갔다
우리 집에 오면
교회에 가서 구세주를 만나지 않고 뭣들 하느냐고
아이들 팔을 잡아끌었다
드디어 광신자가 된 누님은
예수밖에 모르는 열렬한 사도였다
울분을 못 참은 아이들이 그 교회란 델 찾아가
목사님 장로님 나오라고 항의했으나
듣는 척도 안했다
금반지며 쌀가마 양복표도 내놓으라고
소리소리 질렀으나 아무 응답이 없었다
종로 2가 지하도 어귀에서
백차에 실려
청량리 정신병원에 간 누님은
석 달 동안 꼼짝 못하게 묶여서
잠자는 약과 시래깃국만 먹었다
면회를 가면
수면제를 너무 먹어서 퉁퉁 부은 희멀건 얼굴을 하고
다시는 교회에 안 가겠으니

여기서 나가게 해달라고 어린애같이 빌었다
그 모습은 끔찍해서 볼 수가 없었다
그로부터 몇해가 지난 오늘날도
수면제와 진정제를 섞어 먹으며
죽은 사람처럼 그녀는 살아간다
군고구마 봉투를 안고
오늘 누님이 다녀갔다
누님 요즈음도 약 먹어요
조용히 내가 물으면
히 표정없이 웃는 얼굴을 하고는
자꾸만 살이 쪄서 살 수 없다고 사정을 한다
나는 속으로 중얼거렸다
누님은 이제 약을 그만 먹어야 하는데
금반지와 바꾼 약치곤 너무 많은
그놈의 약을 끊어야 하는데
그렇지 않다면 죽을지도 몰라
그러면서 예수님께 빌었다
주님, 당신께서 정말 여기 와 계시다면
법 없이도 살아갈
누님을 왜 이처럼 괴롭히십니까
그녀는 착한 여잡니다

누님이 옛날의 건강을 되찾을 수 있게 도와주세요
이같이 한번 빌어보는 것이었다
메꿔도 메꿔도 메꿔지지 않는
백주같이 훤한 내 부채의 구멍 앞에서.

수신제가

어떻게 할거나
—뭘, 그래 계속해
천지사방 꽉 막혀
여편넨 헤어지자고 하는데
아이들은 제 갈 길 가버리고
썰렁한 방에 불가사의한 노래만 남았는데
—바다는 지금 잠자고 있다 제 깊이를 알고 싶어서
더는 참을 수 없다고
여편넨 갈라서자는데
억울한 평생 바로 세워보자고
헤어지자는데
어떻게 할거나
—자초지종을 말해봐 뭣이 어떻게 됐다고?
이렇게 되자고
홀어머니 버려두고 38지경 넘어섰던가
—그때 안내꾼이 새파랗게 젊은 자네더러 말했다며, 저기 희미
하게 뵈는 게 바로 남조선땅이라고
노래도 이제는 부를 수 없고나
이룬 것 없이 헛살았는데
뒹굴어볼거나
—깨지고 부서지고 허우적거리면 뭘 하나 발을 구르면 뭘 하나

이제는 노래 부르는 일조차 저주스러워
펜대 따위 내던지고
끝없는 시멘트 바닥 헤매어볼 건가
'날라리를 불거나
고갯짓을 하고 어깨를 흔들거나'
—그건 「농무」의 시인 대사지
아득한 벌판길
뼈와 가죽만 남은 그림자 이끌고 가볼 건가
이 침침한 바람 어떻게 할거나
—헤겔보다는 물가지수야, 돼지값이고 쌀금이지
해는 저무는데
고향도 못 가고
불효자식 됐는데
—있는 것 같기도 하고 없는 것 같기도 한 유리알 같은 노래나
빤쓰바람, 마고자바람 같은 시 쓰면 뭘 하나 마누라하고 잠이나
잘 것이지
목숨의 끝 여밀 때 다가왔는데
별빛 스치는 꿈속 길 헤매어볼 건가
—평화통일이다 점잖은 사람치고 이걸 외지 않는 사람 어디 있
나 바보 녀석
한 삼년 독방에 갇혀

성경공부 할 건가
부처님 말씀이나 외어볼 건가
매일매일이 총총걸음
오늘 살면 내일이 걱정인 하루하루
모든 것은 결국 경제인데
─이 사람아 그걸 이제사 깨우쳤나 힘센 두 녀석은 핵승강인디
행한 일 없이 죄만 쌓인 세월을
─여기서 넋두리 삽입한다 운, 서양말로 리듬이라
조각난 땅덩이 어떻게 할 건가
─거 왜 은행대부 같은 것 해보지그래 사기도 좀 치구
문학도 예술도 저주스러워
─소월의「진달래꽃」좋지! 한용운의「님의 침묵」은 나도 안다
미련없이 훨훨 벗어버리고
─벗어버릴 거라도 있나?
한 개 돌이 되고 잡초가 되고 싶은데
─살아서나 죽어서나 시비는 세우지 마라
재가 되고 싶은데
─민중은 겸손한 거여 민심이 천심이야 건방진 소리 작작 허드
라고
어이할거나
─그렇지 하늘 쳐다보고 울며 살아가는 거지

이 형벌 어이할거나

—형벌이라고? 콧대가 꾸미는 일이여 코가

모든 것은 다만 경제로부터 시작되는데

—나도 모르겠다 진작부터 말했지만 갈 길이 바쁘당께······ 붙잡지 마라.

호남평야

이 넓은 들판을
끝 닿은 데 없이 넓은 벌판을
새매 한 마리 날지 않고
아쉬움인가
어여쁜 눈물자죽 빛내며
해는 진다
나락은 모두 거둬들였으나
땀 흘려 일한 사람들
무엇을 나눠가졌을까
착한 마음밖에 가진 것 없는 사람들
무엇을 나눠가졌을까
텅 빈 들판에 남은 건
정지된 시간의 흐름이다
가슴에 넘치는 고요함이다
서울서 온 양복쟁이는
여기를 지나는 것조차 조심스러워
딴전만 부리는구나
딴소리만 되뇌이며 가는구나.

헌사(獻詞)

말하지 않는
하늘과 들이
말하지 않는
임들과 산천초목이
우리 가슴 휘감으니
유월은
차마 되새길 수 없는 추억이고나
제 동족끼리
피 흘려 싸우다니
삼천리 내 강토
불바다 만들다니
후덥지근한
바람 속에
흐느끼는 울음소리
천지에 가득 넘쳐
온 세계
자유와 양심의 벗들아
그대들은 이 비극을 어떻다 하는가
포연 속에 사라진
수많은 형제들
검은 흙에 묻혀 세월은 가고

남북의 대결 속
우리는 살아서
위태로운 번영의 시대를 누린다
오
하늘과 들이
사라진 임들과 산천초목이
이리도 막막하고 서글픈
상념의 물굽이 일으켜세우니
남북이 하나가 되는
눈부신 탄생의 아침은
언제이냐.

들에서

이제 남은 것은
홀가분하게
길이나 걸어보는 일인가
그대 노래하려면
분방한 계절의 빛이나 노래하라
산천이 애태우지만
자동차만 연이어 달리는
성남 가는 길은
텅 비어
십년 하루같이
그저 이렇게
텅 비어서 살 바에야
차라리 같이 죽어나 버리자는
아내와 좀 다투고 나서
길을 걸으니
새삼 살고 싶은 마음이
무럭무럭 일어
뿌연 하늘도 바라보고
먼지 자욱한 도시도 되돌아본다
정신과 육체를
다지고 도려내어

다만 꿈꾸는 기쁨을
누리며 살아보자는 것도
생명이 남아 있는 탓이라
얼마간의 수분과 석회질로 엮어진
이 퇴락해가는 물질 속에
생명이 남아 있는 탓이라
그래도 들리는 것이 있다
김규동
멈춰서 보라
길가의 민들레 풀포기가
살포시 말하고 있는 것을.

밤의 노래

당신은 누구인가
말을 하라
스쳐가는
얼굴은
처음 보는 얼굴이다
그들이
나를 노렸는지
내가 그들을
노리고 있었는지
알 길이 없다
미명을 향하여 밤은 멀고
시간이 잠시 멈춰선다
스쳐가면서
언뜻 바라보는
미이라 같은 얼굴의
경직된 눈빛
달빛은
땅 위 가득 넘쳐나는데
그들은 나를 향해 오고 있고
나는 막다른 길에서
땀을 흘린다

이 고단한 잠에서
꿈을 꾸는 것은
아직도 내게 지켜야 할
그 무엇이 남아 있는 때문인가
밤은 강물 되어
피를 흘리고
가까웠다 멀어지는
호루라기 소리 속에
이 밤이 답답하다고
어둠을 차고 일어나
소리치는 사람은 없다.

이카로스 비가(悲歌)

낙하하지 않고는 심연을 알 수 없다
그때 비로소 의식은 돌아올 깃이다
지금은 단애의 마지막 단계에 와 있다
죽은 말소리와
끈질긴 세월의 틈바구니에서
한 자루 연필이나 짐짝처럼 구르며
임리한 물질인 스스로를 키워간다
어찌 코와 눈과 팔다리의 움직임만으로
뜨겁다든가 차다든가 하는
저 흐름의 흔적만으로
멸하여가는 것을 증명한다 할 수 있을까
있다는 것만으로 물질은 거기 보이고
우리의 오늘과 내일은 사라진다
우선 끊어야 할 것이 있는데
고통스런 반복과 뭉개진 인정 사이에서
끊어야 할 것이 있는데
단애에 울리는 파도소리는 어둡고 차다
모순의 안과 밖에 흩어지는 언어
머리를 풀어헤친 수목의 그늘이
쓰러진 생활의 잔해에
옛날처럼 따스한 속삭임의 몸짓을 보내나

지평선을 달리는 경직된 이성이
슬픔의 중심을 알 까닭이 없다
하여
산다는 것은 더욱 갇힌다는 것이고
어디를 바라봐도
약속처럼 매여 있다는 것이다
무의미한 말의 집적에 눌려
타인같이 어두운 거울 앞에
자신의 얼굴을 가꿔본다는 것이다
고독은 때로 관능적인 것이기도 하기에
물질과 물질이 부딪는 사소한 소음에도
이처럼 살벌한 꿈을 꾸게 되나보다
이카로스여 날개여
그대와 우리 사이에 교감하는
이 흔들림의 선율은 무엇인가
가슴에 파고드는 이 침묵의 뜻은 무엇인가.

길

모두가
바쁘구나
눈만 뜨면
어제 일이 또 시작이다
매연에 그슬린 길로
다시 나아간다
잃으려 나아가고
얻기 위해 나아가는구나
가다 오다
이것도 저것도 아니 되면
웃고 헤어진 임이나 그려볼까
이 세상 아닌 것처럼 피어 널린
민들레꽃 그림자나 돌아다볼까
말 한마디 없는 채로
나란히 나란히
우중충한 거리 기우뚱 나아간다.

육체와 괴물

유령임에 틀림없다
나의 장기 속에 숨은
모양지을 수 없는 괴물은
언제부터 길러온 것일까
바다에 잠긴 군함의 빛을 띤
늠름한 괴물
동굴 속을 걸어들어오는 악령의
소리없는 몸짓
내 안에 들어와 사는
이 거대한 물질에 대하여
신음하거나 놀라는 일조차 없다
그와 대화하는 일도 없지만
우수에 잠긴 마음으로
너는 분명 유령이다라고
판단하는 아침이면
빗장을 밀고 빠져나가는
너의 널따란 등
부유하는 공기 속을 나는가보다
가까이 오고 있는
죽음의 화려한 빛을 남기고
정신이여

밖에서 안을 들여다보고 섰는
여읜 모습이여.

통일의 얼굴

갓난애기는 아직
핏덩이에 지나지 않은 줄 알았더니
손이며 발이며 이목구비 모두
자상하게 사람을 닮았구나
부처님처럼 신비롭게 생겼구나
흐린 눈을 비비며
애기를 바라보고 있으면
어린 생명이 작은 눈을 뜨고
나를 쳐다본다
너의 맑은 눈빛이
금 없이 둥근 우주구나
햇빛이구나
어린것이 뚫어지게 나를 쳐다보면
부끄럽고 죄스런 마음 솟구쳐
당황한다
태어난 지 백 날도 안된 네가
어찌 우리 살아가는 세상 알랴마는
옥같이 맑은 동자에 어린 세계는
오직 하나이다
흩어지지도 갈라지지도 않은
통일된 완전한 세계다

8·15 해방으로부터 39년 동안
남북이 갈라진 채로
우리는 살아가고 있구나
눌리고 부서지고 가슴을 쥐어뜯으며
그래도 우리는 살아가고 있구나
잔인하여라 무서워라
이 작은 땅덩이 두 동강 낸 자 누구냐
그리하여 분단을 영구화하려는 자 누구이냐
오랜 세월
피눈물 삼키며 견디어왔다
이제 더 무엇을 주저하랴
이제는 남북이 하나가 되지 않고는
살 수 없다는 확신이 서는구나
이 이상 거짓 삶을 살아선 안된다는 것을
어린것의 맑은 두 눈이
새삼 가르쳐주고 있다

너와 나의
그대들과 그대 이웃들의
양심이 말하기를

오늘 당장에라도 통일하겠다 다짐만 한다면
형제가 하나로 뭉쳐야겠다고
마음만 먹는다면
백번 천번 통일은 될 수 있다는 것을

조국통일은 바로 양심이구나
양심은 말보다 실천이구나
이 겨레가 무엇을 원하고 있는가를
열렬히 찾아나선
구도자여 시대의 스승들이여
통일을 실천하는 뜨거운 아침을 열자
과감히 열자
우리 또한 애타는 마음으로
남북이 하나가 되는 위대한 삶의 날 향해
꺾이지 않고 나가리니

겨레여
눈부신 햇살처럼 동방에 떠오르는
금 없는 나라의 얼굴 떠올려보자.

무등산

한몸이 되기도 전에
두 팔 벌려 어깨를 겼다
흩어졌는가 하면
다시 모이고
모였다간 다시 흩어진다
높지도 얕지도 않게
그러나 모두는 평등하게
이 하늘 아래 뿌리박고 서서
아, 이것을 지키기 위해
그처럼 오랜 세월 견디었구나.

그날이 오면

보리밭가를
씽씽 달려보고 싶어라
그날의 누런 보리밭가를
로스께 장난삼아
허공에 따발총 쏘며
히히 웃던 팔월은
푸른 대기 속에서
왜 그다지도
씽씽 소리가 났던 것일까
소달구지 빼앗아 타고
도망가던 일본것들
살려달라 빌던 팔월은
왜 그리도 숨 가빴던 것일까
압제와 약탈의 36년은 끝나
감옥문 부서지고
독립투사 나오시던 날
눌렸던 형제들
삼천리를 뒤흔든 만세소리
그날의 하늘은 왜 그다지도 푸르렀던가
하얀 옥양목 바지저고리 입으시고
한 손에 태극기 드신

백부님의 웃음은
그 신작로길에서
어찌하여 그다지도 찬란했던가
자유해방 만세
조선독립 만세
만세소리 천지에 뒤덮였던 팔월은
씽씽 소리가 났기에
8월 15일
그날이 오면
숨죽이고
그 울림 듣고 싶어라
금 없는
만세소리 다시 듣고 싶어라.

분단
막(幕) 1

이슬에 젖은
거울을 숨기고
두 개의 몸짓을 본다
이처럼 다른
두 얼굴이 나타내는 것
어둠의 끝이다
운명의 끝이다
우리 서로 쳐다본 채로 죽는
죽음의 빛이다
상승과 낙하가 하나가 되는
종말의 빛이다
폐허에 막이 내리면
뿔이 달린 현실은
캄캄한 심장을 흔들어놓는데.

사막의 노래

나의 멜로디를 잊고 싶다
고독은 간소한 격식 속에 있으니
여기서 무엇을 더 바라랴
사막에 와보니
희뿌연 볕뿐이다
풀도 없는 돌밭을
양떼를 몰고 가는
여자의 얼굴 잘 보이지 않고
갑자기 공간이 지평선 저쪽에 기운다
알라신이여
한 마리 새도 날지 않는 세계를
숨을 죽이고 걸으니
한 시대의 목메인 기도소리
가슴을 뚫고 멀리멀리 사라져갔다.

두보(杜甫)

해는 졌습니다
강물이
슬피 웁니다
까마귀 집으로 돌아갑니다
손이 곱아
띠를 맬 수 없는데
옷은 짧아
바람이 시립니다
양식은 떨어져
막내둥이는 굶어죽었고
전쟁은 계속됩니다
아득한 이 하늘가
묵어갈 잠자리는 있을는지.

예수님의 이해

예수님 말씀이
옳다고
새벽 교회에 열심히도 나가더니
급기야
정신병원에 입원한 당신을
나쁘다고 할 사람은 없소

어린 사남매가
저희들끼리 끼니를 끓이며
남모를 불행을 겪어도
들여다봐줄 이 없는데
여름은 가고 가을이 왔소

수면제를 먹어서
뎅뎅 부은 얼굴로
이제 나아서 나온다니
옳은 말 정직한 말이라면
끝내 믿어야 성이 풀리는 천성이
좀 죽었는지 모르겠소

내게 마귀가 붙었다고

등을 툭툭 때려주던 당신의 손이
아직 내 잔등에서 울리고 있소
거짓을 거짓인 줄 알면서 행하고
권하면서 살아가야 하는 삶이
벼락을 맞고 주춤거리는 느낌으로
가슴 복판을
섬찍하게 울리고 있소

내게 없어도 남에게 줘야 마음을 놓는
그래서 늘 가난한
정신병원 신세 지는 당신이여
이번에 나오면
교회만은 가지 말아줘요

예수는 믿어도
부흥회 같은 데는 제발 가지 말아요
죽어사는 당신을
예수님은 이해해줄 것이오
예수님이 정말 아신다면
믿어줄 것이오 평등하게 살고 싶다는 당신을.

달아오를 아궁이를 위한 시

시가 안되어
별짓 다 해보다
아궁이를 뜯었다
동서고금 유명하다는
시인들의 시를
이것저것
외워도 보고
그것을 쓸 때의 시인의 모습을 그려보고
이것도 아니다 저것도 아니다
마감날은 지났는데 고민하던 끝에
아궁이를 뜯었다
앞집 아주머님네는
팔만원 들여 온돌까지 뜯었지만
그런 것은 엄두도 못 내고
만만한 아궁이를 뜯었다
시꺼먼 연탄을 두 장씩 삼켜먹고도
얼음장인 이 온돌은 도대체 무엇이냐
검붉게 썩은 방바닥이 발이 시리다
저주스런 방이다
쌍말로 빌어먹을 온돌이다
정을 대고 망치질을 해서 뜯어낸 다음

허리 아래 묻혔던 화로를
가슴팍까지 끌어올려서 묻고
급한 성미에 맨손으로
시멘트를 반죽해서
든든하게 발랐다
완전히 반나절이 걸렸다
이까짓 일을 하는 데 반나절이 걸린다
외출에서 돌아온 아내가
시를 쓴다더니 뭘 하느냐고 놀랐다
나는 먼지를 뒤집어쓴 얼굴로
담배 한대 피워 물고
무슨 커다란 자신이라도 선 것처럼
한마디 하였다
이젠 틀림없을 거요
어디 불 한번 넣어보시오라고
밤낮 무슨 실험 같은 것이나 하고 사는
이런 남편을 믿고 평생을 사는 아내가
가엾은 생각이 들었으나
마음은 새로이 안정을 얻은 듯싶었다
저녁에
대학을 마치고

회사에 다니는 큰아이가 퇴근하고 돌아와
모래 되어 쓰러진 애비보고
한마디 수고했다는 인사도 없이
족보에 없는 음악을 듣고 앉았는 것이
약간 서운하기는 했으나.

풍경

개는
한쪽 다리를 들더니
하필이면 송덕비에 대고
오줌을 갈겼다
이놈의 개를
지하의 어르신네가
당장 호통치셨지만
개가 뭘 글줄이나 읽을 줄 안다고
그러시나 싶어 웃었다.

무교동

이렇게도 많은 발자국이
가고 또 오지만
알 만한 사람은 없다
여기를 지나면 어딜까
그들은 먼 하늘 아래를 걷고 있거나
죽었거나
찻길이 막혀 못 오거나
책보따리를 꾸려가지고
시골 내려갔다
청계천은
콘크리트 바닥 밑에서
검은 얼굴 비벼대며 썩는다
광교 근처에 멈춰서면
한나절
나는 걷기만 하면 된다
앞의 젊은이와 부딪치지 않도록 조심하며
하늘가엔
누가 버렸는지
해어진 기폭이 나부낀다
열려 있다는 얼굴을 하고 있는 무교동
패하여 시체가 된 사람들 모습이 다가선다

그들의 아우성 소리가 쟁쟁하다.

셰익스피어의 모순

셰익스피어를 공부하러
미국을 갔는데
접시닦기와 잔디깎기만 실컷 하였다
여름방학에
동부에 벌이를 가서는
찌는 더위 속 자동차공장에서
나사못을 주웠으나
왕복 비행기삯과 약값을 제하니
본전이었다
영문학이라면 셰익스피어인 줄 아는데
이놈의 오셀로 햄릿은
도서관과 학교 연구실에만 있고
억척같은 생활 속엔 보이질 않는다
맥베스의 결심처럼
전신의 힘을 모아 하늘에 치솟은 마천루
넓디넓은 천지에서
그 꼭대기를 쳐다보면
사지에서 빠져나가는
시간의 고동소리가 들리고
얼어드는 의식이 땅속 깊이 파고든다
쉴새없이 깎아도 자라는 잔디는

무의식의 흐름처럼 멀어
때로 무궁한 초원에 쓰러져
인공의 탑을 스치는 구름에 취하며
서울의 지붕밑을 그려도 보지만
미국의 해는 석양 노을도 없이 졌다
한 시간 4달러의 잔디깎기는 땀에 배어
막이 내릴 때같이
요란한 박수소리만 들리는 듯한데
나뭇잎을 흔드는 한점 바람에 기대어
캘리포니아 백인의 정원을 밟고 서서
용해된 로스앤젤레스의 공해를 만끽한다
떠올리는 게 있어 조용히 가슴을 열면
형식은 몰라도 알맹이를 얻었으면 돌아오라는
육친의 목소리가 들리고
우리가 노래해야 할
시의 근본과 핵심이 무엇이냐고
외치는 벗들의 얼굴이 있다
봉건 속에 살아온 내 육친이여
언제나 자식이 건강하게 잘 있기만 빌고 있는 육친이여
잘린 허리의 상처를 안고
부대끼며 싸우며

오직 하나의 하늘과 땅을 향해
주야로 흐르는 민중의 한에 서여서
자식의 내일을 비는 그 마음
그 따스함 너머로
고국산천이 속삭여주고 있다
셰익스피어보다 더 위대한 세계가
너를 기다리고 있다고―
시의 떳떳함과 삶의 진실이
고국산천에 가득 넘쳐 있다고
답답하고 어둡게 때로는 경쾌하게
아직도 가슴 한 모퉁이서 고동치는
이것은 무엇인가
백인의 넓은 뜰에 서서
서글픈 회한처럼 반추해보는 이 고달픔
그것은
알 수 없는 내일의 여백을 물들이며
황혼의 적막을 메꿔가곤 했다.

반면(反面)

시인이 쓴 시를
젊은것들 심심풀이로라도 읽어줄 만한데
그런가
자네도 그런 소리 하나

황폐 속에서도
시집은 나온다는데
강산에 시 읽는 소리
요란하니 걱정이로세

이래서 되겠나
이래도 세련된 문장으로 뽑아볼 건가
이번엔 또 무슨 소리를
찧고 까부는 소리 늘어놓아볼 건가

오죽 답답하고 막막하면
많은 아이들이 전자오락실 갔거나
운동장엘 갔거나 TV에 매달렸거나
인기가수 싸인 받으러 갔겠는가

그래도 쓰겠다면

죽어라고 외면하는
젊은것들 미움 속에니 한번 들어가보세
그들의 반항이 무엇인가를 알아나 보세

그들이 눈이 멀어서 그런다 해도
그건 이쪽에도 책임이 있는 일이니
더이상 맹목을 부채질하는
제목을 골라선 영원히 이 시대의 죄인 되고 마네

나무아미타불 관세음보살
갑자 을축 하늘천 따지 계해년 구월에
사는 것도 어렵지만 죽는 일도 어렵구나
그만들 해라 그만들 해.

초상(肖像)

부처님이
뭐라고 하셨는지
알 까닭이 없다
절하고
비는
어머님 머리 위를
연필 타는 냄새같이 향이 피었다
부처님은 다만
그 자리에 앉아 계시고
어머님 모습이 유독 빛났다
달빛인 듯 스산한 그늘에
흔들리는 연꽃 그림자
나는 문득 기이한 내 미래를 보았다
두 다리 절룩이며 38선을 헤매는
까만 눈동자의 소년을
부처님은 미소를 머금고
한 손을 가볍게 쳐들었다
정성껏 절하는 어머님 흰옷 뒤에서
인경 소리에 살포시 지는
꽃잎이
딴 세상같이 고요하여

두 마리 용이
흰 종이를 물고 하늘로 날아오르는 것도
이런 날이려니 생각하였다.

의식의 나무

우리가 보지 않는 동안에도
부러지지 않고 서서
우리가 잠자는 동안에도
죽지 않고 서서
우리가 죽은 뒤에도
말없이 서서
하늘로 뻗어오르며
구름이 되고 빛이 되어
활활 타오르는
생각하는 나무여
아, 부드러운 그대의 꿈.

천상병(千祥炳) 씨의 시계

어려운 부탁 한번 한 뒤면
주먹만큼 큼지한 동자으로
저고리 소매를 걷어올리고
시계를 봤다
칠이 벗겨진
천상병 씨의 시계에
남도 저녁노을이 비꼈다
시계 없이도
시간의 흐름을 짐작할 수 있노라고
얼어드는 언어의 층계를 오르내리는 내게
천상병 씨의 낡아빠진 시계는
어째서 자꾸
뭉클한 감정만을 일깨워주고 있는 것일까.

부여

봄 안개에 가리어
강은 보이지 않았다
시인의 시비 옆에서 잔을 기울이며
바람에 씻기는 나무와 산을 바라보았다
근년까지도 산 밑에서 밭을 갈다보면
사람 뼈가 수두룩하게 나왔었다고
도중
공주 동학혁명탑 아래서
이문구 씨는 이야기했다
낙화암은 저쪽 위지요
아직도 물은 깊으니 천승세 선배가
낚시를 드리울 수밖에 없지 않겠느냐고
이호철 씨가 말문을 뗐다
일단의 시인과 소설가와 평론가가
포룡정 연못가를 거닐며
용과 하룻밤 잠자리를 같이했다는
여인을 그려보는 동안
살살 날리는 산과 밭과 들판은
옛 백제 사람들 소리를 내는데
귓가에 계백 장군의 말발굽소리도
들릴까 하여 잠시 침묵했다

바라보니 화창한 날씨 속에
동학농민군의 함성이
자욱한 안개를 헤치고
공주성 쪽으로 달려가고 있었다
이마에 흰 수건 두른 의병이
일제히 일어나
구름처럼 달려가고 있는 것이 보였다.

오늘의 사진

이렇게 수척하니
수염이나 길러봤으면 하지만
그것은 비위생적이다
버스는 기를 쓰며 달리고
라디오는
창자 속을 뒤집어놓는데
영웅의 목소리는 아무데도 없다
외치는 소리는
광고선전과 노랫소린데
이것이 싫다면
내려서 걸으란다
맹물 같은 말과 근심을 먹고
우리는 기운을 차린다
왱왱거리는 바퀴 속에
빨려드는 혼을 감춰나 볼까
굴러가는 것이다
굴러가게 해놓고
그들은 억만금의 돈을 훔치고
거창한 회고록을 쓸 것이다.

모정(母情)

30년 동안
어머니는
아들이 밟고 간
38선 근처에 와서
서성거리다 돌아가신다
번개가 치는 그믐밤에도
날씨 좋은 날에도
아들의 그림자라도 볼까 하여
그렇게 하신다
살아 있는 목숨이라면
어찌하여 만날 수 없느냐
누가 우리의 길을 막는 것이냐
잡초만 무성한 38선을
아무리 서성거려도
어머니는 알 수 없는 일이어서
아득한 하늘 끝 홀로 헤매다
돌아가신다.

가족

둘은 가버리고
막내가 남았다
너도 이윽고 어디론가
가야 하겠지
빈 책상 서랍을
열었다 닫는다
하늘이 푸르구나
뭘 한다고 셋씩이나 낳아
이 고생 하느냐고
싸우기도 많이 싸웠지만—
이제 내 펜대의 사념도 침묵에 싸인다
얘들아
다 크고 나면 그저 이렇게 멋없으나
아직도 내 잔등에 가물거리는 것
너희들이 목마를 타던
고사리손의 감촉이고나.

무서운 아이들

대룡이는 혀가 짧아
말을 제대로 못했다
성문에서 뛰어내리다 혀를 깨물었다고 했다
큰 머리에 두어 군데 흉터가 있는데 거기만 머리털이 없었다
아이들은
대룡이를
대룡대룡 똥대룡 하고 놀렸다
그러면 대룡이가 입을 헤벌리고 쫓아왔다
아이들은 달아나며 돌을 던지기도 하고 뒤로 돌아가 막대기로
차기도 했다
대룡이는 어쩔 줄 모르고 멈춰서서 어허 하고 울음보를 터뜨렸다
히히 웃으며 잔인한 짓거리 저지르기 좋아하던 무서운 아이들
아이들은 여럿 함께 달려들어 그를 쓰러뜨리고 때렸다
얻어맞으면서 그는 모를 소리 배앝으며 마구 울었다
대룡이는 코피를 흘렸다
아이들이 다 가버린 운동장 구석 같은 데서 흙투성이가 된 채
뒹굴며 그는 슬피 울었다
대룡이네 집은 어딘지 모르나 학교에서 아주 멀다고 했다
어스름 저녁 멍하니 앉아 있을 때 어디선가 대룡이 우는 소리
가 들려온다
그때 아이들 얼굴은 다 잊었으나 대룡이 피에 젖은 얼굴이 선

히 보인다

　나보다 윗반이던 검은 옷 입은 대룡이, 대룡이는 지금 이북에
살아 있을까

　혀가 짧아 말을 더듬거리던 가엾은 대룡이

　어서 통일이 되어 다만 한번만이라도 그를 만나봐야겠다.

청년화가전(青年畫家傳)

그때 38선에서 화가 ㄱ은 이런 말을 남기고 숨을 거두었다

이 경계선을
아, 남과 북을
왔다
갔다 하다 마는구나
결국—

남북회담

남에서 오신 손님
북에서 온 손님
마주앉아 이야기 나눕시다

회담에 앞서
언제나 목이 콱 메이는 것이 있으나
관례에 따라
조용조용 이야기 나눕시다
어떻게 하면 우리 전체가 다 살 수 있는가를

이 위에 30년을
이대로 더 살아야 합니까
2년도 깁니다 3년도 깁니다

민족의 제단에 바쳐지는
기다림과 속죄의 세월 너무나 길기에
아우에게 없는 것은 형이
형에게 없는 것은 동생이 도와
어떻게 하든
일을 만들어봅시다

남북회담
아득한 고향 소식이 들릴 듯 말듯
언제나 서럽기만 한 남북회담
오늘도 칠월달 뜨거운 햇볕만이
텅 빈 가슴에 쏟아져내립니다.

하나의 세상

자유문학사 1987

두만강

얼음이 하도 단단하여
아이들은
스케이트를 못 타고
썰매를 탔다
얼음장 위에 모닥불을 피워도
녹지 않는 겨울 강
밤이면 어둔 하늘에
몇발의 총성이 울리고
강 건너 마을에서 개 짖는 소리 멀리 들려왔다
우리 독립군은
이런 밤에
국경을 넘는다 했다
때로 가슴을 가르는
섬뜩한 파괴음은
긴장을 못 이긴 강심 갈라지는 소리
이런 밤에
나운규는 「아리랑」을 썼고
털모자 눌러쓴 독립군은
수많은 일본군과 싸웠다
지금 두만강엔
옛 아이들 노는 소리 남아 있을까

통일이 오면
할일도 많지만
두만강을 찾아 한번 목놓아 울고 나서
흰머리 날리며
씽씽 썰매를 타련다
어린시절에 타던
신나는 썰매를 한번 타보련다.

50년 후

국민학교 때의
그 섭섭이라는 아이
어머니는 없고
아버지가 농사하고 밥도 지었던 집 아이
그애는 왜 그랬을까
왜 누구에게나 져주기만 했을까
도시락 못 가져온 날은
운동장 구석에서 혼자 놀았는데
(나는 그애에게 도시락을 갈라주질 못했다)
섭섭이는
누구하고나 잘 놀아주었다
몸집이 큰 애가
씨름을 하자 하면 씨름을
말타기를 하자고 하면
언제까지나 엎드려서
아이들을 태워줬다
옷이 밀려서
등과 엉덩이가 훤히 드러났다
그런데 싸움 잘하는 석이란 대장아이한테만은
마음을 주지 않았다
대장아이는

이런 섭섭이가 아니꼬워
가끔 밀치거나 때려줬고
아이들은 둘 사이에 씨름을 시켰다
힘이 약한 섭섭이는
모랫바닥에 거꾸로 박혔다
섭섭이가 일어섰을 때
얼굴이 자주 모래투성이였다
모래투성이가 된
우는 듯 웃는 듯한 섭섭이 얼굴이
50년이 지난 지금도 선히 보인다
섭섭아
너는 아직 이북에 살아 있느냐
지금도
누구에게나 져주기만 하면서
고향을 지키고 있느냐.

남한강에서

소를 키우면 된다고 해
소를 키웠고
고추를 심으면 나을 것이라 하여
고추를 심었다
농약 비료값은 오르는데
무엇을 해도 안돼
한 가지도 되는 게 없어
금순이네는 대대로 살아온
남한강변 정든 마을을 떠난다
그것은
금순이 잘못이 아닌데도
금순이는
온 집안에 걱정근심을 심은
이번 일이 안타까워
밤이면
소가 나룻배에 실려가는 꿈을 꾸고
책가방과 함께
강물에 휩쓸려 허우적거리는 꿈을 꿨다
석 달 전에
어머니가 본전이라도
팔자고 했을 때

반대한 것은 금순이였다
여름 동안은 풀로 키울 수 있으니
제가 맡아 기르겠다고 했다
그런데 소값은 떨어지고
쌓이는 빚과 사료값을 감당할 수 없어
금순이네는 절반 값에 소를 처분했다
믿었던 일이 이렇게 되자
남매가 학교에 진학할 것도
할머니 약값도 모두 캄캄하지만
아버지가 일하던 쟁기를 집어던지고
화병에 드러누운 것이 더 걱정이다
억울한 값에
금순이네 소가 팔려가던 날
강물은 애타게 흘렀고
금순이는 등교할 생각도 않고
쨍쨍한 햇볕 아래
푸대접도 받고 미움도 샀던 가엾은 소가
나루를 다 건너갈 때까지
하염없이 바라보기만 했다
강물처럼 흘러가서
다시 돌아오지 않을 가련한 소를.

김립에게

여기를 지나면
어디냐
지팡이 돌에 부딪는 소리
삼천리에 잦아든다
해어진 소맷자락
지친 어깨에
아직도 끊지 못할
무슨 설움 있어
이리도 마음 설레이느냐
서러운 듯 가볍게
옮겨놓는 이 발자취도
새와 짐승 벗하여
사람이 지난 길이라면
어딘들 내 산천 아닌 데 있으랴
오
사람들더러 일러라
이 무궁한 햇빛과
목메인 기쁨도
다 우리 것일지니
배꼽 드러내놓고 희희 웃으며
하늘 닿는 행복

천만년 누려보자고 일러라
이 금수강산 두고
사나운 짐승 으르렁대는
한양 서울엔 차마 못 가나니
해와 달 반겨가며
부서지누나 넘실대누나
사람 마음 가득가득 물결치누나
배꼽 드러내놓고
쉰밥 물에 섞어
달게 먹고서
지팡이 휘둘러 내 가나니
조선팔도 확 트인
삿갓 밑 하염없는 길
아, 여기를 지나면
내일은 또 어디.

하늘이 내는 소리

개마고원 드높은 벌 어디냐
양코배기 빈 깡통 하나 안 차고
물푸레나무 지팡이 활갯짓하여
내 여기 왔다
조선의 김삿갓 여기 왔다
이 땅덩이
내 안 가본 데 없건마는
기왓장 깨지나
청자그릇 부서졌나
쌩쌩 소리나는 하늘빛은
처음 보나니
너 이놈 당장 일어서거라
천년의 원한 뒤엎고 후닥닥 일어서라
너와 더불어 그윽히 교접하리니
노래란 노래
아우성이란 아우성
눈물이란 눈물
외로움이란 외로움
이별이란 이별
죽음이란 죽음
모조리 거둬갖고

남도 이천리 북도 천리에

네 너녁한 가슴 활짝 열어

환희의 신음소리로 화답할지니

중국놈 왜놈 소련놈 미국놈이 다 무슨 소용

양반 쌍놈 뚜쟁이 난쟁이 홍부와 놀부

또는 고자와 미치광이

조선놈의 식은밥이 좋아

빌어먹고 얻어먹고

죽은 듯 산 듯

울며불며 예까지 왔나니

흐느끼는 숨결

해동조선 개마고원 어디냐

흰 식물 검은 짐승

바람소리 안고 천지 가득 차는데

삼팔선이 웬말

휴전선이 다 무엇이냐

돌개바람 한번 일면

백두천지 불길 뿜어

새 세상 펼쳐지나니

우리의 어여쁜 신방이 여기로다

천길 만길 물결 세워

뼈마디 살 속 깊은 원한 씻어내자
썩은 악귀 몰아내고
온갖 전제귀신 독재악귀 물리치자
드넓은 벌판 두들기며
억센 새날 열어가자
개마고원 아득한 벌 어디냐
닳아빠진 짚신 엮어 메고
물푸레 지팡이 휘저어
내 널 찾아 여기 왔다
김삿갓 여기 왔다.

하나의 무덤

탱크를 몰고 나왔던
함경도 어부의 아들인 미소년과
지리산 기슭 농군의 아들로 태어난
김일병이
어떻게 해서
한 무덤 속에 나란히 누웠는지
아는 사람은 없다
세월이 흐르고
산천은 변했으나
여기서는 예포가 울리는 일도 없고
꽃다발을 들고 찾아오는 이도 없다
그들이 지녔던 일체의 쇠붙이는
흙에 묻혀 한줌 가루가 된 지 오래고
여러 짐승들이
그들과 더불어 함께 놀고
구름이 또한 두 넋을 가상히 여겨
그들의 머리 위에 정답게 머문다
김일병이 미소년의 손을 잡고
지리산 한라산 구경하러 다녀왔는가 하면
미소년은
김일병과 어깨동무하여

백두산 금강산 개마고원도 돌아왔단다
오도 가도 못하는 휴전선도
훨훨 날아다니며
해와 달을 벗하여
농사를 짓고 고기를 잡았다
남북의 두 젊은이는
통일된 삼천리 강토 위에서
평등하게 자유로이 살고 있다
이 허술한 언덕
잡초 우거진 남녘 기슭에
누가 억울한 두 전사자의 시체를
함께 묻어줬는지
잘은 모르지만
여기를 지나는 이는
죽어서 비로소
형제의 우애를 굳게 맹서한
젊은 남북 전사의 가엾은 넋 앞에
다만 머리를 숙이고
깊은 생각에 잠기는 것이었다.

추억

40여년 전 일이다
방학이 끝나
학교로 돌아가는 기차간에서
고등계 형사가
다가섰다
(그놈은 조선인 일본형사였다)
뱀눈을 하고
그는 나를 노려보더니
'국민의 서사'를 외어보라고 했다
나는 머뭇거리다 하는 수 없이
그 1절을 외었으나
다음 2절이 생각나지 않아 막혀버렸다
그러자 바까야로라는 고함소리와 함께
녀석의 손이 날아와 뺨을 때렸다
그것은 번개 같은 빠른 동작이었다
앞자리에 앉았던 세일러복의 아리따운 여학생이
아프지 않으세요라고 조용히 말을 걸어왔다
아직도 귀에서 멍멍거리는 소리가 나는 듯했으나
나는 억지로 그녀에게 웃어보였다
아무렇지도 않다고
이것이 인연이 되어

두 젊은이는
몇시간 동안 포근한 여행을 즐길 수 있었다.

3월의 꿈

3월달이라면
해두 30리쯤 길어져서
게으른 여우가
허전한 시장기 느낄 때다
오, 함경도의 산
첩첩준봉에
흰 이빨 드러낸 눈더미
아직 찬바람에
코끝이 시린데
끝없이 흐르는 두만강의 숨소리
너무 가깝다
느릅나무 검은 가지 사이로
멀리 바라보이는 개울가
버들꽃 늘어진 눈물겨움,
마른 풀 사르는 냄새 나는
신작로길을 홀로 걷고 있는 저분은
누구의 어머님인가
외롭고 어여쁜 걸음걸이
어머님이시여 어머님이시여
햇빛이 희고 정다우니
진달래도 피지 않은 고향산천에

바람에 날리는 봄이 왔나봐요
봄이 왔어요.

우리 어머님들

우리 어머님들은 어디로 갔나
누가 어머님들을 쫓아버렸나
기적이 황소 같은 울음을 터뜨리는
계절에도
이 강산 여기저기
희끗희끗 그 모습 보이더니
날마다 새 집이 서고
새 길이 뚫려서
사람이 홍수 되어 흘러가니
세상이 하도 놀라워
가버리셨나보다
문득
걸음을 멈추고 쳐다보면
애야 애야……
빈 허공 저 끝에서
어머님이 부르시는 소리
번개 치는 소리에 가려
들리지 않는다.

초행길

그것은 순식간의 일이었다
옥순이 조그만 보따리에
날쌘 침입자의 손이 스쳐간 것은
쑥 들어온 손을 본 이는 아무도 없으나
기차는 서울에 무사히 닿았고
옥순이는 여비를 몽땅 털렸다
교과서에서 배운 서울은 아름다운 곳이었으나
옥순의 초행길을 망친 것은
어디서 온지도 모를 검은손이었다
옷가지 사이에서 없어진
지갑을 아무리 뒤져도
잡히는 것은 허전한 가슴뿐
바쁘게 출구 계단을 오르는
사람물결에 밀리며
다시 돌아다보았을 때
가슴 두근거리게 하던 기차는
잠자코 거기 서 있고
옥순이 물음에 답해주는 것은
여기저기에 누웠거나 치솟은
거대한 집들의 높음과 넓음뿐이었다
당황한 옥순이 눈앞에

어린 동생들 가물거리는 눈동자가 지나갔고
허리 굽은 할머니 허얀 모습이 얼비쳤다
지난여름 홍수 때
하늘에 닿을 듯이 부풀어오르던
낙동강의 무서운 얼굴이 불현듯 스쳤다
매일매일
도살장에서 순식간에 죽는 소들처럼
옥순이 가슴도 그렇게 무너져갔다
한 사람을 죽이는 일이
하나의 티없이 맑은 심성을
파괴하는 일이 그다지 어려운 일은 아니다
오토바이를 타고 달리던 젊은이가
마주 오는 트럭을 들이받아
펑 소리와 함께 인도에 나가떨어져 숨지던
그 아찔한 교통사고를 떠올려본다
매사 처절하고 허망한 일은
순식간에 이뤄진다는 것을
지우고 잊어버리지 않아도
해는 다시 뜨고
나날의 바퀴는 굴러가는 것이다.

두보로부터 온 편지

싸리나무 타는 냄새가 나는
저녁 어스름
이제는
기억도 가물거리는데
다들 어딜 가고
초라한 마을마다
늙은이와 어린것들만 남았나
낮 동안
빈 들판 위를
흐느적거리고 날던 갈까마귀
이 황혼에
길 가던
귀신 되어
구천(九天)을 간다
처참하게 말라가는
수수밭 가장자리에
웅크리고 앉은 그림자여
먹고사는 것이 늘 문제구나
갑자기 몰려드는 암흑이
등을 때리면
천지를 가득 채우는 해골 부서지는 소리.

서글픈 귀환

너는 와도
서먹하게
무슨 죄지은 사람같이
인기척 없는 길을 돌아서 온다
한아름 가을바람 소리에조차
흩어지는 생각을
비단폭에 감아
내일에 띄우는 마음을
허술한 심장이 알 까닭이 없다
반겨주는 말 한마디 없어도
청명한 날이면 들리는
우리들의 속삭임이 살아날 것만 같아
작은 깃발을 팔랑이며
빈손으로
돌아온다
램프여
그렇다 조용조용
소생시켜야 한다
내가 너이던 그 무궁한 날들을
그것이
너를 맞는 유일한 길이다.

천(天)

돌아서는 그림자의 얼굴을 바라보듯이
싱거운 춤이라도 추어보듯이
겨울 바닷가
밋밋한 파도소리에
부드럽게 울려다오
종소리같이
사라져가는 혼을 붙잡고
용기를 잃지 않으며
더 깊게 더 멀리
아득한 날에.

극적인 웃음

죽음의 빛은
가벼운 민지처럼 조용히 띠다닌다
죽음의 빛을 잡아보니
이가 시린 몇개의 원리로서
엮어져 있었다
등뒤에서 시퍼런 불을 켜들고
지층 깊숙이 잦아드는
욕망의 체적(體積)을
이겨낼 가망은 없다
몇가지 표현이
나를 유도한다
달아나는 관념을
울타리 속에 숨은
해쓱한 얼굴을
바람의 새디즘이
목청을 돋구어 주장하면
꽃 이파리 같은 심장을 드러내놓고
원숭이는
백주를 달리는 웃음을
마음껏 웃었다.

하나의 세상

쌀 반 되
시금치 한 단
두부 한 모
고추장 반 숟갈
애호박 한 개
일금 1,630원
둘이 먹을 밥을 짓는다
밥이 끓는 소리를 들으며
비로소 내가 나를 찬찬히 돌이켜본다
공부도 해봤고
홀어머님께 불효도 저질렀으며
죽을 고비 몇번 넘기고
일도 했다
두 눈이 침침한 이 나이 되도록
고향땅엔 종내 못 가고
40년의 길동무 대신
밥을 한다
젊어서는
발레리도 읽고 릴케와 에세닌도 애독했으나
정신분석이니
쉬르레알리즘 선언 따위도 흥미로웠으나

지금은
쌀을 안치고 불을 켜
군말없이 밥 짓는 일에 애정을 바친다
그리고 생각한다
고문과 분신과 한 맺힌 싸움으로
막내아이보다 어린 젊은이들이 죽고
국토의 분단은 그대로인 채
장차 무슨 일이 벌어질지 알 수 없는 나날 속에서
시인은
무엇을 해야 할까를 곰곰 생각해본다
헛된 상상력은 허공중을 날고
두려움은 무겁게 쌓여
핵폭탄 깔린 땅에서
밥이 끓는 소리를 들으면
이것만은 믿을 수 있는 말을 전해주는데
남도 북도 없는 하나의 세상
그것은 아직도 아득히 머나
간소한 저녁상을 대하고 앉아
따뜻한 밥을 먹고 있노라면
갑자기 무엇인가 내게 다가와 있음을 느낀다
가냘프게 그러나 또렷이

내 혈관 속에
그 무슨 커다란 기쁨이
다가와 있음을 깨닫게 된다.

훈련

암세포를
육안으로 본 의사는
세포의 진행에 대해
말하지 않았다
그 또한 자신의 몸에
반란을 일으킬
세포를 보고 있었으므로
습기와 어둠이 깃든 곳에
소리없이 자라는 암세포를
가끔 천둥과 우뢰가 와서
뒤흔들어놓기는 하나
뻗는 뿌리의 끈질긴 힘을
당해낼 재간이 없다
음산한 밀실의 단추를 누르면
거대한 머리의 짐승 하나와
쇠스랑 같은 거센 손을 가진
간호원이 나타나
분부를 기다리나
이미 사라져버린
오늘의 증언을 찾아낼 도리는 없다
사방을 휘둘러보아도

가시 돋친 태양이
물결 위에 맥없이 엎드려 있을 따름
바람도 티끌도
일제히 앞으로만 달리니
꽁무니 빠진 새 한 마리
공중을 향하여
열심히 날아간다
지하도를 기어나오는
개미의 떼
끝이 없어라 끝이 없어라
그리하여
이 찡한 대낮에
무서운 괴수를 잡았다는 사람은
아무데도 없고
도하 신문엔 다음과 같은 담화가
큼직하게 보도되었다
질서를 교란하는 자는
모조리 색출, 엄벌에 처할 것이다.

억만년의 밤

돌아보아도
푸줏간의 불빛 하나 보이지 않고
돌아눕는 파도의
뒤틀린 몸짓만
어른거린다
이 잠의 이완은
필시 무슨 언약을
가졌으련만
꽃이 다 질 때까지
천길 만길
낮은 데로만 흐르나니
찬란한 죽음처럼
멀어가는 흰 세계를
밤새껏 서투른 수화로나
채울 수밖에
하여
누가 아직 일하고 있나
칠흑같이 어둔 밤
쥐들은 하수구를 내달리며
저들의 근심에 불을 당기기에 바쁘고
외로운 노인의 기침소리같이

지구의 한쪽은 깨어 있나본데
우리들이 버려둔 일터의 무기는
여태 저벅거리는 잡음을 낸다
누가 달리고 있나
누가 아직 걷고 있나
깊은 갱도의 벽을 허무는
저 소리는
그대들이 아직
대낮을 향해 나가고 있는 소리
따뜻함이여
내일의 손길이여.

새벽의 노래

빠져나가고 싶다
웅덩이를 보면
웅덩이가 놓아주지 않아
주먹을 보면
주먹이 놓아주지 않아
하늘이 놓아주지 않고
우리는 매어서
휴전선아 찼구나
꽉 찼구나 설움과 한이
시계를 보면
시곗바늘이 놓아주지 않고
사슬을 보면 사슬이 놓아주지 않아
아, 한번은 우리 화려하게
죽어보고도 싶건만
가두고 조이는 것은
모두 캄캄하다
아첨 마라
아첨 마라
모두는 아첨 말아라
다짐하면서
빠져나가고 싶다

쓰러지고 거꾸러지며
수상쩍은 새벽을 뚫고 달려나가고 싶다.

어떤 기도

영세를 받고 나서
기도를 드리는데
아내는
이런저런 기도를 드려야 한다고 했지만
나는
예수님이 과연 지금 어디 계실까
이런 궁리만 하다보니
기도시간이 다 지나가고 말았다.

고흐의 구두

억만장자가
사줄 것 같지도 않고
약삭빠른 복부인이 선뜻
사줄 것 같지도 않은
고흐의 구두를 보면 고통스러워진다
이 헐어빠진 구두를 보면
서울에서 진주 남원 마산까지
수백리 길 억울하게 끌려다닌
국민병의 암담한 행군을 떠올리게 되고
아메리카대륙을 두 번 횡단하는 거리의
긴 장정에 나선
중국인들을 생각하게 된다
불의와 독재에 쫓겨
낯선 망명길 헤맨
한 사내의 생애를 보게 된다
피눈물로 살아간 한 노동자의 일생을
억압에 맞서 싸우다 쓰러진
혁명가의 최후를 떠올리게 된다
입은 헤벌어지고 구겨져
누더기가 다 된 구두
고물장수도 가져가지 않은

이 소박한 물질이
왜 이처럼 많은 이야기를 속삭여주는 것일까
우리는 때로 깨끗이 닦은 신을 신고
고속버스 타고 아스팔트를 달려보기도 하지만
차창 밖 검은 농토에서
농약에 찌든 흙과 싸우는
이 구두의 주인들 설움을 모르는 수가 있다
오, 정다운 구두 살아 있는 구두
탕아 돌아와도
어머닌 용서하리라 용서하리라
통일이 되어
어머니에게로 돌아갈 때는
기어이
고흐의 구두를 신고 가련다.

오늘밤 기러기떼는

동광출판사 1989

아침의 예의

40년 동안
시를 생각하며
살았다지만
고향 돌아갈 때
갖고 갈 것은 아무것도 없다
홀가분한 것이
오히려 눈물겹다
그렇구나
그 아침이 오면
빈손으로 만나야 한다
아무것도 가진 것 없이
자랑할 것도 없이
자나깨나 그리던
그리움 하나만으로 만나야 한다
만남과 화합
영원한 해방의 날에
하나가 되는 통일 말고
우리가 원했던 것이 또 무엇이더냐
한 많은 마음을 비우고
손을 깨끗이 씻자
그것만이 우리들의 만남을 위한

참 예절이거니.

길은 어디에

허옇게 뚫린 대낮과
밤의 음산한 불빛 아래를
지친 걸음걸이로 다가서는
이 차갑고 빛나는 것은
아무래도 좋은 바람소리가 아니다
아 길은 어디에
뉘우침과 탄식도
때에 미치지 못하는
안타까운 노여움일 뿐
손에 움켜쥔 것이 무엇이든
바람 앞에 나아가 놓아주리
믿음은 비움인 것을
남에서 북에서
쇠 깎는 소리 내며
천지사방 온갖 것 통곡하니
새새끼처럼 가냘피 떨리는 손아
허공중에 매달린 아직도 따스한 숨결아
너는 언제까지
네 임리한 핏자국을
서러운 낙화로 덮을 것이냐.

통일의 빛살

백두산

하늘 위의 바다
일렁이는 구름밭 헤치고
드높이 솟은 바다
거대한 잔 받들어
하늘을 열고 땅을 열어
오천년 역사를 이루었나니
백두산이여
천지, 넘치는 생명의 물이여
바람소리 흐느껴
빛살 온 누리에 나부끼고
그윽한 징소리 넘치게 울려퍼져
하나인 숨결 하나인 뜻
찬연히 이었나니
겨레의 맥박인 백두산이여
열두 개의 연봉 병풍처럼 둘러선
그 꼭대기
병사봉 벼랑 밑
삼십리 둘레에 퍼진 검푸른 물은
송화강 흑룡강
두만강 압록강 끝까지
마를 줄 모르는 젖줄 되어 흐르나니

크도다 장하도다
우리의 산이여
자작나무 이깔나무 우거진 밀림 속
장백산 굽이굽이
겨레의 혼과 입김 면면히 스며
삼라만상 도도히 물결치는
장엄한 노래
백두산은 우리의 힘이고나
맑디맑은 천지물은
자유와 평화의 애틋한 샘이고나
마천령의 힘찬 숨결
남으로 길게 뻗어
함경산맥 개마고원 넘어
태백 차령의 준령 이루고
노령 소백의 큰 기둥
지리산에 닿아
다시 한라로 이어진 오직 하나인 혈맥
삼천리 강토 금 없이 연이은
하나인 땅이여 하늘이여
오, 통일과 만남의 산 백두산
희망과 평화의 바다

백두산 천지
온갖 슬픔 온갖 어둠 시르머
이제 새날이 밝는다
우리 모두 엎드려 큰절 올리나니
이제야말로
이 애절한 그리움과 염원 위에
통일과 행복의 날을 내려주소서
민족의 큰 산 백두산이여.

겨울 바다

한번 간 사람은
바닷길같이
빈자리를 남겼다
여름 동안엔
그만 못 왔지요
손을 들고 달려온 이를
파도는
북극곰처럼 다가와
음미해본다
5공 비리는 다 어찌 되었소
바람이
한떼의 흙먼지를 차고
갈대숲을 넘어간다
남빛 물결 위를
천천히 미끄러지는
달구지 하나
차가운 달구지에
소복한 사람 몇 타고 있다.

형벌

늙으신
어머니를 내버리고
이남땅 나온 놈이
잘되면 얼마나 잘되겠냐
40년 동안
38선이 막혀 못 돌아갔다는 건
변명이고 구실에 지나지 않는다
누가 이렇게 꾸짖는
사람이 있어야 했는데
지금껏
이런 높은 어른을 만나보지 못한 것이
한이다.

기다림

나의 어머니는 무학이라
시계를 볼 줄 몰랐지만
시간을 잘 맞혔다
그래서 장난으로
어머니한테 시간을 묻곤 했다
분단으로 40년간 어머니를 못 보지만
그분께 얼마나 많이 시간을 물었던가
공해 속에서도
나뭇잎이 무성해가는 6월에
포성과 유혈이 낭자한 민족비극의
그날을 보며
나날이 늘어가는 고층빌딩의 음산한 그늘 아래를
또 그분께 시간이나 물으며 간다
어머니
지금 몇신가요.

안중근 선생의 붓

먹을 갈고
흰 종이를 펴니
4월에도
여순(旅順)의 하늘엔
눈이 내려
마음 어느새 깃을 펴
동쪽 향해 날고
붓은
가벼이
한점 인정 그려
무궁한 지도 위를 달리니
내 조국 삼천리는
언제나 꽃이 만발한 바다인 것을
돌아가련다 돌아가련다
넘치는 시간의 끝까지
내 꽃의 바다를 찾아서.

아침의 시

새해에는
숨이 차되
40년 묵은
묘향산 여우 울음소리
듣게 하시고
금강산 일만이천봉
깎아지른 절벽 위를
바람이 되고 구름이 되어
기게 하소서
숨길 것 하나 없이
드러내놓은 허허로운 삶이
사람이 사람다워야 할
권리를 위해
소스라쳐 떨게 하소서
겨울 햇살 부서지는 두만강가
백두산 곰이 슬슬 기어나오는 한낮
쩡쩡 울리는
고려 조선의 푸른 하늘이
바로 지척에 굽이치게 하시고
평양 청진 원산 가는
차표를 살 수 있게 하소서

새해에는
우리 가슴속 끓어넘치는 확신이
다만 꿈길 같은
만남의 길이 되게 하소서
새해에는.

징소리

파도는 멀리서 가까이서
산을 넘고 벽을 쓰러뜨리며
온몸 흔들었다
이제 모두는 말을 잊었기에
천지를 가득 채우는 물소리를 들으며
다시금 어둔 길에 나섰다
별빛 속에 잠든
아득한 고달픔과 미련도
상처 속에 숨기고
신음도 노래도 아닌
숨을 몰아쉬며
눈부신 불빛 아래 쓰러져
─어머니시여
검게 그을은 그대 어여쁜 얼굴 떠올린다
산이 쓰러지고 강물이 뒤집히는
현란한 환각이
예리한 칼날 위에 흩날릴 때
느긋하게
구름을 몰고 달리는 달이
살을 깎는 감촉으로
들판을 적셨다

가도 가도 목숨은 끝이 없어
이 창백한 떨림이어
차라리 악마와 더불어
흰 뼛조각 주워들고
커다란 놋대야 두들기면
갑자기 울려퍼지는 징소리
새로 솟는 생명의 울음이
잔인한 새벽을 물들인다.

돌아가야 하리

탕아의 노래

너무 오래도록 놀았어
날이 어두워 밤이 이미 깊었으니
희미한 등불 밑 어머니 일하시며 기다리는 곳
우리들 보금자리로 돌아가리
10년 20년 아니 40년을
어머니 그저 기다리시는 곳
어린날 코흘리개들 뿔뿔이 헤어져
어둠속에 사라지듯
우리도 이제 어머니 곁으로 돌아가리
새파란 나이로 떠난 몹쓸 자식
아, 40년 만에
중늙은이로 돌아와도
어머닌 다만 눈물지으며 용서하시니
뉘우치네 뉘우치네
남북으로 갈리어
찢기고 피 흘리며 싸운 40년을
삼천리 강토 그 어디서나
어둠에 묻혀 그늘에 숨어
이토록 간절히 기다리고 기다리는 그대 모습
어머니 사랑처럼 크고 넓은
겨레의 새날을 살기 위해

너도나도 미련없이 돌아가야 하리
금 없는 나라의 품 쳐다보며 나아가야 하리
너무 오래 헤맸어
피눈물 흘리며 정처도 없이
하지만 이젠 돌아가야 하리
이 밤이 깊었으니 일어서야 하리.

자유를 위해 그는

어찌 되었을까 그는
두 손이 묶인 채로
어스름 저녁 쓸쓸히 그러나 당당히
어디론가 사라져갔는데
무슨 죄를 그리도 많이 졌기에
데리고 가는 사람들도
말을 못하게 입을 막았다
세월이 흘렀고
우린 그사이에
아이도 낳고 책도 내고
더러는 죽기도 하고
여러 십년 목숨 부지하는 일 해왔는데
지금은 소식도 없이
잡혀가 혼백으로 떠도는 그대를
가끔씩 생각하게 되는구나
할말 못하고 쓰러진 그대를
다소곳이 떠올리는 이런 날은
무엇을 해야 할 것이냐
비석은커녕
한 평 무덤조차 없는 그대
혼백으로만 떠도는 그대를

두렵고 죄스런 마음으로 그리며
시란 있어도 좋고 없어도 좋은 깃인가
시는 바로 살아가는 길이다
이렇게 외던 그대의 말을 떠올려본다
우린 언제까지 이러고 살 것인가
가지도 오지도 못하는
분단의 벽에 갇혀
지친 짐승처럼 허우적거리며
터져나오는 이 절망의 소리를 삼키며
언제까지 이러고 살 것인가
언제까지 이러고만 있을 것인가
이 조용한 우리의 죽음 속을.

산천초목

잎은 져서
거름이 되고 달이 되리
강물은 흘러
기둥이 되고
따뜻한 봄이 되리
허나
세상은 이제 높은 하늘, 높은 바다
칼은 오늘도
바람을 베고
불과 뼈를 치니
올빼미처럼 눈을 감도다
눈을 감았도다
하 이제 와서
난리가 난들
난리가 나서
짐승과 나무, 흙과 바위 혹은 풀이
훨훨 불속에 든들
무섭지 않지요
하늘과 땅이 뒤바뀐들
어쩌는 수 없지요
난리가 나서

달아나며 내빼며
칼에 칼이 부딪친들
어찌하나요 어찌하나요.

통일의 새벽에 다시 만나리
고 박래전 군의 죽음에 부쳐

이제는 그만
제발
이제 이런 끔찍한 일은 그만
우리는 이렇게 빌었는데
또하나 샛별같이
민족의 보배로운 양심
구만리 같은 젊음 불에 던져
꽃처럼 지니
불덩어리로 활활 타
암흑을 밝혔나니
그대의 자리는 검은 연기에 싸인 여기, 허나
정다웠던 삼형제 가운데 막내둥이
경기도 화성 출신 박래전 군
자네는 어찌하여
이처럼 독하고 불같은가
이처럼 깨끗하고 착하기만 한가
생목숨에 기름불 붙여대는
분신이라니
열사여 숭실대 민중민주투사 박군이여
자네는 이렇게 가는 길밖에 없었던가
험하고 좁은 이 길

해방으로 가는 민중의 이 싸움길을
예까지 불붙여놓고
노부모님 뒤에 두고
우리 모두를 뒤에 남긴 채
자네는 이렇게 먼저 가야 하는 것인가
샛별이여
오, 조선의 혼
황홀한 시, 해방의 전사여
20여년의 총총한 생애
혁명의 제단에 바쳐
일체의 미련 다 끊고
광주 5월의 영령들과
세진이 재호 윤범 성만 덕수의
함성 속으로 사라진 이 독한 젊은이
여보게
여보게 자넨
어찌하여 이처럼 무정한가
이같이 야속한가
너무나 둔감했던 우리들
자기밖에 모르며 산 우리들
속고 눌리고 죽임당한 세월 속에서도

바보천치같이 정직하기만 했던 우리들
이제는 모두가 눈을 떴네
우리의 억울함과 통분을 깨우쳤네
우리가 몰아내고 두들겨 없애야 할 것이 무엇이며
우리가 나아갈 투쟁의 길이
어떠해야 하리라는 것을
자네의 죽음
자네가 남긴 단 몇줄의 시
　　　멍든 가슴을 풀자
　　　피맺힌 가슴을 풀자
　　　막혔던 가슴을 풀자
　　　짓눌린 몸뚱일 풀자
이렇게 적은 분명한 구절에서
명확히 깨우쳤고
　　　나의 죽음이 마지막 죽음이길
당부한 자네의 애끓는 유언을 통해
아름다운 형제의 우애를 배우네
오, 확신의 불덩어리
사랑의 승리 삼천리 강토에 굽이치나니
민중해방의 싸움 속
통일의 아침을 향해

우리 모두는 나아가리
승리의 아침 향해
다시 일어나 힘차게 나아가리.

기러기

애야
숨을 죽이고
기러기 울음소리를 듣자
이북 고향에서 내려오는
저 새의 속삭임을
조심조심 밤하늘에 놓이는
이 울음은
내 어머님의 소식이요
네 삼촌과 고모의 안부도 전하는
고마운 말이다
두만강 끝에서
백두산을 스쳐 개마고원 금강산을 넘고
아득히 휴전선도 지나
한양 서울까지
조선의 깊은 하늘을 날으는
저 부드러운 숨결은
바람처럼 물처럼
가슴을 적셔주는구나
애야
이제는 정말 가야 한다
형제들 애타게 기다리는 저 북으로

생각하면
끊어야 할 것이 어찌 한두 가지냐
수많은 것을 끊고
이 40년 통한의 슬픔 박차고
일어서야 한다
7천만이 한몸이 되어
이 죽음의 사슬을 끊자
독재와 억압, 착취와 분노의 어둠을 뚫고
외세에 묶인 설움의 세월을 청산하자
한라에서 백두까지
오, 백두에서 한라까지
자주해방의 날 이룩하자
애야 숨을 죽이고 들어보아라
오늘밤 북에서 오는 저 손님은
이제 때가 왔음을 일러주고 있다
통일의 밝은 빛이 트여옴을
알려주는구나
또 전하기를
백살 난 내 어머님도 여태 살아 계시고
네 삼촌과 고모도
백두산 밑 그 옛터에 잘들 살고 있단다

올해는 풍년이 들어
누런 들가엔 겨레의 노랫소리 흥청거린다고
기러기 끼이욱 끼욱……
반가운 소식 전해주는구나.

아직도 그때가 아니라는 말씀

풀 한 포기
물 한 방울인들
이 땅에 태어날 때야
이 땅에 나서
조용히 빛날 때야
그만한 울음 다 삼키고 난 다음이란다
많이 울고 많이 견딘 뒤에도
다시
한반도에 태어날 수밖에 없다면
그래도 그것은 끊지 못할 인정일 게다
오도 가도 못하는 남북 산하에
흩어진 풀들과 햇빛이여
창백한 바람에 실려
구름도 안타까이 분계선을 넘는데
아직도
우리에게 있어 그때가 아니라는
이 엄청난 말씀은 무슨 뜻인가
새벽이 아직 아니라는 말씀은
무슨 사연인가
임은 우리의 탄식과 땀과 신음소리를
다 아시옵나니

아, 억울하게 눌리고 속아 살은
40여년 피의 역사를 다 알고 계시나니
그래도
그날이 아직 아니라는 이 말씀은
대체 무슨 뜻인가 무슨 뜻인가.

고향은 변하지도 않고

카메라에 담겨온
두만강의 천연색 사진은
신통하게도
40년 전 그대로여서
어쩌면
우리 집 느릅나무 늘어진 가지도 보일 듯싶어
숨을 죽이고
들여다보았는데
풀이며 숲, 진창이며 산이
한결같이 말이 없음에
나도 오래도록 벙어리 되어
총을 메고 선 젊은 보초병 앞에
등신처럼 서 있어야 했다
변하기라도 했다면
잊을 수도 있을 것을
오, 때 묻지 않은 고향이여.

3월은

차가운 하늘
싸늘한 땅
피 끓어
조선의 피는 끓어
압제자의 총칼 앞에
맨주먹
뜨겁게 뭉쳐 일어섰나니
자유와 독립 향한
크나큰 사랑이
불타 불기둥 세워
그 외침 그 만세소리
샛바람 속에 눈부시다
사람 사는 세상
해방의 세상은 어디에
십자가에 못박힌 그대 뜻 새겨
타오르는 혼 피맺힌 함성 은은히
자유와 독립 아니면 죽음을
기미년 조선의 하늘은 남아
차갑게 남아
이 떨리는 선율
사랑은 부활을 얻었기에

삼천리 방방곡곡
흰 강물처럼 흰 파도처럼
하나되어 흐르나니
믿음이여 민주주의여 통일이여
3월은
다시 우리에게 그대의 부활을 가져왔다.

진달래를 위하여

벽에 기대어
뭘 생각하나
이 작은 문으로 들어오기는
새새끼같이
부드러운 손이요 발인데
넘치는 그리움으로
가득 차는 하얀 빛
무엇을 들어올리나
그처럼 정성스런
움직임으로
속 깊이 잠겨서
파릇한 새싹을 왜 들어올리나
무엇을 생각하나
강물은
바다에 닿는데
끊고 풀며
깃털같이 파리한 입술로
어찌 전할 것이냐
이 차디찬 노래를.

새 세상

깨끗한 물을 보면
물이 되고 싶고
마시고 싶고
깊게 파인 하늘을 쳐다보면
하늘처럼 넓고 푸른 바다를 그려본다
높은 산을 보면 오르고 싶고
그 꼭대기에 서서 가슴속 걱정근심을
훨훨 날려보고 싶다

착하고 너그러운 세상 모든 것
사람도 물도 소도 나무도
다같이 하나로 흐르는
하루하루
달과 별이
산뜻한 바람에 싸여
우리들 고른 마음씨
사뿐히 쓰다듬는 다사로움
흙은 기름지고
아이들은 복스럽게 자라나
백성들 모다
태양처럼 둥근 미소를 지녔다

열자 마음을 열고
물질과 정신을 열고
어둠도 함께 열어가자
휴전선도 열고 40여년 막혔던
잡초 우거진 남북길도 열자
물처럼 기름처럼 민주주의 흐르게 하여
피와 살이 되게 하자

사람이 만든 세상
사람의 힘으로 바꿔가야 하나니
모순의 가시덤불 헤치고
가난도 설움도 없는
새날로 나아가자
나라여 백두산이여 한라산이여
우리의 국토여
삼천리 지도 위에
빈 데 하나 없이
자유와 평등의 꽃 만발하게
외세를 몰아내고 가꾸고 다져가자.

통곡

참으로 사양하는 양
수양이 엎드러
나이 어린 조카 임금의
국새 뺏는 식 하는데
삼문이 큰 울음 내놓았다
그것은 하늘의 울음
숙주야
너는 숨도 쉬지 않느냐
울음인즉
사람의 숨결인데
너는 숨도 쉬지 않고
높은 벼슬길 올라가는구나
하늘의 소리도 듣지 못해
칼자루 앞에 충신 노릇 하는구나
사육신 다 죽이고
드디어 너는 드높은 벼슬길 올라
만고역적 신숙주 되었구나.

시여, 정신이여

설마 굶어죽으란 법이야
하늘이 이다지도 높고 푸른데
무슨 뜻이냐
스쳐지나는 녀석은
몸조심하라 하고
또 어떤 녀석은
그럴 바엔 문학 아니라 정치 하라고
근사하게 말한다
길은 멀고 걸음은 아득한데
바람도 불기 전에
누울 자리부터 연구하는 것들아
세상이 쓸쓸하다
하늘엔 비행기 소리
땅엔 자동차 미쳐 달리는 소리
매일매일 낯선 집 높은 집 솟아오르는
텅 빈 발전과 죽음
쓸쓸하고나
사람의 목소리 다 어디로 갔나
말이면 다 말일 것이냐
(삶도 예술도 마찬가지, 말은 정신이다)
나라 땅덩이

두 동강 내고
이대로 끝날 리야
그렇다 가슴속 깊이
너희 놈들 눈에 안 보이는데
나날이 싹이 돋는 두어 마디 말이 있다
죽지 못해 사는
이 허름한 사람들이
천백번 깨우친 말이.

여름의 노래

덥다 책을 치우고
백두산 천지 사진을 건다
가긴 어딜 가
이마빡이 시리면 된다
백두산에서 일박하고
무산령을 넘는데
곰 한 마리 길을 막는다
하늘이 보이질 않는 자작나무숲에서
산삼만 캐먹은 큰 곰이구나
일행 중의 이야기꾼 갖바치 씨가
비스듬히 꽂히는 석양 빛살을
손등으로 가리고
천지개벽 통일주문을 외니
짐승은 꾸벅 절하고 달아났다
영특한 놈이다
내일은 묘향산에서 자게 된다
기암절벽에 감긴
흰 구름덩이도 만져질까
여름옷 걸친 채로
덜덜 떨며 깊은 산 정기를 마실 것이다
여기를 떠나면

금강산

소백산맥 가로질러

다음날은 지리산이구나

한라산이구나

아, 길은 머나

신들린 발걸음이 하염없을 뿐.

마지막 도시

어둡고 탁한 우리들의 도시
밀물처럼 찰랑대는 이곳
이 엄청난 시멘트더미를
어떻게 할 것이냐
화가와 조각가
시인과 학자와 마술사도
바보천치 되어
슬슬 곁눈질로 꽁무니 빼는 도시
팽창해가는
거대한 괴수같이
하늘에 솟아오르고 땅속에 파고들어
귀를 에이는 날카로운 호령소리와
단말마의 신음소리 내지르는
원한의 도시
폼페이여 뜨거움이여
보아라
유유히 움직이는 것은
풍경과 기억이 아니라
너와 나의 약속과 믿음이 아니라
등 붙일 데 없는 그림자의 물결이요
춤추는 석유제품의 무덤이다

뿌리뽑힌 자의 희디흰 이빨이다
어디로 가는지도 모를
피투성이 경주의 눈부심이다
흐르는 것은
흰 구름과 물과 바람이 아니라
기다림과 만남이 아니라
보이지 않는 끈에
두 겹 세 겹 묶여 달리는
죽음의 냄새 물씬한 화폐다발이요
피 묻은 욕망의 물결이다
가도 가도 끝이 없는
부엉이 눈빛같이 흐릿한
차량의 불빛이나
오, 문화와 문명의 참담한 도시
투쟁과 학살의 늠름한 도시
분할과 이완, 다함 없는 충동과 불안으로
더 높이 솟구치는 섬찍한 탑
우리들의 마지막 도시.

소리

돌밭 일궈
씨 뿌리고
나무 찍어
구들 덥히는 그곳 함길도에
잘못 들어갔나니
삿갓이 그만 잘못 들어갔었나니
식은 강냉이죽 한 그릇 내지 않으면서
주인 연설하기를
"이 고을에선
사지가 편편해서
빌어먹는 사람을 우린 모르오"였다
씨팔 허씨
길하고 길하다 죽어라
퉤 침을 뱉으며 삿갓이
욕지거리 시 한 수 지어쌓는데
때마침
공놀이하던 아이들이 찬
바람에 불린 돼지오줌통이
쾅 하고 삿갓 위에 떨어졌다
함길도는 모를 곳이야
멋대가리 없이 춥기만 한 함길도는 모를 곳이야

해는 져쌓는데
검은 땅에 부딪는 지팡이 소리
개 짖는 소리 속에 아득히 묻혀갔다.

채광석의 깃발

마흔이 되기를
내 것 늘리기는커녕
단칸방 판잣집 하나 없던 그
아들아이 생일날에는
싸구려 케이크라도 들고 가야 한다면서
늦게까지 누추한 다방에 멍청히 앉아 있었다
종로 2가 가투 때는
그가 맨 앞에 섰는데
날쌔게 품속에서 플래카드 꺼내들었으나
새파란 전경아이들이 달려들어
그의 목을 꼈다
순간 플래카드는 깃발처럼 펄럭였으나
목이 졸려 끌려가는 그는
태평스레 웃었다
만세 민주주의여 만세
그가 세상을 떠난 뒤
그만한 세대들이
돈 벌고 출세하기 바쁜 이 바닥에서는
그가 쏟아놓던 함지박 같은
통쾌한 웃음소리를 다시 들을 수 없다
오, 순정과 신뢰의 사람

시인 채광석.

세월
남에서 그리고 북에서

남쪽으로 가려는 사람을
누가 붙잡는다고
몰래 떠났느냐고 섭섭해했다
6·25가 나서
그는 대좌 계급장을 달고
대학병원장으로 왔는데
그 무덥고 허기지던 날
어찌 될지 모를 운명을 각오하고서
나는 대학병원에 가서 그를 만났다
아우의 안부를 묻는 내 말에
"그 녀석은 아직도 정신을 못 차리고
당에도 못 들었지" 하며
대범하게 웃었다
남쪽으로 나올 양이면
내가 소개할 만한 의사 친구도 많았는데
혼자 나와 고생깨나 했겠다고
염려해줬다
점심이나 먹고 가라 했으나
가야 할 먼 길 생각하고
쓸쓸히 물러나왔다
하늘은 맑고

거리에는 앳된 병사들을 실은
트럭이 이따금 지나가고 있었다
그는 뱃사공의 아들로
텁텁한 마음씨에 술 잘하는
한 사람의 사회주의자였다
아무것이나 잘 먹고
밤늦게까지 일하다
아무데서나 쓰러져 잤다
청진에서 몇해 만에
아주머니가 왔는데
영 만나보려 하지 않았다
하도 딱해서
아주머닐 데리고
그에게로 갔더니
"왜 싱거운 짓을 하느냐"면서
대뜸 따귀를 한 대 때렸다
멋없이 뺨을 얻어맞은 나는
울컥 화가 치밀었으나
아주머니가 민망해하는 것이 더 서운했다
그러나 나는
이런 인간다운 데를 지닌 그를

더 잊지 못해한다
그는 지금도
이북에서 보건일꾼으로
일하고 있는지 알 수 없다
북쪽의 이른바 인명록 따위를 봐도
그의 이름은 영 안 보이니
어쩌면 유형길에 올랐을지도 모를 일이다
동해바다 사공의 아들로
평양의전 다닐 때는 축구선수였고
없는 사람에게는
자기 신발과 셔츠도 벗어주던 그
무엇보다도
남조선 가려면 떳떳이 가라던 그
시인은 조선의 비극을
이것저것 다 겪어봐야
좋은 시 쓴다고
감히 아는 체를 하던 닥터 유
그는 지금 평양에 살고 있을까
사람이 크고 정이 넘치던
함경도 청진 토박이
무엇보다도 사람을 사랑할 줄 알던

닥터 유
40여년 세월이 지난 지금도
가슴 벅차게 그를 그려본다.

신년의 편지

새해에는
다시 태어나는 일을 해주시고
대통령 나왔던 분들의 공약이
고루 관철되도록 해주세요
잠시나마 우리 모두에게
차분한 휴식도 내려주시고
흰 눈 뒤덮인 휴전선 비무장지대에
노루 사슴 멧돼지 꿩 토끼 여우
유유히 뛰놀아
이를 보는 남북의 병사들 얼굴에
평화의 미소가 흐르게 해주시고
이 땅 모든
원통한 죽음들의 혼백 위에
그대의 따듯한 가슴이 닿게 하시고
기쁨이 깃들게 해주세요
흙에서 바다에서 혹은 공장과 광산에서
피땀 흘려 일하는
모든 이들에게 정당한 대접이 있게 해주시고
서울서는
차량 소통이나 잘되게 해주세요
아, 불속에 뛰어들어

행동의 시를 쓴 젊은이들도 있나니
우리 모두
민주주의 실천하며 살게 해주시고
통일이 오는 날을 앞당겨주세요
마누라의 신경통 디스크도 낫게 해주시고
감옥에 있는 모든 이들
다 나오게 해주세요
새해에는
우리 모두의 목소리
하나되게 해주시고
다른 것 아닌
통일만을 바라보게 해주세요.

길을 찾아서

아산만 닿는 길에
뽀얀 흙먼지
가뿐해라 그래도 해방된 하루
어디로 갈 것인가 길을 찾아
바다는 기름기 머금고 큰 입 벌려
사자처럼 포효할 건가
벌판 한가운데
피로한 두 다리 쉬며
노래할 것도 없이
망설이듯 흐르는 구름을 쳐다본다
희끗희끗
여기저기 흩어진 비닐종이와 잡초
산모퉁이 저쪽에서는
불도저가 부르렁거리며 야산 허리를 깎고
길 건너 논밭은 반쯤 흙으로 메워졌는데
서울의 시멘트와 철근은
여기까지도 멀리 닥쳤나보다
스산하긴
여기도 서울과 마찬가지
막걸리에 취한 동리 사람들이
붉은 호박 같은 얼굴을 하고

길바닥에 윷을 던지고 노는데
텅 빈 허늘과 농악에 찌든 흙 사이
바람은 멀리 콜타르 냄새를 실어나른다
물소리 솔바람 소리
헉헉거리는 풀냄새 곡식냄새도
이제는 아득한 옛일
아산만이 예서 지척이라는데
양계장 하는 벗은
소값 떨어진 덕에
농촌 사람들도 소 돼지 잡아먹는다고
농촌을 모르고 농촌 이야기하는
먹물잡이를 한바탕 비판하지만
갑갑해서 마시는
소주맛은 목표도 없이 쓰고 달기만 하다
사뿐히 목을 적시는 화학물질은
따뜻이
내 육체 속의 암종을 감싸준다.

빛의 무게

허공에 솟은
가지 사이로
희끗 드러나는
푸르름
이 깊은 거울
사라져가는 바다에
얼비치는 것은
두려움뿐
말하려무나 어디서든
아픔과 절망의 신음소리로
있다도 없는
소리와 형태의 그리움에 대하여
싸늘한 몇마디를
이어주려무나
한방울 생명의 빛과 무게를 지니고
가슴속 깊은 곳
물결치는 징소리 울려라
이윽고
저 푸른 하늘 복판
검은 화산이 쓰러지면
우리의 말과 욕망은

간데온데없이 되고
또하나의 천지창조는
온 누리에
이슬에 젖은 훤한 아침을 열어줄 것이다.

오늘밤 기러기떼는

문익환 님께

오늘밤
휴전선 찬 하늘 날아오는
저 기러기떼는
필시 두만강 그리운 소식 갖고 오는
반가운 손일 것인데
감방에 묶인 몸이
나가 맞지 못하고
귀만 쫑그리네

새떼는
시멘트 집이 하도 들어차
삭막한 서울에는 앉지도 못하고
남으로 남으로 내려가는데
들릴 듯 말듯
밤하늘에 퍼지는 새의 울음소리를
검은 구둣발 소리
무참히 지워버리네.

미궁에로의 지도

영동시장 정류장에 내리셔서
서쪽으로 뚫린 지저분한 길에 들어서면
진로당과 신신육고간 간판이 보이고
장미 의상실과 또만나요 다방 다음에는
인생철학관 백운당과
카페 러브포엠과 코롬보와 티파니
세느가 나란히 있고
이 길을 왼편으로 꼬부라지면
피어리스 문방구점이고
수퍼 쌀상회 다음에는 칙칙이 만화가게입니다
연탄가게와 맞붙은 이 가게 앞 돌계단에서는
다섯살에서부터 일곱살쯤 된 애들이
만화책을 보거나
로보트 장난감을 갖고 노는 것이 보입니다
정말 정신없이 놉니다
이 돌계단 옆을 왼쪽으로 꼬부라지면
셋째 집이 바로 여깁니다
찾으실 수 있겠나요
아이고
뭐가 뭔지 모르겠다.

기다리는 아이들

햇살이 저 혼자 내리비친들
무슨 신통한 일이 있으랴
우중충한 날씨가 스산하다
서울이 무엇이 좋으냐
오도 가도 못하니 서울에 산다
과연 지난밤 꿈은 흉몽인가
드디어 닥치고 말았다
어느새 리어카는 번쩍 들려
단속차량에 실렸고
과일이 땅바닥에 굴렀다
무력하게
그것은 순식간의 일이었다
구청에 왔다갔다하면 뭘 하나
벌금 낼 힘이 있는가
웬 사람이 그리도 많아
미처 빠져나갈 수 없는
시장 근처 복잡한 길을
뿌연 잿빛 하늘 쳐다보며
뜻없이 헤매는 남도 여인을
기다리고 있다
상계동 꼭대기

조그만 판자촌 어귀에 나와 선
죄없는 어린것들이
온종일 기다리고 있다.

바다의 꿈

조개껍질이 질펀한
모래둔덕에
나일론 천막을 치고 누웠다
별빛과 파도소리
그밖에는 아무것도 없는 하룻밤이었다
꿈에
풀밭을 베고 누워 일어나지 못하는
녹슨 기관차를 보았다
깊은 잠에 빠진 기차는
바퀴가 빠진 것도 모르고
한쪽 머리를 땅에 묻은 채
쓰러져 있었다
38도선이었다
정신을 차리고 보니
파도소리가 밀려오고 있었다
삼천리 강토에 통일이 왔다는 만세소리
파도는 산과 들을 덮었으나
고향으로 가는 우리의 기차는
숱한 사람들의 애타는 역사에도
종내 눈만 비비며 일어나지 못했다
사방은 춤추는 갈대밭

갈대밭은 다시 바다로 변하고
깃발과 파도소리가 뒤엉켜 아우성쳤다
오, 찬란한 통일의 새벽
소스라쳐 깨니
남쪽 바다의 아침은 아직 먼데
천막 밖에서는
자갈 구르는 소리만 요란했다.

민들레꽃

나무와 산과 들
바다와 육지도
꿈에 취하여 하늘로 기어오르는
이 계절은
마음의 빈 구석 딛고
쓰러지기 좋은 때
어디 있는 것이냐
따스하게 잡히는 손과
들려올 줄 모르는 목소리는
위험한 벼랑 밑에서도
시대의 말과 바람소리 쟁쟁하기만 하니
기약 없는 분단의 세월 너무 길었구나
임이여
어렵고 험한 길 헤치고 넘어
이 세상 만물의 조화
한눈에 헤아리는 권능 지니시고
우리의 삶과 죽음 다 살피시며
그대는 어디쯤 와 계십니까
삼천리 강토
눈물에 얼룩진 터전에
오직 하나의 길 우러른 기도소리

애절하나니
외로움처럼
낮게 핀 꽃이여 민들레여
그대의 노란 그늘에도
쓰라린 추억은 머물어
말없는 유월이 눈부시다.

희망을 위하여

아버지가 들어서자
아들아이는
두달 전에 입고 나간
그 옷을 걸친 채로
머리를 떨구고 서 있었다
그래 몸은 어떠냐는 애비 말에
아버지 미안해요
하고 나직이 말했다
아이 옆에 섰던 어미가
눈물을 훔치며 돌아섰다
그러면서 겨우 들릴락말락한 소리로
중얼댔다
어미가 어떻게 해서
등록금 꾸려대고 있는데
그것도 모르고 앞장은 왜 섰냐
하고 푸념했다
아무것도 못하는
아버지는 새삼 저고리를 벗어 걸며
지나가는 말처럼 한마디 했다
낙심 마라 인생은 길다
너희들이 만일 이 나라와

한몸뚱이라고만 생각한다면
우리에게 막막할 것이 무엇이냐
그러면서 부엌을 향해
큰 소리로 말했다
여보
아이에게 어서 밥이나 줘요
울긴 왜 울어요
이런 때도 있고 저런 때도 있는 법이지
그러자
아이는 제 방으로 들어가며
조용히 문을 닫았다
잠시 후 방에서
뭐라고 주절대며
흐느껴 우는 소리가 새어나왔다
그것은 학교에서 쫓겨난
아이의 스산한 울음소리였다.

믿음이 우리에게

아직도 밤입니다
우리 가야 할 길
더욱 멀다 하니
사막에 뜬 별이
뜻없이 푸릅니다
온몸 내리누르는
속절없는 슬픔은 무엇일까요
솟구치는 분노는 무엇인가요
뒤틀린 걸음걸이 뉘엿뉘엿
그래도 가야 할 이 길은
어제에 이은 오늘의 길
통일의 싸움길
둘이 아닌 하나의 세상
갈림이 아닌 합일의 길
오, 그 사랑과 희망의 뜻 되새기며
서로서로 위로하고
부축하여
큰길 열어 다시 한번 나아가요
새벽을 향해 다시 일어나 나아가요
믿음이 있는 자는 이기나니
믿음이 있는 씨알은 사나니

사랑을 믿는 자는 기어코 행복하리니
이윽고 둥근 태양이
온 천지를 비추는 아침이 올 것을.

통일의 아침에 축복을

얼음장 밑을 흐르는
저 물이 아무렴
갈 곳 몰라
숨죽인 건 아니외다
물은 모이고 모여
바다로 가고 하늘에 이르는 것이지만
제 뜻 지키기 위해
저리도 스산하다는 것을
어찌 모를 리 있겠나요
앙상한 나뭇가지에 스치는 바람결과
햇빛 반짝이는 작은 소리는
지친 마음이 쉬기 좋은
순간의 요람
낮과 밤인들
이 고달픈 길이
아득히 하염없음을 어찌 모른다 할까요
세월은 흘러
새 천지를 마련하나니
당신이 준비하신
즐거운 길 쉬지 않고 가는
이 가난하나마 정직한 형제들에게

축복을 주옵소서 통일을 주시옵소서
분단의 가시철망 거둬버리는
진군과 화합의 길에
축복이 넘치게 하옵소서.

부활을 위하여는

그분이 누구인지를
알기 위해선
아직도 세상은 어두워야 했다
사막에 흐르는 별과
풀과 나무들이
조용히 머리를 들어
그 기적을 반겼다
가슴을 치며 통곡하는 회한의 눈물은
갈릴리로 가는 길을 적시고
사랑과 헌신의 빛살이
어느덧 온 천지를 감싸안았다
허나 죽음 속에 태어난
그분의 재생을 알아보지 못한 사람들은
양심의 고통을 안고 더 울어야 했다
오직 혼자 나가시어
겪은 수난이여 대신함이여
오, 부활을 위하여는
그처럼 처절한 고통을
이겨내야만 했나니
버리심과 부르심이
믿음과 어둠의 길이

하나였던 것을
사마을 밝히는 새벽빛이
비로소 눈부시게 증명하였다.

5월은 장미를 안고

눈부신 햇빛을 이고도
마음은 어둠을 내쫓지 못하며
천길 바닷속같이
서로는 서로의 설움과 고통을 모릅니다
번개가 치고
파도는 천지를 뒤덮어
우리가 사랑했던 모든 것은
희미한 기억 속에
녹슨 쇠붙이모양 남는데
가슴 조이며 쓰다듬는 이 허전한 설움을
오늘도 멀리멀리 떠나보냅니다
누구의 이름인가요
아니면 탄생인가요
부재의 황막한 벽을 뚫고
여기 피어난 한 송이 꽃
불타는 장미여
불현듯 더 깊게 더 또렷하게
들리는 가슴의 고동을 누르고
황홀한 손길이
눈시울 뜨겁게 하나니
남도 북도 없는 하나의 국토는

지금 어디쯤에서
늠름히 산을 넘고 물을 건너고 있는가요
생명이여
차디찬 죽음 속에서도
기적을 믿는 형제에게 사랑을 주소서
통일을 주옵소서
성모 마리아.

우리들의 죄

성당 못 간 지 오래다
신부와 수녀님이
우스운 자식이라 욕할 것이다
아내는 교리를 잊은 채
사주 역학 익힌다며
뻔질나게 집 나가고
허구한 날 난 애 보는 일 한다
어린 손자놈 말도 되고
소도 되고
토끼와 거북인 물론
호랑이 옛말 백번도 더 하고
누더기 같은 날을 보냈다
전에는 성당에 가면
남과 같이 순한 마음으로 기도도 드렸는데
이제는 기도 드릴 만한 것도 별로 없다
새파란 젊은이들이
몸에 기름 끼얹고
분신자살하는 이 시국에
새삼 하나님께 용서를 빌기는
아무리 생각해도
염치없는 일로만 생각되니

아 펄펄 살아움직이는 예수가
어리게 봤던 젊은것들 속에
수두룩한데
우린 옛날 생각만으로 살아왔구나
옛 사상만 갖고 시를 썼구나
통일은 반드시 온다
치솟는 불길에 휩싸여
젊은 생명들이
눈 똑바로 뜨고
이를 증명하고 있는데
기도는
대체 무슨 기도를 드려야 하나
이 땅에 통일은 기어코 온다고
젊은 예수들이
열번 스무번 증언하고 있는데
처절하고나
이제 다시 성당엘 가면
난 하나님께
무슨 기도부터 드려야 할 것이냐.

평화

이상한 꿈이었다
산에는 진달래와 살구꽃이
만발했는데
북에서 내려온 군대와
남에서 올라온 군대가
휴전선에서 마주쳤다
이런 무서운 일이 어디 있겠는가
서로 다른 모습의 두 군대가
이렇게 맞섰다는 것은 슬픈 일이다
전쟁이 터졌는가
짐승도 사람도 풀도 나무도
겁에 질려 숨을 죽였는데
웬일인가
약속이라도 한 듯이
수천수만의 남북군대는
일시에 총을 버리고
달려가 서로 껴안고 말았으니
발을 구르며 땅에 쓰러져
엉엉 울어버리고 말았으니
서로 죽고 죽이는
전쟁을 우리가 왜 해야겠느냐

억울하다 우린 억울한 형제였다
중얼대며 엉엉 울어댔으니—
이리하여 몇날 며칠을 두고
수백만 군대의 통곡소리가
백두산 꼭대기에서 한라산까지
메아리쳐 흘러나갔다
그것은 어떤 위대한 음악보다도
더 아름다운 울음소리였다.

전설
돌아오지 않는 것들

사촌형님이
시베리아인가 어디로
달아날 적에
전날 밤을 우리 집에서 묵었는데
새벽에 집을 나설 때
우리 아버지 구두를 신고 갔다
아버지가 아껴서 신지 않던 구두였다
들려오는 소문에
형님은 독소전쟁에
대좌 계급장 달고
독일군과 싸우다 죽었다고도 하고
소련땅에서 백계여인과 결혼하여
아이들을 낳고 잘 지낸다고도 하고
혹은 그곳에서도
떠돌이로 고생하고 있다 했다
8·15가 되어
일본것들이 도망치고
소련군이 매일 우리 마을에
당도할 때마다
백부님은 그래도
그 녀석이 무슨 소식이라도

전해올까 하여
일을 하시던 손을 멈추고
따발총 공중에 대고 쏘며
히히대는 소련군을
가냘픈 미소를 담은 모습으로
바라보곤 했다
일본놈 치하에선
죽어도 살 수 없다고
어디론가 달아난 사촌형님
아들을 셋씩이나 낳은
착한 아내마저 버려두고
간다 온다 말 한마디 없이
망명길 떠난 몹쓸 형님
방학에 집에 오면
아름드리 소나무가 들어찬 산에 올라
무슨 연설인지 주먹으로 가슴을 치며
우렁찬 목소리로 웅변만 했다는 그분
사촌형님의 기억은 전혀 없으나
일본순사가 칼을 차고
백부님네 집에 들르면
백부님 안색이 갑자기 변하던 것을

잊지 못한다
지은 죄는 없으나
아들이 행방 모를 곳을 찾아
국경을 넘었으니
시달림받는 건 백부님이었다
세월이 흘러
해방이 되었다 해도
백부님은
애비 없이 키운 손자들 바라보며
언제나 쓸쓸해하셨다
술을 따라 올리면
조용히 잔을 기울이며
크 독하다 소리 잘하시던 노인
그분은 지금 이북에 살아 계실까
내가 집을 떠날 때
작별인사로 큰절을 하니
죽지 않아야 또 만나보겠는데
나도 모르겠구나 하시던 그분
그로부터 40년이 지났다
소주잔 쭉 들이켜며
크 소리 하시던 백부님 생각에

멍청하니 넋을 잃고 앉았을 때가 있다
아들을 생이별한 노인을
나 또한 버렸구나
나는 얼마나 무정한 놈인가
잔인한 놈인가
이런 생각 저런 생각 위로
따뜻한 백부님의 웃음이 지나간다
환한 그분의 모습이 스쳐간다.

연변에서 온 손님

40년 만에
연변에서 온 친구의 누님은
이렇게 어지러운 서울에
어떻게 사느냐고
동생의 건강을 걱정했다
자랑스럽게
중심가 백화점에 안내했더니
망연자실 그 자리에 선 채
이 많은 물건이
다 어디에 소용되느냐
새삼 한탄했다
밀짚모자와 조선 부채 두어 개를 사들고 돌아서며
누님은 조용히 말했다
사람이 살아가는 데 필요한 것은
북간도에도 다 있다고
배고픈 사람이 없는 것이
우리 고장의 자랑이지
공해가 무엇인지 우리는 모르고 산다
휴가 때면
누구든지 백두산 관광도 가고
명절 때는

한복을 차려입고 춤도 추고
멀리 두만강 너머
조선땅을 바라보며 통일을 빈다고 했다
죽기 전에 다시 만났으니
서울에 함께 살자는 동생의 소원을 뿌리치고
송화강벌 찾아 다시 떠나간 누님은
무사히 도착했다는 편지 속에서
간절히 적고 있었다
"네가 새벽에 나가 밤 늦게까지
피차 얼굴도 볼 수 없이
바쁘게 살아야 하는 이유를 알겠더라
없는 것 없이하고 잘살려는
뜻은 알겠으나
그런 숨가쁜 삶은 우리의 삶이 아니니라
울타리도 없이하고 사는
연변의 드넓은 들과 하늘을
너에게 보여주고 싶단다
모든 동포들이 서로 믿고 의지하며
그런대로 행복하게 살아가는
물 맑고 공기 좋은 우리 연변을
너에게 꼭 한번 보여주고 싶구나."

삼월에

삼월에
우리의 삼월에
진달래 배꽃 아직 이르고
샛바람
흰 옷깃 날려
숨가쁠 때
삼천리에 오는 봄은
저 우렁찬 만세소리와 함께 왔어요
피끓는 삼월 초하루의
만세소리와 함께 왔지요
자유와 독립 외친
찬연한 싸움 속에 왔지요
파고다공원
기미년 그날 독립선언문 읽던 자리에
다시 햇빛 따스하고
그날의 드높은 숨결
밀물 되어 파도치니
무량하여라
우리 다시금 무량하여라
독립이 아니면
죽음을 다오

자유 아니면 차라리 죽음을

지축을 뚫고

하늘에 사무친

만세소리 되살아

가슴 벅차게 들리니

삼월은

영원한 빛살이고나

샘이고나

찬란하여라 만세소리 연이어

남으론 바다를 건너

한라산까지

북은 휴전선 너머

아득한 백두산 끝까지

가득 차 넘실거려

이 외침 이 소원

이 노래

하나되어 삼천리 퍼져가나니

아직 진달래 배꽃 이른 바람 속

은은히 굽이치는

민족의 함성

위대한 삼월이 다시 왔어요.

통일의 바다

바다는
바로 발밑에 누워 있었으나
생각 속의 바다는
허리께까지 부풀어올라 성을 둘렀다
그림 같은 배 한 척이
수평선을 타고 가며
고동소리를 길게 그었다
슬픈 작별을 한 탓인지 목이 쉬었다
움직이며 몸부림치며
바다는 뿌리째 동요했으나
조금치도 경박하지 않았다
억만년의 삶을 살았으되
그저 젊고 튼튼하여
모든 걸 그 속에 품고 있으리라는
생각이 들었다
운명과 역사와 우리들의 미래
아니 우리의 통일조차 그 속에 품고
끝간 데 없이 둥글게 돌아나갔다
아득히 또 늠름히
오직 하나되기 위해 밀고 당기며
쉬임없이 일어서는 흰 파도

우람한 통일의 바다여.

교육의 효과

신호등에서 버스는
다른 차량들과 함께 멈췄다
바로 옆에 미끈한 승용차 한 대가
역시 멈춰섰는데
뒷좌석엔 젊은 여자가 혼자 탔다
그녀는 손거울을 들여다보며
때마침 저녁화장을 하는 중이다
분을 바르고 향수를 뿌리고
누구한테 이쁘게 뵐려고 그러는지
이빨까지 거울에 비춰본다
요염하다 대로 한가운데서
내 옆에 선 고교생 두어 놈이
이걸 내다보며 속살거렸다
사모님의 행차시다 바쁘신 모양이다
그러자 다른 녀석이
섹시한데라고 응수했다
손잡이에 매달려
이 풍경을 내려다보고 섰던 나는
아이들의 이런 대화에 약간 놀랐으나
못 들은 척하고
잠시 혼자 신음해보는 것이었다

다리 힘이 저절로 빠지는 것을 느끼며

— 부여주는 교육이 최고지 뭐

당부

세발자전거에 끈을 매서 끌거나
떡방앗간 병아리 구경 가거나
라면가게 검은 새끼고양이 보러 가거나
그렇지 않으면
큰길가 붕어가게 앞에 가서 멍청히 섭니다
서 있지 말고 자꾸 끌라 합니다
하자는 대로 할밖에
옥신각신해봐야
녀석이 말을 제대로 합니까
또 알아듣기라도 합니까
자전거와 함께 자빠져서는
통 일어나려 하지 않아요
꾀를 부리지요
할일이 많은데
벌써 목련이 피었다 지는데
걱정은 많지만
아이에게 쉬를 시키며
능률이 나지 않는
아이 보는 일을 탄식합니다
노동이란 일이 축나는 맛에 하는 건데
해도 해도 끝이 없는 답답한 노동

공부깨나 했다는 젊은것들이
제 낳은 자식 지들 키올 생각 않고
날이면 날마다
늙은것만 믿고 내빼니
고려장감인 줄 아는 모양인지
화날 때도 있으나
어린것과 둘만 남으니 어찌합니까
자전거나 끌밖에
책을 덮었으니 까마귀밥이 되어가는 것만 같고
쓰는 일 미뤄놓으니
팔이 헐렁거리는 것만 같지만
내일이사 어찌 되든
기분 좋게 놀지요
맞다 맞어
우리가 못다 한 일
너희들이나 본때 있게 한번 잘해봐라
우린 별수 없었구나
어린것이 알아듣기라도 하겠습니까만
이런 당부를 한번 해보지요.

한낮의 기적

너무 많은 것은
안하무인격으로 차라리 안 보인다
8차선 도로를 줄줄이
자동차가 질주하는
한낮
한 노파가 한 손에는 괴나리봇짐
다른 손엔 지팡이를 꼬나들고
대로를 유유히 건너고 있었다
차들이 경적을 울리며 부득이 멈춰섰다
이놈의 노파 죽을려고 이러나?
기가 차다는 듯
이렇게 탄식하는 기사들도 있는 듯했으나
호루라기를 불며
달려온 교통순경도
정중히 노파를 부축해 건네줄 뿐
속수무책이었다
이 광경을 목격한 나는
이런 일이나 일어나야
사람 사는 냄새가 난다는 듯이 자못 통쾌하였다.

우리들의 광기

시인의 자작시 낭송을 듣던
한 청년이
마룻바닥에 쾅 쓰러져
비질비질 거품을 물고 신음한대도
가엾은 젊은이를
안아올릴 수 있어야
미안하다는 마음 먹어야
울타리 없는 시는 흐르는 공기일 따름
급하게 혹은 서서히
흐르는 생명일 따름
아무 이야기도 없이
무뚝뚝하게 앉아서
모두는 붙들려가는 죄수같이
버스를 타고 갈 때
갑자기 누가 깔깔대고 웃거나
폭소를 터뜨려서
이 긴박한 공기를 깨뜨렸다 해도
그를 미친 사람으로 낙인찍는 건 암흑
모두는 용서해야
용서했다가 무슨 큰일 날까봐
어쩌고저쩌고 하는 건 더욱 우울한 일

묻는 말에 답하기도 어려운 것이 말이라면
시간에 쫓겨 사는 청중 앞에서
연설하는 건 외람된 일
누가 누구에게 연설할 수 있으랴
서로는 그저
서로의 양심이나 들여다보는
눈짓만으로 족하다
오, 평화여.

새해의 노래

새해에는
우리네 가슴에
푸른 강물이 시원스럽게 흐르고
백두산 지리산에 내리는 함박눈이
온 천지에 펑펑 쏟아져
집과 길을 파묻기도 하고
새와 짐승과 아이들이
마음껏 뛰놀며
지친 우리 걸음걸이도
새 힘이 솟게 하세요
아리랑 아리랑 아라리요
동강난 강토에 새봄이 오니
우리 마음 어찌 무심하랴
남녘에도 북녘에도
통일의 노래 애타게 울려퍼지니
우리의 바람 하늘에 닿으리
억울한 분단의 세월 너무 길었나니
흩어진 형제들 만나봐야지
끊어진 다리 잇고 막힌 길 새로 헤쳐
그리운 임들 다시 찾아봐야지
아리랑 아리랑 아라리요

아리랑 고개 넘어나 보세
하늘과 땅 사이
슬픔과 미련 사이
노여움과 원한 사이
그 모든 어둠과 설움 위에
화해와 해방의 빛 굽이치나니
이 고개 넘으면
좋은 세상 만나본다네
까치 까치 설날은 우리의 새날
둘 아니고 하나인 햇님
산 넘고 물 건너
희망의 새날 맞아 어서 나가세
아리랑 아리랑 아라리요
아리랑 고개 넘어나 가세.

임 오신 날에

삼라만상
삼천리 강토 꽃길을 열어
금 없는 나라 이루오리다
삼계정토
새 하늘 새 바람
새로운 물로
일월성신 다 새로 태어나
임 모시고
구름같이 모여
그대 태어나심
반기옵나니
촛불 밝히고
연꽃처럼 연이은
이 중생의 기원을
삼십삼천 끝간 데 없는 나라에서
이 땅 방방곡곡에 이르기까지
경건한 불심으로 대승에 들게 하소서
부처여 자비여
그대의 희생과 비움이여
이제야말로
이 무명에서 일어나

그대의 만월, 영원에 이르는 길로
이타와 통일의 길로
우리 미몽에서 벗어나
그대의 고행과 성불 따르게 하옵소서
아제아제
바라아제
바라승아제
모지사바하
국토는 토막나 오갈 수 없고
형제의 정이 이처럼 스산히
남북에 흩어져
해와 달을 모순의 인과 속에 견디는
이 겨레 이 중생의 죽음을
건지옵소서
분단의 어둠 거두시고
삶의 자유와 권리, 평등을 주옵소서
무엇보다도
민족의 통일을 주시옵소서
무상도의 열반을 쳐다보게 하옵소서
엎드려 비옵나니
수없이 절하며 비옵나니

싯다르타 그대여
우리의 염원이
소외와 비운의 이 늪에서 벗어나
사대주 화엄의 바다에 이르게 하옵소서
부처여
천상천하 홀로 높이 나신 임
우리의 해탈과 승리는
바로 그대의 무궁한 빛이옵나니—

노동하는 부처님

부처님은
왜 말이 없으신가요
말로는 다할 수 없는
사연 지녔기 때문이다

부처님은
왜 잠들지 않으시나요
잠자기엔 너무 많은
일이 밀렸기 때문이다

부처님은
겨울 날씨에도 뻘뻘 땀을 흘리시며
안개 자욱한
사바세계의 길을 걸으신다

부처님 부처님
동에서도 서에서도
부처님 섬기는 소리 자욱한데
부처님은
동그라니 깊디깊은 정적만 놓아두고
남으로 북으로

분주히 떠도신다
휴전선도 마음대로 왕래하신다

공해와 비바람에 찢긴
일하는 부처님의 옷깃에
새로 돋은
저녁별이 찬란하다.

빛살 속에서

부처님 부처님
하나님 우리 하나님
칠성님 우리 칠성님
모든 땅귀신 하늘귀신
우리를 지켜보는 신령님들이여
우리의 희망을 헤아려주소서
아무것도 원치 않나이다
그것을 빼고는 아무것도
이제
이 땅에 통일이 오는 것을 허락하소서
좌우익이 피 흘려 싸우지 않고
한몸이 되는 위대한 사업을 허락하소서
허락하소서 기어이
만일 그렇지 못하다면
우리는 다시 죽어살밖에 없나이다
희미하게 비쳐오는
이 빛살도 놓치고 말아요
눈물에 얼룩진 희망의 얼굴도
놓치고 말아요
모진 시련과 가난 속에서도
비우고 살아온 이 뜨거운 마음을

이제는 헤아려주세요

드넓은 히늘이여

삼천리에 부는 바람소리여.

하산하신 임께

하늘도 땅도
어둠에 덮였으니
낮과 밤이 뒤죽박죽 되었으니
무엇을 두들겨
노래 부를 것이냐
산에서 내려온 임이여
백두산과 지리산을
한달음에 마주 보이게 하고
땅끝에서 바다끝까지
만물을 빚어 하나로 통일하는 숨결이
임이시라면
이 아우성과 울부짖음을
어떻게 노래 부를 것인가요
정신이여 불심이여
바람도 물도
가는 것은 가는 것이지만
남겨둔 작은 정 돌아다보며
참으로 먼 길 떠난 흔들리는 배를
여래
불에 달은 뜨거운 돌 밟고 달리는 여래
그대 횃불 들어 인도하리니

아이들 부모를 찾아 울부짖는 소리
이비이 자식을 찾아 폭메이는 올 음
까마귀 울음에 싸여 스산한
남북 산하에
임이여
이제는 산에서 내려와
분단의 피맺힌 지경 딛고 선 임이시여
하나의 땅
하나의 하늘에 닿는
찬란한 아침을 기필코 열어주소서
자비로우신 힘, 부처여
민족이 하나가 되는 위대한 사업을 도와주소서.

어린 손자에게

애야
아니다 그렇지 않다
저건 잘못된 충무공이시다
장군님은
저렇게 무섭게 생긴
누굴 위협하는 분 아닐 거야
인자하고 따뜻한
누구에게나 친절하고
힘을 빌리는 자상하고 용기 있는 분일 게다 그러기에
민중의 처참 보다못해
나라를 구하고 스스로 나아가 화살 받으신 분
개선장군 소리 듣기를
죽음으로 사양한 분
배고픈 이에게 밥 주고
팔다리 다친 병사의 아픔 함께 운
인정 넘치신 분
장군님은 지금 여기 계시지 않아
자동차 악쓰며 쫓겨 달리는
이 넓은 길엔 계시지 않아
장군님은 남루한 옷 걸치고
팔도강산 외진 마을 돌아다니며

가난한 농민들 일손 도와주고
노동자들이 신음하는
공장과 일터를 고루 돌며
형제들 손 잡아주고 있지
몸에 기름 끼얹고 한몸 불태운
이 땅 젊은이들 영혼 붙들고 통곡하고 계셔
그분은 여기 계시지 않아
통일로 가는 이 싸움 속에서
동에 번쩍 서에 번쩍
등뼈 휘도록 일하고 계셔
커다란 칼 짚고
이 민중 내려다보며 호령하는
위엄 가운데는 계시지 않아
애야 이건 눈물 많으신 이순신 장군님 아니다
아무것도 안하고
낮이나 밤이나 버티고 섰는
이분은 장군님과는 물론
우리 모두와 무관한
차고 음산한 쇠기둥이다.

해방을 우리 손으로
다시 맞는 8·15에

44년이란다
헤어져
팽개쳐져
무참히 끊겨
핏발 선 눈 들어
하늘을 쳐다보고
땅에 쓰러져 서로 껴안고
눈물 쏟으며
거짓과 비애의 멍에 끌기 마흔네 해
살기는 살아도
사는 것이 아닌 삶을
예까지 끌어왔구나
억압과 가난의 험한 날들을
허수아비 같은 세월에 담아
덧없이 강물에 띄워보냈나니
억울하여라 분하여라
산산이 흩어져
숨통이 막혀 살은 분단의 44년
구금과 학살과 식민의 슬픈 역사를
멍든 가슴에 새기며
유령처럼 둘러선

이 도시의 창백한 번영 앞에 서서
항거와 자유의 새 깃발을 든다
자주와 민주의 터전 위에 설
새 통일조국의 얼굴 껴안으며
우리는 승리의 날을 기약한다
손에 손을 잡고
튼튼히 어깨를 끼자 남북의 형제들아
그리하여 몰아내자
외세와 그 앞잡이를
그 모든 매판과 파쇼의 잔재를
깨끗이 몰아내자
8월은 타오르는 환희와
만세소리 우렁찬 달
나부끼는 민중의 함성 꽃처럼 현란한 달
보이나니
삼천리 강토
깃발이 구름처럼 휘날리던
44년 전 해방의 날이
선명히 떠오르나니
다시 맞아야 하리
하나되어 파도친 그 감격의 날을

이번만은 우리 손으로
분단을 부수고
백두에서 한라까지
7천만 해방의 위대한 날을
기어코 우리 손으로 이루어내리라.

우리 가야 할 길

통일이건만
우리 갈 길
통일이건만
우리 할일
이것뿐이건만
찢기고 흩어져
해와 달이
목이 타 지치고 목이 타
어두워라
천지사방 어두워라
남북의 우리 새벽 아직 멀구나
땅엔 수백 개의 핵폭탄
하늘엔 죽음의 잿빛
불길한 예감
가슴 조이는데
외세는 이리도 깊이
이 강토 뒤덮어
억압과 부정
학살과 고문과 수탈
온갖 모순과 불의와 향락
어지러이

백성의 주권 가로채
가야 할 길 막는구나
총칼로 막는구나
남북형제 손잡는 길 막는구나
백두산아
한라산 지리산이여
한강과 대동강이
한날한시 한 몸덩이로
솟구칠 날 언제이냐
7천만이 목메어 손잡을 날 언제이냐
통일의 새 천지 맞을 날 언제이냐
단돈 6백원짜리 고추라면
아예 뽑아버리자
일당 3천원 하는
노동도 더는 못하리
이것도 저것도 안되는 세상
더는 못 살리
다 팔고 일어서도
목은 여전 빚에 감긴 억울한 삶
한 맺힌 가난의 나날아
이제 들고일어설 것은 무엇

마지막 외치고 나설 것은 무엇

찢기고 흩어져

하늘엔 잿빛 땅엔 불의와 부정

목이 타 피맺혀

빈 하늘 빈 들판 헤매인다

헤매인다 살길을 찾아

치솟는 불길

가슴속 불길을 끈다

사람들이여

눌림받은 자여 형제여

이 불길 이 원한 사그라지기 전

다시 한번 힘을 합쳐 일어서자

죽음의 땅 딛고 일어서자

남북 삼천리 빛나는 강토

우리 주권 세워보자

사람답게 살 세상

통일세상 앞당겨나가자

우리 사는 길은 통일

살아도 통일 죽어도 통일이니

치켜들자 횃불을

민중의 희망과 믿음인 횃불을

자유와 평화
민주주의의 찬연한 이 깃발
치켜들고 나아가자.

일상

햇덩이도
두어 번 눈을 문질러대더니
하는 수 없이 하루의 일을 시작했다
질서정연한 생존경쟁이다
건물들은
언제나 제자리를 지키고 섰는데
흐르는 것은 사람이요
차량의 물결이다
바겐세일 간판이 즐비한 거리를
밋밋한 바람이
흐릿한 공기를 품고 자란다
귀와 눈으로
어림할 수 있는 것을
찾은들 무엇하랴
생각하는 삶은
수은주처럼 말끔히 눈을 뜬 채 죽었다
아침에 나간 이는
어디쯤 가 있을까
어딘가에서 허기진 몸으로
바겐세일이라도 하고 있나보다
공장에서 나오는 새 차가

하루 몇백 대라구요
예? 뭐라구요
지하도에서 만난 이와
이런 넋 나간 소리 주고받으며
서울엔 웬 사람과 자동차가
이리도 많으냐고
요령부득인 탄식을 보태고 헤어진다
숨막히는 인도에
실성하여 쓰러지지 않는 것만을
다행으로 여기며.

생명의 노래

한길사 1991

빛깔의 정체

본다고 어찌 다 보이랴
보아도 잘 안 보이는 것
숨겨진 눈이 있다
이 불길한 것이
언제나 우리와 함께 있다
흙 속에 바람 속에 혹은 철근 속에
전류같이 흐르는 눈의 끄나풀이
목을 조인다
수백배로 확대되어
거대한 대리석벽에 덩그라니 걸려 있는 눈
계룡산 팔공산 또는 서울 의정부 동두천 그 어디에도
걸려 있는 불길한 눈
올챙이같이 번식하는 검은 것 흰 것
이놈이 언제부터
우리 곁에서 우리를 지키고 있는지
자초지종을 알 수 없으니
답답한 일이다
제 무게를 못 이긴
지구가 아슬아슬하게 기우뚱거린다
밟지를 말아라
꿈틀거리며 더 깊은 곳에 숨는

빛깔의 비밀을 본 사람은 없다
얘야
그 낫을 이리 다오
두 눈을 감고
내 이것을 한번 찍어보련다
깨끗이 없애버릴 터이다.

어머님의 손

깎인 나뭇조각처럼
어머님의 손은 차다
야위고 지친
마디 굵은 어머님 손에
조국의 순수한 것은 쥐어져 있다
흙 묻은 궂은일과 희망이
함께 쥐어져 있다
우리들이 잃어버린
위대한 순수는 쥐어져 있다
고구려의 흙바람 소리 남아 있다
외세에 물들지 않은
온갖 깨끗한 것들이
금은보석 되어 남아 있다

평생을 하여도 다 못한
쉬임 없는 근로 속에
어머님이 남겨준 것은
물질이 아니요 영화도 아닌
소박한 조선의 혼이다
이것을 지키기 위해
이처럼 숨차도록

어머니는 싸우고 또 싸운 것이다

깎인 나무토막처럼
어머님의 손은 차다
야위고 지친 그 손에
그러나
아름다운 조선은 침묵처럼 새겨져 있다.

길

어디까지 왔나
여기에 이르러
잠시 멈춰서서
땀을 지운다
한대 피워 물고
동편 하늘 바라보니
새벽 안개 사뿐 밟고
해 뜬다
숨죽이고 바라보니
붉은 짐승 활활 타오르네
해 뜬다
하늘의 뿌리 땅의 뿌리
모두모두 감아쥐고
휘영청 솟네 불덩어리 솟네
다시 시작하네 새 역사 다시 시작하네
아하
예까지 와 우리 새해를 맞는구나
만득이는 용쓰고 내닫더니 하마 지쳤는가
짝쇠는 눈 위에 활개 뻗고 드러누웠네
길남아 너의 얼굴 이글이글 타니
아직도 여력은 남았느냐

남에서 북으로
북에서 남으로
이리도 날랜 바람으로 오락가락하는
이 가슴속의 번개
멀리멀리 퍼져가는데
산에 들에 바다에
혹은 금남로 그 십자거리
무등산 후미진 골짜기에
잠들지 못한 혼백들 떠도는데
예까지 와 겨우 한숨 돌리는구나
10년이면 강산이 변하지
변했느냐 세월은 변했느냐
아직도 윙윙 귓속 울리는 이 소리는
발 구르는 악마의 채찍 소린가보다
양놈은 가라 왜놈도 가라
군사독재 다 물러서라
예까지 와 잠시 걸음 멈춰 땀 지운다
굽이굽이 천리 또 오백리
강물은 훤한 벌판 만나
비로소 한숨 돌린다
번뜩이며 넘실거리며

기를 펴 숨을 토한다
길을 잡아줘야 하리
도도한 강물에
길을 열어줘야 하리
남에서 북에서 하나로 굽이치는
끝없는 이 물줄기에
길을 인도하여야 하리
해 뜬다
붉은 짐승 늠름히 솟구친다
해는 뜬다.

노아의 홍수

잠겨버려라
잠겨버려라
다 잠겨버리고
새싹들만 남아서
다시금 일어서라.

세계 속의 우리 지도

어디서나
들려오는 저 소리는
무심치 않아
날로 새로워지는 산천초목
하늘은 높고 바람은 맑아
나는 새 한 마리 없어도
따뜻한 빛살이 우리 곁에 있나니
멀리서 가까이서
어디서나 들려오는 저 소리는
생명을 키우고 나아가게 하는 소리
민주주의는 승리하리라
바람 속에서
벽 속에서
세상 온갖 것 속에서
들리는 소리 있어 귀를 기울이면
마음은 어느새
사물과 한덩어리 되어 흐르나니
넓은 대양에 잇닿은 물은 물대로
별은 별대로
깊게 패인 하늘에 박혀서
새날을 기약하니

지도를 펴들자
남도 북도 없는 세계 속의 우리 지도를
금 없이 둥근 겨레의 내일에
넘쳐날 행복과 평화에 대해 이야기하자
어디서나
들려오는 소리 있어
귀를 기울이면
동에서 서에서 혹은 지구의 끝간 데서
착한 마음과 너그러움이 섞이는 소리
사람이 사람을 부르는 소리
자유로운 번영과 평등을 갈구하는 소리
한순간의 멈춤도 없이 이어진 생명이
환한 역사에 닿았으니
빛은 어디서나 우리 가는 길 비추고
꿈은 다사로워
열려올 통일의 새벽이
새삼 벅차고 눈부시다.

가노라면

가노라면 쉴 데도 있을 테지
가노라면 까치가 우는 마을도 있을 테지
눈 위에는 짐승 발자국 두어 개
산 넘고 들을 건너
눈 덮인 길 가네

가노라면
맑은 햇빛 눈부시겠지
얼음이 녹고 눈이 녹을 테지
가노라면
달이 뜰 테지
여우가 달리는 오솔길도 나올 테지
꿈속에서처럼 멀리 기적소리 들릴 테지
빙긋 쳐다보고 웃는
길동무도 있을 테지
가노라면
얼음 밑을 기는 물소리도 만날 테지

가노라면
큰 산 큰 강물 긴 다리도 만날 테지
40년 걸은 이 길을

가노라면
아, 가노라면
보고 싶던 산천 만나게 될 테지
새해의 흰 눈 밟고 또다시 가네
흰 길 가네.

북행길

손도 씻고
발도 씻고 가리
이제야 가는 이 길
금강산 백두산 가는 이 길
이 세상 제일 큰 행복 나눠 안고
이제야 가는 이 길
꿈인 듯이 하늘도 보고 땅도 보고
걷는 이 길
개성 사리원 평양 원산
달려가는 이 길
형제여 드디어 열었구나
우리 길 열었구나
화해와 해방의 남북길 열었구나
함경도에서 평양까지 마중나온 누님은
남조선 동생을 끌어안네
꿈인지 생시인지
알 수 없어라 알 수 없어라
누님 살아 있었구료 옛날처럼 환하게
내일은 어머님 만나러
백두산 밑 옛집으로 간다지요
어머님을 뵈면 이 불효자식은

무슨 인사를 올려야 할까요
40년 만에 육친을 대하는
인사는 어떠해야 하오리까
삼천리 강토
둥근 햇살 아래
살아서 다시 만나다니
이게 정말인가요 정말인가요
아, 우리 고향길 가네.

용광로에 불을

남과
북이
손잡는 날
우리는 사람이 된다
북조선 사람이
남조선 사람 끌어안고 울 때
그때 진정 사람이 된다
얼마나 고생했느냐고
얼마나 설움 많은 세월을 보냈느냐고
어이어이 울어낼 때
반도 삼천리에 햇살이 퍼져
이슬 머금은 산천초목은 일어선다
웃음도 눈물도
하나로 뒤범벅되어
조선의 아들딸들은
새사람 된다
이 땅의 참주인 된다
아, 다시 사는 그 세상
돈 때문에 죽는 일도 없고
돈 때문에 괄시받는 일도 없고
돈 때문에 거짓을 행할 일도 없는

세상을
온몸으로 누리게 된다
사랑하리라 무릎 꿇고 뉘우치리라
그러면서 천년만년 아름답게 살리라
남에서 북에서
용광로는 끓어넘쳐
이제 같은 시각 같은 비등점에서
넘치는 쇳물을 흘릴 준비는 되었다
쇳물을 쏟아붓자
쇳물 흘려부어 한덩어리가 되면
다시 흩어짐 없는 한덩어리가 되면
우리는 산이 되고 바다가 되고 하늘이 되고
빛나는 눈동자 껌벅이며
조국은 새롭게 일어선다
벗이여 불을 당기자 용광로에
남에서 북에서
흐르는 쇳물 쏟아부을 준비는 다 되었다
불을 당기자 더욱 세차게
이제야말로 사람으로 태어나기 위해
우리들의 용광로에 불을 당기자.

개미들의 왕국

착취도 없고
계급도 국가도 없는
모든 내적 갈망이 성취되는
사회의 건설
생명 가진 것들이 하느님인 세상
그 행복과 자유.
눈물이란 이런 것이다.

밝아오는 아침에

북쪽에서도
남쪽에서도
닭이 울더니
새날이 밝는다
80년대 다 가고
오늘은 90년대 첫새벽
얘야
향 피워라
올려야지 인사를
땅이면 어떻고 물이면 어떠랴
북두칠성 스치는 바람결에도
반길 이 있어
옷깃 여미고 머리 숙이리니
헤매는 넋들
삼삼히 향내 속에 떠돌아
통일 없이 맞는 설날이
숙연코나
쉬어본 적 없는 일손
끊지 못할 그리움과 설움이야
다시 외어 무엇하랴
천만 가지 생각을 누르고

나가서 맞자 둥둥 북소리를
동해바다 가득 넘치는 저 불덩어리
한라와 지리산, 백두산과 금강산에
똑같이 떠오르는 저 햇살은
이 아침 더욱 신기롭고 눈물겨우니
고향엔 못 가도
마음은 북녘 산하 달린다
해는 둘 아니고 하나다
우리 마음 하나로 감싸안듯
남에서 북에서 닭이 울더니
새해가 밝는구나
어서 나가 새날의 불덩어리 바라보자.

만남

오래 잊지 못하던
고향에 돌아와
느릅나무 밑에 서본다
가지를 쳐주던 그때의 소년은 없고
나무는 아름드리로 자라
하늘로 뻗었다
달리는 구름
부서지는 파도의 굉음도 멀어지고
흰 모래언덕을 넘는
그림자도 보이지 않는다
살아 있었구나
모두는 살아 있었구나
할머니가 다 된 누님이
살구나무 사잇길을 걸어나와
우윳빛 아파트단지 너머로
둥글게 퍼진 하늘을 쳐다본다
전쟁 나던 해가 언제던가
그때 집은 타버리고
느릅나무와 우물이 남았지
어린시절 알던 사람들
모두 잘 살고 있지

그러면서
죽은 사람들과 멀리 가 있는 이들
이름을 외었으나
갈라진 음성이 가냘피 떨렸다
남자들같이 큰 손을 하고
누님은 일터에 간다고 일어섰다
오랜만에 돌아온 아우는
너무 변한 고향 모습에
꿈결같이 흘러간 40년을
허무하게 돌아다보며
느릅나무 등걸에 손을 얹었다
안개가 걷히고
백양나무가 일렬종대로 늘어서서
손을 흔들었다 무수한 깃발처럼
검게 빛나는
흙 한줌 손에 떠 쥐고
바라보니
누님은 벌써
꽃이 피어 널린 들길을
치맛자락 걷어쥐고
저만치 바삐 가고 있었다

멀리 꿈속의 산들이
일제히 우줄우줄 일어섰다.

새

감나무에
이름 모를 새 한 마리
호 후루룩
호 후지작 하고 울었다
공해 속의 서울에서
푸른빛 새소리를 듣다니
너무 놀란 탓에
지옥 아니면 신선에서 온
새일 것이라고 우겼다
고운 소리로 우는
새소리를 들으며
하필이면
지옥과 신선을 떠올렸는지
나도 모를 일이었다
인기척에 놀란
새는 날아갔다
언제 또 다시 온다는 약속도 없이
그러나 내 가슴에 남은 새는
먼 하늘과 바다를 가르며 날고 있다
깊이를 알 수 없는
심연을 날고 있다

검푸른 벽 속을 날아간다
울음이 굳어버린
딱딱한
고체가 되어……

연가
두만강

바람이 불고
물소리 출렁여도
너와 나의 말소리는
남아 있을 게다
형상은 그 자리에 있지 않아도
추억이 남았듯이
우리들의 음성은 영원 속에 남아 있을 게다
강가에
진달래 피고 새싹은 돋아
봄빛 설레일 때
두 사람의 시선은
출렁이는 물 위에 남아 있을 게다
아무리 이별이 길다 하여도
타는 눈동자만은 별빛처럼 박혀 있을 게다
경계선을 넘어
봄바람 오락가락하는데
우리들의 음성은
강가, 그 자리에 남아
결코 사라지지 않을 게다.

염원

옛날에
어디서 본 것 같은
눈 내리는 밤에는
거리의 딱딱한 벽 밑을 지나며
아는 체를 하자구요
두어 번 만난 사람도 아는 체를 하자구요

달은 뜨지 않고
축축하게 불빛은 잠겨
며칠 전에 꾼
꿈의 사연 생각나
뜻없이 시름겨울 때는
술은 한잔 어떨까요

사막엔 쫓기듯 차량이 줄지어 달리고
함박눈 내리는데
오실 임 여태 오지 않고
홀로 도시의 벽 모서리 스칠 때는
슬픔도 기쁨인 듯 꿈을 꾸자구요
어여쁜 새날의 꿈 꾸어보자구요.

생명의 노래
지구의 날에 바침

흙도 바람도 물도
지금은 우리 것 아니구나

다 허물고 짓밟아
이제 형체를 분간 못할 이 국토를
떨리는 가슴
억울한 마음으로
탄식하고 뉘우친다

5천년의 줄기찬 역사
아름다운 국토에
새봄이 와도
어둡고 스산한 파괴와 억압의
바람소리 드세나니
우리 발붙이고 살 곳 아니구나
사람 사는 생명세상 아니구나
썩은 강 찢겨진 국토
흐린 하늘 신음하는 바다를 어찌하랴
누가 살리랴 누가 지켜나가랴

원자로와 핵

산업찌꺼기와 군사독재
수탈과 반통일
이 죽음의 위협을
과연 어찌하랴

분단은 국토를 가르고
형제의 핏줄을 갈라
삼천리 가득 채우는
원한과 슬픔의 세월 덧없거니
처량하여라 죽어가는 땅
빛을 잃어가는 삼라만상 딛고 서서
우리는 탄식하고 분노한다
지구를 살리자
한줌의 흙, 한점 바람
한낱 작은 미생물에 이르기까지
우리의 행복 잇는 핏줄 아닌 것 없나니
파괴된 지구
갈라진 국토
우리 손으로 바로잡자
통일을 성취하자

자손만대에 빛날
아름다운 내 나라
오직 하나인
위대한 조국의 얼굴 쳐다보며
이 산하 받들어 일어서자
우리들의 목숨
지구와 국토를 지켜나가자.

새벽

어느만큼 더 기다려야
어느만큼 더 떠나 살아야
길은 열리고
앞은 보일 것이냐
어느만큼 더 싸워야
어느만큼 더 저주하고 신음해야
길은 뚫리고
해는 어둠의 한가운데 솟아
소리칠 것이냐
수천 수백 침략자의 핵이 묻힌 땅에서
한 개의 돌을 옮겨놓는 데도
서로는 다투고 미워하며
영광스러운 일월을 반기고 사랑했다
건배하리라
아직도 남은 적의와 증오를 담아서
그렇다 임리하게 드러난
서로의 설움과 비분을 담아
껴안아보자
뉘우침의 통곡을 쏟아보자
적개심에 타는 조용한 이 되풀이는
도시의 오물을 쏟아내는

검은 하수도의 유연함처럼
모두에게 있어
별일 없다
달빛 번쩍이며 콸콸 흐를 뿐이다
숨막히는 이 죽음의 되풀이는
어디쯤까지 와 있나
어느만큼 더 싸워야
어느만큼 더 기다려야
해는 지고 잔혹한 시대의 별은 뜰 것이냐.

그 자리

시멘트 계단은
피 한방울 없이 말끔하다
햇살이 잠시 머문다
그를 아는 사람보다는
모르는 사람이 더 많이
오르내린다
세월이 지나면
여기도 헐려 새집이 들어선 다음
이 자리는 없어질 것이다
그날 그는
군사파쇼 타도
해방통일을 외치며
이 4층 건물 옥상에서
계단 아래로 투신했다
망가진 꽃송이같이
그는 사라졌다
기적처럼 말끔한 이 계단길
허나 아직도
불같은 목소리로
외치고 있는 그가 있다
독재정권 물러가라

자주평화통일 만세……

깃발

불은
슬픔을 꺾고
사랑을 이기기 위해
타는 것이다

누가 일순이라 일렀을까
아니다
그것은 시공을 넘어 날고 있다

아, 20년
너를 길러준 어머니가
한줌 재를 안고 간다.

어머니 오시다

두만강 끝에서 서울까지
어머니 오시다
소복에 지팡이 짚으시고
산 넘고 물 건너 이천리 길
어머니 오시다
백두산의 머루 다래 오미자 한보따리 챙겨들고
40년 전에 집 떠난 자식 찾아
어머니 서울에 오시다
자식 보러 가오
내 땅 내가 가는데
길을 막지 마오
휴전선에 늘어선
이북 병정 이남 병정 나무라기도 하고
통사정도 하며
경계선을 넘어
북조선 어머니 남조선 아들 만나러 오시다
백두산 산삼 서너 뿌리 갖고 오던 건
휴전선서 만난 비쩍 마른 남도 병정한테 줬다
총 들고 선 양놈 병정보고는
너흰 너의 나라로 가거라
여기는 죽어도 살아도 우리가 사는

조선사람의 땅 아니냐 분풀이도 했다며
눈같이 휜 백발 이고
가냘피 웃으시는 어머니
어머니시여
못난 이남 자식은
어여쁜 어머니 앞에 다만 꿇어 엎드려
꿈일지라도
오래 울 수 있게 해달라고 떼를 쓴다
어디 보자
남조선은 살기 어렵다더니
그 많은 세월 견뎌냈구나
하지만 흔적 없는 타향살이 웬말이냐
기다리다 못해 내가 왔다
뜻은 품었으나
아무것도 이루지 못한 중늙은이 돼버린 자식은
그저 목메어 울 뿐
죄스런 40년이
뼈에 맺힌다
얼마나 많은 목숨들이
꽃처럼 졌던가
불속에 뛰어들어 통일을 외쳤던가

그들이 바친 땀과 피는
산을 이루고 바다를 이뤘다
그럼에도 이 나이 되도록 살아남아
조바심만 하는 아들을 보고
어머니는 말씀하신다
이제라도 늦지 않다
이 땅의 가장 억울한 사람들 편들어
끝까지 싸워라
이 나라의 통일이 멀지 않다
이 늙은 어미가 다 널 찾아오지 않았느냐
사람이 사람끼리 왔다갔다하면 이게 통일이다
통일을 어렵게 생각지 마라
우리 함께 백두산 밑으로 가자
너를 키워준 드넓은 두만강벌이 기다리고 있다
우리가 무슨 잘못 있어
서로 만나지도 못하느냐
어머니는 창밖에 흐르는
자동차의 물결을 내려다보았으나
바람결이지
지나가는 한때의 바람이지 하고
알 수 없는 말씀을 되풀이했다

올해는 우리 고장 함경도도 풍년이다
이제라도 민나면 다들 얼미니 반기워할 것이냐
자, 가자 백두산 기슭으로
그러면서
소복한 어머니는 표연히 앞을 섰다.

학살

아직 산에는
풀이 있고 나무가 있다
가물가물 내려다보이는
고속도로의 소음이 여기서도 들리지만
산에서는
산 냄새가 난다
앞으로 몇년 후면
이 산도 헐려
길이 나고 집이 들어설 게다
붉은 천을 매단
측량표시 깃대가
아카시아숲 사이에 기우뚱 서 있고
빈 농약병이며 비료부대
비닐쪼각이 어지러이 널린
계곡 사이를
침침한 물이 흐르고 있다
일요일이면
종점에 내려
천천히 걸으며 산보하던 이름없는 산
이런 낮은 산도
산은 산이라고

온갖 잡목과 풀이 우거지니 눈물겹다
칡넝쿨에 댕댕이넝쿨
도깨비풀에 갈대와 뺑쑥, 소득이
풀을 헤치며
걷다 말고
흐르는 물소리를 듣는다
물은 물이되 먹지 못하는 물이
귀신의 눈빛같이 반짝 빛났다
이윽고 찢기고 파헤쳐져
형태조차 사라질 산 앞에서
문득
도끼를 쥔 사람이
줄줄이 서 있는 환영을 보고
잠시 휘청거렸다.

백두산

통일도 되기 전에
백두산에
쓰레기만 남기고 오면
깨져
꿈은 깨져
다람쥐 한 마리 기는 길도
흐려놓아선 안돼
이것만은 더럽히지 말고 놓아둬야 해
이 하늘 아래
마지막 남은 백두산이다
죽어도 놓지 못할
민족의 순수성이다
우리의 눈물이요 그리움이다
아, 이것마저 더럽히면 깨져
꿈은 깨져.

등소평

가도 가도 끝이 없는 벌판
그 지평선에
바람소리를 내고 선
나무전신주에 생각을 달릴 때가 있다
대륙의 별은
멀고 찬란하여
마음 오히려 심란하나
등소평
그래도 그는
위대한 10억 인민의 지도자
수만리 장정과 내전의 생애를
어두운 대륙
새 중국 위해 바쳤기에
고색이 창연한 그 모습은
전해오는 소식만으로도
희망과 신뢰 그것이었다
급기야
북이 울리고
뇌성벽력은 스쳐
하늘이 함께 무너질 때
대학살은

천안문광장을 피로 물들이고
젊은 목숨들이
하루살이같이 사라졌기로서니
이 죽음과 억압의 진실을
어찌 다 관용으로만 덮을 수 있으랴
꽃처럼 진
젊은 목숨들을 살려내라
중국이여 만리장성이여
가도 가도 끝이 없는
광활한 대지에
희망과 신념의 싸움은 이어지리
그리하여 역사는
피와 땀에 젖은
제 스스로의 얼굴에
통곡과 화해의 눈물을 고이게 하리라
책을 치우련다
등소평, 그대의 파란만장한 책을
주은래와 모택동만 남기고
그대의 책은 이제 치워버리리
내 가난한 서가에 꽂혀
언제나 기쁨과 보람을 약속했던

그대의 책, 정다웠던 고목
등소평.

거리에서

어디서 왔나
왕창왕창
자라서
꺾이고 뭉개지고 또 찢겨서
번쩍번쩍 사라지는 것
멍하니 서서
바라보다 놓치고 나면 손을 털고 돌아서서
동서남북 수십리를
부지런히 쫓아간다
가슴을 가르고 가는 짐승을 보리라
검은 나무둥걸을 보리라
필요 이상으로 키 큰 자 하나가
점잖은 혼잣소리를
외고 가다
배기가스 폭탄을 맞고 나가떨어진다
신발이 가고 가방이 가고 팔과 다리
눈과 귀, 코가
그를 스쳐간다
끝없이 가는데
보이지 않는 단단한 끈이
한 개씩 꽁무니에 달려

분주히 꼬리를 친다
얼마 남았느냐 화폐는
해는 지는데
대포 한잔하고 가자니까
시꺼먼 어둠이
아가리를 벌리고 섰다가
정신 나간 자들을 붙들어다
보기 좋게 따귀 한 대씩 갈겨 돌려보낸다.

고백

여지껏
미치지 않고 살아 있는 건
사지가 멀쩡해서 살아 있는 건
악착같은 놈이기 때문일 게다
피도 눈물도 없는
간악한 놈이기 때문일 게다
저를 길러준 어미를 홀로 남겨두고
집을 나온 지 40년
여태 돌아가지 않고
빙빙 세상 돌며
살아 있다는 건
저밖에 모르는
몰인정한 놈이기 때문일 게다
죄 많은 놈이기 때문일 게다
눈물도 없어라
가시철망에 감긴 몸을
피투성이 되어 내두르며
고함 지르든가
아스팔트 바닥에
머리를 동댕이치며
거품 물고 혓바닥을 씹는

미치광이 못된 건
시인은커녕
저밖에 모르는
버러지 같은 비굴한 놈이기 때문일 게다
독한 놈이기 때문일 게다
바다같이 넓고
하늘같이 포근한 이 숨결 앞에서
이 끝없는 고요 앞에서
이 용서 앞에서
말로는 안된다
빈말로는 안된다
수많은 세월
견디고 속아 살고도
구차스런 변명처럼
무슨 말을 더 지껄이랴
그 용서 그 사랑 앞으로
가는 것뿐이다
튼튼한 발로 걸어가는 것뿐이다
그 하늘 찾아가는 것뿐이다.

서울에 새벽이

동서남북이
족히 수백린디
사람 한번 만나재도
신새벽에 나서야 하는디
꽁무니에 찬 도시락이 온데간데없고
하늘은 까맣고
거리는 낮이나 밤이나 뽀얗기만 한디
천리 깊은 곳
열쇠 가진 쥔은 감쪽같이 가뿌리고
억울하게 싸우기를 수십년 하니
기진맥진 식은땀이 흘러
별이 뜨는 게 기적인께
하여간 조심하드라꼬
그것이 참말인가
비밀은 그 털 난 손아귀에 들었다꼬?
밤이면 숲속에서 쫓겨난 것들이
어른 아해 할 것 없이
쬐끄만 별의 꽁무니를 붙들고
어딘지도 모를 곳을 자꾸만 날아간다
낮은 곳을 흐르는 것은
불에 단 땡전이 서 푼

아니 커다란 항아리 구멍이지
꺾이고 부러지고 상한 작대기와 칼이
예정대로 즐비하게 널린다
오물이 차오른다 벌써 새벽인겨.

가을

둥글게 퍼진
그 깊은 하늘가에 사는 사람들은
필시 흰 집을 짓고 살리라 믿었다
장난기 품은 햇볕이
언덕 위에 내려와
바삭거리는 바람과 동무하여
신나게 놀았다

먼 데서 딱총 화약 터지는 소리
하느님은 심심해서
가끔 잘 익은 콩깍지를 터뜨렸다

사람 그림자 보이지 않고
하얀 신작로길이 숨이 찼다
잡초 누렇게 시든
언덕 밑 지름길에 들어서면
혹 벌거벗은 귀신이 나오지 않을까 조바심이 났다

돌돌
골을 흐르는 당돌한 물소리
갑자기 찢긴 귀신이 칼날같이 빛살을 가르며

서녘 하늘로 솟구쳤다

그것은 발밑에서 날아오른 한 마리 장끼였다
순간 소년은 텅 빈 가슴을 안고
다급하게 외쳤다
저놈의 꿩.

개성인삼주

포장이며
병이 이남 것보다
못하다고 애들이 평했으나
서툴고 엉성해서
되려 눈물나는 개성인삼주 병을
쓰다듬었다
만드느라고 애썼을 북녘 형제들의
손길을 그리며
……
아까워서
종내 술은 맛도 못 본 채로
조선인민공화국 술을
쓰다듬었다.

시간의 중심

거인은
왜 상처투성일까
표적이 크면
받아들이는 것도 크다
땅에서
더운 것이 솟고
산과 들, 허공에서
수천만년의 바람소리가 난다
남에서 북에서
햇빛은 불타
돌에 이슬이 구르고
거인의 가슴에 박힌
화살을 아무도 뽑지 못한다
비스듬히 기운 그림자 따라
물결은 소리내어 흐르고
꽃은 별빛 아래
다소곳이 죽는다.

찾지 말아요

누님
찾지 말아요
이럭저럭 목숨 부지해가니
찾지 말아요
통일되기 전엔 만나지 맙시다
40년도 못 보고 헤어져 살았는데
만나서 두 손 잡고 울긴 싫어요
누님 찾지 말아요
못 만나도 살았기만 하다면
그저 가슴 두근거려
이게 핏줄의 정이거니 여기며
더 크고 더 깊은 세상 향해 나아갑시다
관모봉엔 벌써 흰 눈이 내렸겠지요
청진에서 조그만 장사하며 살아간다는 누님
통일되기 전에는
바람에 띄워서라도 찾지 말아요
울고 헤어지는 만남은 죽어도 못해요
그날이 올 때까지는
찾지 말아요 찾지 말아요.

바다

너는
귀가 넓어서
무슨 말이고 다 듣는다

너는 너의 중심을
누구에게나 내맡기지만
이제까지
네 마음을
잡아보았다는 사람은 없다
잡았다가도 놓치기 일쑤다

만남과 이별에 대하여
너처럼 격하고 섬세한 감정을 지닌
자는 없다
그러면서도 운명을
믿지 않으며
성공이라든가 절망을
도무지 모른다

깃발을 치켜들고
밤과 낮으로

꿈과 세상 사이를 오락가락하며
푸두둑 푸두둑
수많은 새를 날려보낸다

그러면 충만이
넘실거리며
이곳저곳의 벽을 헐고
모든 메마른 것들을
한꺼번에 적셔준다

항구에서는
언제나 걱정근심이
떠날 새 없건만
너는
언제 한번 네 설움을 전해주는 일도 없이
염려 놓으라고
그저 쾅쾅 땅만 구른다.

국토기행

뇌성이 지나간 뒤
징신을 차리라고 이르고시
판탈레이 프로코피에비치는
찔레나무 덩굴을 헤치며
앞으로 나아갔다
하늘엔 높게 구름이 떠가고
누군가 가슴에 손을 얹고
기도하는 신음소리가 들렸다
나락에 떨어진다는 것은
이런 때를 말함인가
대지는 모든 것을 받아들였다
인간의 어떤 욕망까지도
이제
세월은 가고 흙이 검게 파인다
어디서도 번쩍이는 쇠붙이가
늑골을 드러내며
한 시대의 역사를
되새겨주고 있다
수천만 개의 못이 박힌
국토 위를
쇠잔한 햇빛을 이고

장난감 자동차가 쓸쓸히 굴러간다.

남북의 새 아침

해 뜨는데
남에 북에
거물거물 두둥실 해 뜨는데
꿈꾸었느냐
시뻘건 아침해 불끈 솟는데
정처없이 헤맨 밤을
꿈꾸었느냐
다시금 나아가야 할 이 길
남에서 북에서
우중충 앞에 솟는데
노동에 지친 몸 뒤척이며 신음하며
꿈꾸었느냐
베갯머리 눈물로 적시며
행복 그려봤느냐 희망 그려봤느냐
이리도 먼 형제의 길은
하염없이
가슴에 맺힌 그리움 천지간에 가득 차
통일과 민족단결의 꿈
삼천리 강토 꿰뚫고 달리는데
한라산아 꿈꾸었느냐
백두산아 길은 트였느냐

가까이 가까이 점점 더 가까이
손잡고 일어서서
산은 소리치고 바다는 굽이쳐
끊겼던 숨통 고루 이어 새 나라 세워보자
자주와 평화의 눈부신 나라 이룩하자
하나인 조국 찾아 나아가자
해 뜨는데
남에 북에 이 아침
시뻘건 해 뜨는데
새 세기는 열리는데
꿈꾸었느냐 눈물 씻고 다시 쳐다보느냐
금 없이 둥근 저 희망을
온갖 거짓 온갖 슬픔 다 누르고
퍼져가는 저 빛살을
솟구치는 힘과 믿음
쳐다보느냐 바라보느냐.

빈자리

왜 못 오는 거냐
심지 가늘게 타는데
빈방 심지 꺼져가는데
두만강의 물소리
머리맡 스쳐가는데

한 사내
장벽 앞에 와 길이 막혔다

왜 못 오는 거냐
가족들 모여앉았는데
아직 못 오는 집 나간 자식
그 자리 하나
쓸쓸히 남아
꺼질 듯 꺼질 듯 촛불이 탄다.

백두산에 올라

두 손으로
천지 푸른 물을 떠
사슴처럼 달게 마시니
하얗게 늙으신 어머니는
손을 허위허위 저으며
얘야
천천히 마셔라 천천히 마셔라
얼마나 목이 말랐으면
그처럼 달게 마시느냐
그러면서
옛같이 어여삐 웃으시고
동서남북
고요한 하늘을 이고
수없이 절을 하며
이 땅에 해방과 통일이 왔음을
고하니
짐승도 사람도 산도
어느새 하나되어
천리에 찌렁찌렁한
울림을 그었다
보려무나

이토록 넓고 큰 산이
우리를 지키는 조선익 산이다
백두산이란다
산에서 난 사람은
산에서 사는 게 옳으니라
어머니는
황철쭉이 금빛 비단을 펼친
남쪽 언덕을 황홀히 바라보시며
이제는 눈을 감아도 한이 없다
40년 만에 돌아온 기구한 자식 보았으니
남조선 아들 만났으니
그러면서
흰 옷자락 나부끼며 너훌너훌 춤을 췄다
어헝야 어헝야
해방이 왔도다
삼팔선 없어지고
해방이 왔도다
우리 한몸이 되었구나
새 세상 왔구나
백살 난 내 어머니의 노랫소리 따라
어디선가 북소리 장고소리 징소리

일제히 퍼져
드높은 산을 꿈속에서처럼
아득히 덮어갔다
백두산이 큰 숨을 토해내고 있었다.

대신할게요 어머니

어머니
조금 쉬세요
가을날 옥수숫대같이
가느다란 모습 하시고
무슨 일 그리도 많이 하시나요
백두산 가까운 곳
멀리 두만강이 흐르고
바라뵈는 것은 산과 하늘뿐인 고향 마을
그곳에
어머니 그저 계시니
집 나간 아들 기다려
백 세까지도 살아 계시니
넘지 못하는 휴전선을 사이에 두고
언제나 서 계시는 어머니를
일 그만하시라고 만류 못하는 게 쓸쓸하여
40년 동안
허공에 대고 덧없이 어머니를 외었다
어머니
이제는 그만 쉬세요
제가 대신할게요 대신할게요.

길을 가며

아이들을 보면
인사를 건네고 싶다
내가 싱거워서 이런가
골목 어귀나 길에서
안녕하세요 하고 인사를 걸면
어떤 아이는 샛별같이 웃으며
답인사를 건네주고
어떤 아이는 겁먹은 얼굴로
빨리 지나간다
이런 때는 미안해서
학교 가니 혹은 유치원 가니 하고
어색하게 말을 건다
이렇게 어지럽고 복잡하고
딱딱한 거리에
눈이라도 왔으면
아이들 좋아하는 함박눈이라도 내렸으면
하는 막연한 생각을 하며
바삐 길을 걸을 때
아까 인사한 아이들 얼굴은
내 가슴속에
잠시 별빛으로 남는다.

시인

어디로 가나
서툴러
사실은 외톨박이
쉴새없이 구르는 바퀴를 보며
생기를 회복하여
나아가나 낭떠러지
모든 게 서툴러
상기된 얼굴을 감추려
강물로 간다
뿌옇게 오염된
강물이 복잡하게 썩는다
가자
그래도 가자
어둠의 바다로.

어머니

얘야
에미가 기다린다
언제까지고 기다리마
3년 뒤면 돌아온다더니
40년이 지나도 못 오는 너를
그래도 기다린다
먼 산 적시며 비 오는 날은
빗속에라도 찾아올 것만 같아
물 흐르는 신작로길에 나와 섰다.

나비들의 전설

두 마리 나비가
너훌너훌 날아갑니다
한 마리는 남에서 백두산 향해 날고
다른 한 마리는 북에서
한라산으로 날고 있습니다

봄 여름 가을
흔들흔들 허공중을 떠돌며
쉬지 않고 갑니다
그 어디에도
하룻밤 묵어갈 숲은 있고
햇빛과 바람과 물이 있어
흰나비는 걱정할 것이 없습니다

두 마리 나비의 거리는
드디어 삼천리나 되건만
그들의 길을 아무도 막지 못합니다

명년 이맘때
그들은 돌아와
휴전선 가까이서 상봉하겠지요

사람이 못하는 왕래를
그들이 합니다

나비의 눈에 사진 찍혀진
반도의 산야와 사람들
하지만
나비의 기억을 해독 못하는 우리는
그들의 장한 뜻을 가상히 여길 뿐입니다

나비의 작은 눈에
펼쳐진 남북길
그 화려한 길에
숨가쁜 깃발처럼
구름이 스칩니다
나비 나비
남북길의 흰나비들.

묘비명

한 노동자의 영전에

당신은 갔으나
노동자에게 있어
동지적 사랑이 무엇인지를
가르쳐주었으며
2천만 노동자의 불타는 희망이 무엇인지를
가르쳐줬지요
당신이 누운 이 언덕에
지금은 국화꽃이 피고
불어오는 서풍에 잔디가 눕습니다
아직 어린 당신 아들은
로봇 장난감 팔다리를 꺾었다 폈다 하며
세상 모르고 놀고
그것을 보는 우리들의 눈에
잠시 이슬이 맺힙니다

동지여 통일이 되는 내일을 못 보고
떠난 동지여
통일 위해 내 한몸 내던지고
머지않아 밝아올 새벽을
내 몫까지 봐달라 당부한 당신
당신이 우리에게

고루 나눠준 이 가슴속의 빛살과 회한을
어떻게 간직해야 할까요
이만큼의 풍요와 성장을 이뤄놓고도
언제 어디서나 한낱 가난뱅이로 살았던
노동자여 이 땅 민중의 벗이여
살아서는 못 누린 행복의 날을
저승에서나 마음껏 누리시라
누리시라
어깨도 펴고 허리도 좀 펴고
누리시라
우리 눈물 훔치고 다시 일어나 나아가니
이제는 마음을 놓으시라
마음 푹 놓으시라.

해방의 날

이제는 하는 수 없다
볼기를 쳐라
40년 동안 참고 견딘
노여움 터쳐 볼기를 쳐라
통일도 민주주의도 안하겠다는 놈
생사람 잡아다 빨갱이 만드는 놈
토지투기하는 놈
모조리 붙들어다 볼기를 쳐라
노동자 농민의 피 빨아 살찐 놈
이익 나는 것이면
독약이라도 수입해다
팔아먹는 놈
악착같은 매판자본과
악덕 재벌과 쪽발이들
그 숱한 하수인도 빠짐없이 잡아다
볼기를 쳐라
표 찍어주면 딴짓하기 바쁜
국회의원 나으리와
모든 공돈 먹는 나라 안팎 도적들과
곡필하는 놈 혹은
노자가 되랴 장자가 되랴

아니면 모더니즘으로 한번 놀아볼까
여러 십년
앙탈하고 아양떨며 책 써 팔아먹는
연놈들도
올가미로 잡아다가
팬티 벗겨 볼기를 쳐라
인신매매범과
총칼로 나라 다스리겠다는 독재귀신
풍비박산나게 쳐라
인민이야 죽든 살든
홀로 권세 누리고 오붓하게 살리라는
온갖 잡것들도
살점이 묻어나게 볼기를 쳐라
광화문 네거리에서
볼기 치는 소리
북은 백두산
남은 지리산 한라산 끝까지
찌렁찌렁 울리게 되우 쳐라
볼기 치는 소리가 연일연야
삼천리에 울려퍼지는 날
그날은 해방의 날이다

통일의 날이다
자주 민주 평화이
통일 날이다.

오늘 그리고 내일

텔레비전을 봐도 그렇고
신문을 봐도 그렇고
방송을 들어도 그렇고
거리를 걸어봐도 그렇고
비를 맞아도 그렇다
소달구지가 겨우 끌고 가는
현실은 너무 지겹다
지하철에서 모를 사람과 서 있어도 그렇고
납처럼 늘어진 강물을 바라봐도 그렇고
매일 솟구치는 고층집을 바라봐도 그렇고
밤중에 라면을 먹어봐도 그렇다
수렁에 빠진 목숨이
어디에 노래 한마디 부를
경황인들 있겠다고
아침마다 눈을 뜨면 날은 밝는지
모를 일이다 미칠 일이다.

번영

쓰레기에 날개가 달려
이 집 지 집 날아다닌다
밤새 자고 나면
비닐부대에 날개가 달렸는지
이 집에도 떨어지고
저 집에도 날아와 떨어지니
이런 변이 어디 있겠나
큰 집 쓰는 부자들은
담 밖에 보초를 다 세워봤으나
범인을 잡지 못했다
당국에서는
포고를 내려
쓰레기를 함부로 남의 집에 던지는 자는
3년 이하의 징역에 처한다고
선언했으나
날아다니는 검은 비닐봉지는
멈출 기미가 없다
난지도에 쓰레기 버릴 때가 옛날이지
지금은 빈자리만 있음
자동차를 아무데나 내팽개쳐놓듯
쓰레기 버릴 궁리만 하니

이게 무슨 변괴인고
어찌된 세상인심인고
코밑에 수염을 약소하게 저축한
한 점잖은 이가
골목 복판에 서서
한탄하고 또 한탄하였다.

대자보

수많은 차량들이
온데간데없이 되고
사람들은 자전거로 도보로
거리를 유유히 지나다닌다
옛날의 숨막히던 서울은
아무데도 찾을 길 없고
하늘과 물이 끝없이 맑아
인심이 꽃처럼 핀다
다들 고향산천 찾아 떠나가고
남은 건 덩그러니 솟은
고층집과 고가도로와 육교뿐
아하, 이게 한양서울 우리 옛 수도였던가
북쪽 사람은 북으로
남녘 사람은 남쪽 보금자리로
외세는 저 멀리 바다 밖으로
해방과 통일이 이 땅에 와서
일제히 떠나갔으니
서울은 텅 비고
행복은 강산에 빛살을 뿌린다
쓰라렸던 굴욕과 가난의 나날도
죽고만 싶었던 옛 추억도

이제는 다 끝이 나서
남에서 북에서
해방을 반겨 눈물짓는 새날의 한반도에
개미 기고 깃발은 펄럭인다
지금 우리는
민중이 주인 된 조선팔도 다지느라
눈코 뜰 새 없이 골몰하다.

장수비결

하늘 끝까지 한이 맺혀 살거나
땅같이 살면 오래 산다.

밤길

말을 들어먹어야 말이지
이제
백년도 더 된 것 같다
라디오 소리가 귀청에서 떨어진 것이
우선 살 것 같다
새파란 달빛 아래를
아이들 장난감처럼 나니
달이 흐뭇해서 웃는데
기러기는
새발 스치는 바람소리를 내며
천리길 다소곳이 난다
누가 뼈를 떨구나보다
차거운 소리를 내며 강물이 흐른다
구레나룻이 검고 험상궂게 생긴 사람이
자루에 돌배 넣은 것을 둘러메고
물가에 와서 무명 바짓가랑이를 걷어올린다
어둠속에서 수인사하고
함께 강을 건너간다.

살아가는 이야기

하루종일 목마도 타고
물구나무서기도 하고 싶어하는
너에게 잘못은 하나도 없다
재떨이와 성냥갑을
수없이 뒤엎어도
화내지 않고 주워담을 수 있다
잉크병을 엎지른다든지
장유리를 마구 두들겨
유리가 깨질까 조마조마하지만
다치지 않으면 다행이다
놀아줄 친구가 없으니
내가 너의 단짝친구라 여겨도 무방하다
부탁이 하나 있는데
대소변을 가려줬으면 좋겠구나
내가 애지중지하는 책을
무법천지로 찢고 구겨놓는 너는
손이 무척 날랜 무뢰한이다
책상에서 구르기도 하고
목욕탕에 기어들어가
불결한 슬리퍼를
핥아보기도 하는 너는

웬 알고 싶고 겪어보고 싶은 것이 그리도 많으냐
무작정 등에 업고
내려놓지만 않으면
사방이 조용하긴 하나
이건 너의 의사와 관계없이
너를 꽁꽁 묶는 일이구나
너에겐 장난감 가득 널린
놀이터 방이 있어야겠다
자유로운 넓은 공간이 필요하다
그것이 없으니
일을 해야 하는 나의 등에 와서
자꾸 매어달리는 것이구나
원고는 언제 쓰고
책은 언제 읽느냐
오, 언제나 가난하여
앉을 틈이 없는 어른 등에 매여
말 못하는 안타까움 새기며 자라는
조선의 아이들아
새새끼처럼 매어달리는
너의 손을 잡으며
네 또래의 수많은 무뢰한

이 땅의 별인 너희들을 생각한다.

조선의 어머니 가시니

문익환 목사의 어머님 고 김신묵 여사 영전에

이제 길 떠나시니
울어서는 안된다고 생각하면서도
우리 울게 되는
가녀린 마음을 용서하시지요
갈대밭에 바람이 일고
흰옷 깨끗이 입으신 당신께서
백년의 생애 우리 가슴에 묻고
어여삐 떠나시니
울어서는 안된다고 생각하면서도
남에서 북에서 이 땅의 모든 형제자매들이
잠시 일손을 놓고
당신을 떠나보내니
무거웠던 모든 짐 내리시고
허리 펴시지요 어머니

언제 한번인들 잊으셨을까요
고구려 후예들 말발굽소리 쟁쟁한 간도땅 그 흙과 푸른 하늘
해란강과 두만강의 옛 추억 되새기며
정다운 산천 거니시고
백두산에서 한라산까지
반도 삼천리를 훨훨 날으시며

깃발바다 꽃바다
아, 통일을 이뤄가는 민중들의
눈부신 싸움도 지켜봐주세요

한 여성으로서
이 겨레의 슬픔과 한과 바람
오직 아름다운 실천을 통해 구현하신 분
아, 조선의 어머니
7천만의 가슴에
어여쁜 별빛 남기시고
이제 가시니
흰옷 입으시고 떠나시니
남에서 북에서
하나의 조국 향한 불타는 마음 바쳐
작별의 인사를 올립니다
어머니시여
조국의 어머니시여
안녕히 가세요 안녕히 가세요.

철의 시대

죽었으므로
개의할 필요가 없고
사랑하였으므로
하루해가 길 필요가 없고
속았으므로
믿어도 든든하고
웃었으므로
천년 전 일도 때론 정답다
어떻게 날더냐 새는
스스로의 중심을 거역하여
비극의 새는
한 가치의 담배가 타는 동안에도
일생은 아름답게 닫히며
숲에 바람이
검은 샘을 판다
바다 한가운데서 녹는
철기둥을
심장을 지나는 거대한 다리라고 생각하자
밤마다 유령이
열두 개의 푸른 문을 열었다
우리 살았으므로

이처럼 멀리서
죽었으므로 이같이 가까이서
인사를 나누며
검은 연기 아래를 간다
지금은 철의 시대
우리 몸에서도 유황냄새가 난다.

죽음의 빛

죽음의 빛은
먼지와 더불어 조용히 떠다닌다
죽음의 빛을
건져보니
인간의 손이었다
붕대에 감긴 팔이었다
지옥에서
부질부질 끓는
크고 작은 그릇들
나는 내게 일러본다
눈을 감으라고
본다는 것은 탐낸다는 것이다
걸으면서 잠든다는 것이다
아직 문은 닫히지 않았다
귀를 기울이면
수천 수억의 기이한 언어들
빛깔이 그것들을
차곡차곡 한 시대의 소음 속에 묻는다
홀연 구름이 흰 띠처럼
발등을 스친다
지금은 4월

저놈의 꾀꼬리는 무엇 때문에
허허 현기증이 나는
이런 한낮에만 우나
위기를 넘긴
어저께의 바람과 빛살은 다 어디로 갔나
죽음이
산 사람과 죽은 사람을
둘로 나누어 편을 가른다.

지하실에서

앙또냉 아르또

빛은
가시 돋친
바닷속에 잠들었다
장미처럼 타오르는
불꽃 속에
들라크루아의 백마는 달리고
그리스의 바람은
천년의 회의를 덮었다
한방울의 정결한 물은
별빛을 타고 내려오는
여신의 비뚤어진 마음을 감추고
화산의 중심을 뒤엎는
위험한 환각 속에
사회적 자살자의 눈이
유폐와 마약과 고문에 찢긴
참혹의 극을 관람한다
(입을 벌린다는 것은 독기에 몸을 바치는 일이다)
천장에 울리는 구두소리
저 인기척은 지옥에서 듣던
자물쇠 부딪는 소리다
이리하여

물기 머금은 주문이
동방의 새소리를 차단하고
한 조각의 빵과 물로
생명을 회복한 시는
악령의 심장을 더듬었다
아르또의 부서진 물상이
코끼리의 회색 벽면을
희게 장식할 때
인간의 가면을 나르는
몇마리 개미의
따스한 촉각이
어디선가 떠오르는
구릿빛 둥근 태양을 다시금 축복했다.

막간을 위하여

어느새 쇠퇴해버린
시력에
안개는 낀다
낙엽이 지는
강가를 버스는 달리고
시간은 멈춰서서
심장에 남은
활자의 흔적을 지운다
한꺼번에 승천하는 일 없이
미세한 경사에 기대어
졸고 있는 죽음처럼
꿈은 잿빛이다
채무여 고통의 빛이여
너는
발자크와 라면 사이에서
떨고 있는 혼이다
선이 굵은 한두 마디 소탈한 언어다
모든 목표는
모두 조금씩 위험스럽지만
백만원이 6푼이면
한 달에 이자가 얼마냐

고독은 자취도 없이
너구리 잔등을 기더리.

유리의 성

너는 커다란 밧줄로
우리의 수심을 엮는다
꺾인 날개같이 가느다란 감정을
매일매일 분가루로 훔치면서
가장 잘 죽는 법을 익히는 애들아
이제는 강물이 거꾸로 서는 꿈도 꾸기에
투명한 성벽을 사이에 두고
너털웃음이나마 웃을 수도 있다
악마와 도적을
숨길 이유가 무엇이랴
오직 한 사람의
불행한 여자도 살리지 못했다
위기는 날마다
도둑처럼 두 손 치켜들고
성장의 시대를 외쳐대건만
태연히 앉아 양심을 매도할 수도 있다
더 높이 솟아라
싸늘한 이성의 지평 위로
짐승처럼 넘나드는 것은
낮과 밤의 구분도 없는
음산한 살육이다

시꺼먼 팔이요 다리다.

우리가 무명일 때

너의 눈썹 위에 기울어진 저 빌딩의 숲이 너에게로 쓰러져옴을 두려워하는 한이 있어도 그 그림자 속에 숨겨진 눈을 두려워 말라. 우리가 무명일 때―그것은 훌륭한 외도인지도 모른다. 아무리 치달려도 못 미치는 물가지수와 도깨비 숫자놀음을 두려워 말라. 드디어 할일을 다 하고 일생을 끝마쳐버림을 못내 서러워하는 한이 있을지라도 금리의 무게가 벽처럼 너에게로 쓰러져옴을 두려워 말라. 그건 절대로 인간적인 너의 잘못이 아니니라. 바람이 불면 녹으리라, 불꽃도 꺾이리라. 칼끝이 부러지는 얼음덩이 속에서도 사랑과 미움의 세월은 보이지 않는 한 떨기 장미를 가꾸느라고 저리도 부산하다. 거대한 도시가 칠흑의 어둠에 싸임을 겁내지 말라. 어둠속에서 자라나는 안과 바깥은 빛과 어둠의 이중시선일 게다. 하릴없이 흐르는 강물은 해와 달을 좇아 한번밖에 없는 저들의 존재를 영원한 별들의 속삭임 속에 묻기 위해 쉼없이 근로하고 있다. 하느님과 주인 잘못 만난 것을 불행하다고 생각지 말자. 운명을 피해가면서 운명을 불공평하다고 원망함은 용서받을 수 없는 일일 게다. 이 지구상에서 오직 잠자는 것만이 최상의 보람인 오직 그것뿐인 생명이 또한 우리와 함께 있다. 한없이 졸리는 젊음을―바위를 뚫고 강철을 녹이는 의지만으로 저들의 말을 지어가는 형제들이 있다. 동녘 하늘이 밝아오면 숨을 크게 쉬고 구름이 어지러움을 더하면 조심스럽게 또하나의 실의를 마음의 따뜻한 요로 싸안는 그들을 가엾이 여기자. 오늘은 이리도 알 수 없는 슬픔이 온 누리를 뒤덮고 있나니 쫓겨가며 소리치는 이 도시의 소음이 너의 영혼을 위하여 비장한 음악을 준비하고 있는 것이라 반겨하라. 이것이냐 저것이냐? 말을 쪼개서 쓸 수 없듯이 우리의 삶 또한 쪼개서는 아무데도 쓸데가 없이 된다. 한번밖에 없는 삶이라 했다. 두려워 말라. 두려워하는 하느님과 그대의 정신의 어느 일점에 머무른 이 오점을 소유하는 것조차 절대로 두려워 말라. 시꺼먼 개펄에 나뒹구는 그대의 용기와 망설임을 또한 서글피 여기지 말라. 우리가 영원히 무명일 때—그래서 아직도 철이 덜 들었을 때, 부서지며 작열하는 낮과 밤은 굉음처럼 울리는 그대 심장의 고동을 향하여 기계처럼 드높이 비상할 것이다. 주저도 없이.

코리아 일기

점잖은 얼굴을 하고 들어오는 달려가는 묵상하는 혹은 걸어가는 사람들도 두려울 게 없다. 내가 내 무능을 감추느라고 찌그러진 낯짝을 기웃이 들고 다니듯이 점잖게 감추느라고 그들도 그러는 것일 게다. 누구를 위해서 무엇 때문에 무엇을 한다고 혹은 달린다고, 사랑하느라고 밤잠을 안 잔다고 말하지 말아라. 남을 밀치고 달리는 생존경쟁이 창피한 것쯤만 알면 대인이 되고도 남으리라. 대인 소인 소인 대인 하다가 자동차에나 치여 죽는 게 보통인 세상이다.

너의 시에는 어떤 꽃이 피었느냐 살구꽃이냐 민들레냐 봉선화 도라지 앵두꽃도 피었느냐. 기가 막힌 게 하나 있다. 그 아무개 있잖은가. 그가 말이다. 죽은 뒤에 훌륭한 시 한편 썼다고 하더라. 죽은 사람이 어떻게 그런 소식을 다 전해주느냐 말이다. 희한한 건 사람의 일생일 게다. 소크라테스가 있다. 가끔 우리 집에 그가 소크라테스를 데리고 오는데 그럴 때면 기울어진 벽틈에서 맑은 물소리가 나고 새들이 일시에 우리들의 머리 위를 프드득거리며 날아간단 말이다. 이런 말이 다 믿기지 않는다면 참 불공평한 일이다. 너는 원래 병약한 몸이니 나는 그 점을 늘 동정해 마지않는다.

뇌병원에서 무슨 약을 주더냐. 수면제에다 소화제를 섞어 주고 시래깃국을 매일 먹인다고 했지. 빨리 나으라고 사지를 꼼짝 못하게 결박도 하고 한 달이 지나도 소식이 없으면 청구서를 너의 집으로 보낸다고 했다. 뇌병원 보관료. 기한이 넘으면 벌금이 붙은 청구서가 날아온다고? 흡혈귀와 정신병, 통일과 반통일, 부자와 도둑, 여자와 남자, 사랑과 욕망, 프로이트와 레닌, 그리고 장개석과 주은래, 모택동, 또는 김구 여운형 혹은 홍명희…… 사랑할 수 있는 건 아직도 기억뿐이구나. 정신병 GNP 소방서 경찰서 정보부 세무서 청와대 등등 활자가 자꾸 뒤집힌다. 밤사이에 불행한 일이 끊임없이 생기니 너는 너의 시를 어떻게 관리하기에 너의 바퀴에서 장미가 피더란 말이냐. 걱정 말아라. 우리가 남긴 이 지저분한 낙서자국은 반드시 지나가는 바람이 곱게 지워줄 게다. 땀이 철철 흐른다.

이제 모든 시름을 내려놓고 게걸스러울 만큼 젖가슴을 드러내며 김포 쪽으로 사라져가는 저 오염된 강물이나 보러 먼지에 뒤덮인 다리께로 나아가보자꾸나.

보이지 않는 손

한 손님이
불빛이 왜 이렇게 어두우냐고 물었지만
운전기사는 대꾸가 없었다

두어 줄 읽던 신문을 무릎에 놓고
손님은 차창 밖을 멍청히 내다봤다

나는 생각했다
묻는 말에 대꾸를 않는
저 운전기사는 너무 지쳐서 그런 것 같다고
손님은 잠깐 졸다가
소스라쳐 눈을 떴다 꿈을 꿨던 것이다
한 사내가 칼을 들고
자신의 몸을 푹푹 쑤시는 꿈을

거리의 불빛은 새떼처럼 지나가고
승객들은
꼼짝없이 붙들려가는 사람들모양
앞만 보고 앉아 있었다
제각기의 생각에 잠겨서
나는 생각했다

우리가 지금 생각하고 있는 이것들은
오직 신밖에 모르는 것들이라고
죽음의 계곡을 달리듯이
마구 질주하는 이 버스의 운명도
사실은 신의 손에 쥐어진
가느다란 실오라기에 불과한 게
아닐까라고

우리 모두를
한 끈에 묶어쥐고 달리는 이 손은
과연 누구의 것인가.

국토의 노래

몸뚱어리까지 내주고 나면
더 내줄 것이 없으니
이번엔 또 무엇을 내줄 것인가.

마지막 날

심장은 뛰면서 죽음을 불러세웠다
방 안에 누워 죽는 건 자연사이고
심장을 감싼 몸뚱이가
깨지고 찢겨져 죽는 건 언제나 타살이다
타살은 바로 누구의 탓도 아닌
그 직설적인 적극성 때문에 죽는 죽음이다
심장은 뛰면서 죽음을 불러세웠고
온몸의 피와 열기를 누르고
절규하는 것은
항거하는 것은
죽음을 불러들인
인간의 인간다움을 실행하는
소탈함이다
왜 우리는
이래도 좋고 저래도 좋은
한세상 살아가길 마다하고
자유를 사수한 위대한 이의 마지막 날을
길이 가슴속에 새겨야 하는 것일까
이처럼 아득히.

전선

점심때라
밥집이 붐볐다
거무튀튀한 거지 하나가
문을 밀고 들어와
손님들을
한바퀴 휘 둘러보고는
카운터 쪽에 시선을 떨구었다
주인여자가 한마디 했다
하필이면 눈코 못 뜨게 바쁠 때 올까
성가셔 죽겠네 비켜요 손님 나가시게
들은 척도 안하는 걸인
한참만에
옜수 여기 있수
내뱉듯 말하며 주인여편네가
동전 한푼 던져주자
그는 시무룩해서 중얼거렸다
"아줌마도 바쁘지만 우리도 바쁘다우 이 시간엔 진작 강남 쪽
으로 빠져야 하는 건데 이 집 땜에 나도 손해가 많다구요"
전선에 이상은 없다.

김기림

해방의 군대 붉은군대가
트럭 티고 진주해오는데
가만있을 수 없다 하여
시인 김기림 선생이랑
플래카드 들고
읍으로 환영을 나갔다
한 소련놈 병사가
미심쩍은 웃음을 띠고 다가서더니
선생 안경을 후딱 벗겨갖고 달아났다
이 녀석 봐
안경을 잃은 선생이 벙벙하여
이 사람들이 장난하는 건가라고 외며
멍하니 서서 서글피 웃었다
혼란통에 새 안경을 구할 수도 없고
잘 보이질 않아
손수건으로 눈을 훔치면서도
건국을 위해 일해야 한다고
젊은이들 앞장서서 분주히 뛰어다녔다
그러면서
문화란 좋은 환경 없인 안돼라고
새삼스런 말을 탄식처럼 했다

어느덧 40여 년 전 일이다.

정지용

"수공예술의 말로가
다 무엇이냐
이마팍에 피도 마르지 않는 것들이"
노한 그가 버르장머리 없는
젊은애들을 나무랐다
까만 염소수염이 떨렸다
이것이 재밌다는 듯이
친일파 보수세력
무엇보다 이승만을 믿는
우물 안 개고리 같은 젊은 문인들이
선생을 빨갱이로 몰며 못살게 굴었다
이 젊은애들은 커서 무슨 단체도 하고 문학상과 훈장도 타며
태평세월 읊어댔지만
대쪽 같은 그 어른 수염을 다시 대하지 못한다
"사랑을 위하얀 입맛도 잃는다
외로운 사슴처럼 벙어리 되어 산길에 설지라도
오, 나의 행복은 나의 성모 마리아"
노엽고 외롭던 우리 시인 정지용.

김광섭

일정 때 감옥은
과연 어떠했느냐는 물음엔
견디기 어렵지요
그놈들은 못되게 구니까
산 같기도 하고 곰 같기도 한 분이
이렇게 대답하고 가냘피 웃었다
난리를 당하여
큰일났다고 아우성일 때도
기다려보자고
오히려 자리에 깊숙이 앉는
넉넉한 데를 지녔었다
나이 어린 녀석들이 버릇없이 굴었지만
화내는 일은 없고
애란의 시인 예이츠를 즐겨 읊었다
철없이 구는
박인환을 귀염둥이 취급해주었으며
수영의 까닭없는 주정조차
넓은 가슴에 감싸줬다
자랑삼아 마룻바닥을 구르며
김관식이 행패를 부려도
놓아두지 그러냐고

옆사람을 나무랐고
박봉우를 누군가 도와줘야 한다ㄱ 걱정했다
모두는 죄없는 술들을 퍼마시고
그러는 것이 시인의 특권인 양
선량한 선생을 괴롭혔으나
곰처럼 산처럼 막아서서
미동도 하지 않는 함경도 든든한 분이셨다
예술보다는 오히려
가난과 운명을 견디는
서러운 인간의 길을 더 신뢰했기에
쓸쓸했던 만년에는
날마다 퍼덕이는 날갯짓만
소리없이 남기면서
남녘에서 북녘으로
북녘에서 남녘으로
삼천리 온 강산을 자유롭게 날아다니는
상냥한 비둘기떼를
그리운 생명의 씨앗같이
삼삼히 그렸다.

잡설
박인환

나이를 먹으니
제 팔자는 개뿔도 모르면서
남의 사주팔자 관상 따위를
흥미있게 엿보는 괴이한 버릇이 생겼다
박인환이 「목마와 숙녀」를 쓴 것은
아직 철이 덜 들었거나
서양문학에 섣불리 매료된 탓이었을 게다
그가 30살에 죽지 않고
여태 살았다면
진짜 좋은 민중시인 되었을 것이다
이 길밖에 그가 가야 할 길은
없었을 게다
모더니즘도 모더니즘이려니와
사회에 대한 관심이 남달랐던 그가
민족현실을 저버릴 리 만무했을 게다
오장환이니 배인철이
그의 눈에는 다 모더니스트였고
김기림 역시 두려운 근대파 시인이었다
사주관상쟁인 아니지만 가끔
옛 친구들의 모습을 떠올려보며
그들의 생애에 이런저런 상념을 담아보는 것도

한 기쁨이다
인환이 간 지도 30여년
그가 살아 있다면 틀림없이
분단시대를 떠메는
참다운 모더니스트가 되었을 것이다
민족현실을 간파한
참 사실주의 시인 되었을 것이다
다른 사람은 몰라도
그에 대해서만은
어쩐지 이런 장담을 해보고 싶다.

김정환의 춤

마포가 고향인
김정환의 춤은
유연하고 아름답다
잡다한 싸움 속에서
풀이 제 생명 누리듯이
스스로를 열고
다스리는 김정환의 춤은 높다
허공중을 향해
기러기처럼 나는 손은
동서남북으로
고달프고 심란한
겨레의 한을 그려 올리나니
아련히 물결치는
낮은 어깨에
마포강 붉은 노을이 목이 멘다
『황색예수전』은 절망을 딛고 일어서는
민중의 희망이었거니
부활을 보기 위하여는
아직도 참담한
우리들의 싸움이 남았구나
꽹과리를 울리고 징을 쳐라

장고소리는
우리들의 운과 노래에 맞춰 울리게 하자
가볍게 내딛는
그대의 발끝에
밤안개가 서린다
왼발을 들어 한라산을
다시 다른 발은
백두산을 밟아볼 것인가
동강난 조선의 아픈 상처 위에
타는 숨결 비벼대며
미끄러지듯 한몸 던져
별빛 쏟아지는 물결 위로 나아가니
우리들의 조그만 젊은 사나이
시인 김정환의 우람한 춤에
달빛이 걸렸도다
통일의 새벽이 열리는도다.

길은 멀어도

미래사 1991

바보천치들의 시

여보게
자네는
어쩌면 그리 복이 많은가
꽃이 피면
꽃을 반겨 길에 나서고
달이 지면 달빛 따라
잊혀진 외길 홀로 가네
쇠주가 있으면 쇠주잔에 붓을 적시고
양주가 생기면 친구 불러
이성과 물질의 신비를 말하네
깨끗하고 고상한 것
못나고 누추한 것을
근본부터 가릴 줄 알아
미세한 자네의 눈과 귀
빛나는 오관은
천 리도 먼 내일 일도 용케 알아맞히네
자네, 자네는
어쩌면 그리도 점잖고 조용한가
매사를 자취도 없이 잘 처리하는가
보지 않고도
진창과 마른 데를 훤히 알아내며

고상한 취미와 쾌적한 생활을 숭상하네
외로울 땐
머리 숙여
서녘 하늘 쳐다보고
깍지 낀 두 손 굽어보며
인생의 무상을 슬퍼하네
여보게
자넨 무슨 수로
목청도 쉬지 않고 끝없이 계속하는가
떨리는 멜로디에 낯익은 운
고개마다 꽃 피는 계절을 읊어내는가
싸움질하는 단칸 셋방
악밖에 남지 않은
일터와 논바닥
화염병 날리는 거리
쇠붙이와 깃발이 뒤범벅인 대낮을
무슨 수로
중용과 명상의 가락으로 잠재우는가
바람만 불어도
리듬이 깨어진다는 자네
그렇게도 여리고 균형잡힌 관능

칼날 같은 신경을 가지고도
혁명과 예술을 줄줄이 외우며
자유와 진실을 정의하는 달변을
무적한 이중구조를
우리 어찌 모르리
이것도 조상 무덤 잘 쓴 탓인가
부러우이
아무도 흉내 못 낼 그대의 행운과 재간
출세와 영달이
빠른 계산과 처신에 있다는 것이야
누구나 다 깨우쳤으나
자네의 오묘한 연금술 따를 자 어디에도 없네
타고났는가 자네의 재치와 탐욕
원숭이도 나무에서 떨어진다는 속담은
못난이들의 지껄임
자네에게는 없는 실패를
숱한 병아리들이 수없이 되풀이하네
여보게
자네는 아는 것이 너무 많아
온 세상의 영웅과 천재를 한눈에 꿰네
세계 어느 일등국 가봐도

거지는 있기 마련

하늘도 못 구하는 게 가난 아니냐

탄식하는 그대

흙이나 파먹고 사는 자는 바보천치

노동자는 주는 대로 받는 법

공업으로 선진조국 일으킨다는 자네

눈만 뜨면 화합을 뇌이는 자네

여보게 자네는 어쩌면

앉은 채로 사람 놀래는 발견을 그리 잘하는가

지리한 연설을 썩 잘하는가

나면서부터 부자와 권력을 사랑해온 그대

세상이 살벌해서

시가 안된다는 자네

통일이 될 때에 되지

아무 때나 되느냐고

실눈을 하고 무지한 중생 내려다보는 자네

참말이지 자네 지혜는 기발하이

여보게 자네

그러나 오늘

머리띠 동여맨 노동자와 학생

수많은 도시빈민이

보기 흉한 몰골 하고
최루탄 쏟아지는 거리
눈물 찔끔대며 헤쳐나가네
바보스럽고 초라하게 달려나가네
한 시대의 깃발 짊어지고
허덕허덕 앞으로 나가네
추하고 못난 무지렁이들 틈에
띄엄띄엄 먹물잡이들도 더러 끼겼네
쾌적한 삶을 목숨보다 사랑하는 자네와
자네의 벗들
울며불며 싸우는 이들을 보게
그러나 싸우는 이자들은
자네의 영광스런 이름과
뒤집힌 저들의 운명을
결코 바꾸려들지 않네
사람이 끄는 수레바퀴는
사람의 힘으로 이 진창길 빠져나갈 테지
역사는 한곬으로 돌 테지
여보게
자네는 무슨 수로
그리도 복된 한세상을 누린다고 장담하는가

장담하는가.

남북시인회담 날에

우리 서로 만나면
마음은 열려
말은 트일 것을
밝아오는 미명 속에
사물의 형해 나타나듯이
분명 우리에게
말 아닌 말
가슴속 깊은 곳 스치는 신음처럼
40년 두고 못다 한 말
터져나올 것을
우리 서로 만나
손을 잡으면
눈물은 앞을 가리리라
온갖 비참
온갖 설움 이토록 다 겪고
저 아득한 죽음의 세월을 넘어
이제야 만나는 잘못은
뉘우쳐도 뉘우쳐도
끝없는 것이기에
다만
넘치는 그리움으로

서로 부둥켜안으리라
지난날을 묻지 않으리
서로의 아픈 상처 애써 감싸며
하나이고자
오직 하나가 되고자
평양벌 흐르는 대동강
푸른 물줄기 바라보며
삼각산 남산 한강의 옛 추억
가슴에 새겨
겨레의 바램과 양심 드러내어
자유와 평화
민중민주통일의 새 세상을 맹세하리라
무엇보다도
시인이기에
애틋이 품은
새 조선의 황홀한 얼굴 부둥켜안으리라
일체의 외세를 몰아내고
하나로 뭉친 민족의 영예를 노래하자
사랑과 참을 노래하자
오
우리의 만남을 반겨

백두산 한라산이
사무쳤던 울분과 설움 다 떨치고
축복의 불 토하니
다시는 금갈 리 없는
형제의 맹약을 기려
민중의 타는 소원과 갈망에 부쳐
백두산 천지
드높은 기상을 노래하리라
그 노래 사해 온 누리에 퍼져
평화를 사랑하는
전세계 인민의 힘이 되게 하자
횃불이 되게 하자
통일
통일을 서약하여
남북의 우리들은
손을 잡을 것이다
손을 잡고
역사의 새 아침을 노래할 것이다
아무도 따를 수 없는
위대한 생명의 노래를.

느릅나무에게

창비 2005

어머니는 다 용서하신다

닭이나 먹는 옥수수를
어머니
남쪽 우리들이 보냅니다
아들의 불효를 용서하셨듯이
어머니
형제의 우둔함을 용서하세요.

만남

목련꽃이 피면
온다더니
하얀 신작로길
타박타박 걸어서 온다더니
개울을 건너고
양지바른 산굽이를
개암나무 냄새 맡으며 온다더니
만나기 전부터
넘치는 눈물
먼 길 하염없이 걸어서
목련꽃 필 때는
까만 눈동자 빛내며 온다더니
목련꽃 흰 그림자 속에
터널처럼 뚫린
빈 하늘 하나.

봄빛은 이불처럼

아, 이불처럼
물고기 풀 나물
부드러워라
나무처럼
사람 마음도 부드러워라
조선팔도 금수강산에
임씨 박씨 오, 조씨 문씨 이씨
두루 안녕하신가요

부드러워라
부드러우니 살그마니 들치고
반쯤 누워보는
이 흙내음

아, 입구가 너무 좁다
그러니
누운 사람이
시인 박인환의 걱정근심같이
아득할 수밖에 없나니

봄은 고루 왔다

남과 북에.

아침의 편지

함경북도
우리 고향 아득한 마을

행준네 넓은 콩밭머리에
이 아침 장끼가 내렸는가 보아라

칙칙거리기만 하고
아직 못 가는 이 기차

해는 노루골 너머에서
몇자쯤 떴는가 보아다오.

열망

해는 기울어
피도 울음소리도 멀어졌다

마른 풀과 헐벗은 나무가
편안하게 빛을 받고 있다

하루의 노역을 마친 대지가
수줍은 듯 노을 속에 숨는다

갑자기 환히 트인 벌판에 길 하나
북녘에 닿은 길이 보인다

인기척 없는 그 길에
지는 햇살이 안타까이 내려앉는다

아, 길은 머나
오늘도 천리길을 돌아 예까지 왔다.

느릅나무에게

나무
너 느릅나무
50년 전 나와 작별한 나무
지금도 우물가 그 자리에 서서
늘어진 머리채 흔들고 있느냐
아름드리로 자라
희멀건 하늘 떠받들고 있느냐
8·15 때 소련병정 녀석이 따발총 안은 채
네 그늘 밑에 누워
낮잠 달게 자던 나무
우리 집 가족사와 고향 소식을
너만큼 잘 알고 있는 존재는
이제 아무데도 없다
그래 맞아
너의 기억력은 백과사전이지
어린시절 동무들은 어찌 되었나
산 목숨보다 죽은 목숨 더 많을
세찬 세월 이야기
하나도 빼지 말고 들려다오
죽기 전에 못 가면
죽어서 날아가마

나무야
옛날처럼
조용조용 지나간 날들의
가슴 울렁이는 이야기를
들려다오
나무, 나의 느릅나무.

육체로 들어간 진달래

먹었단 말입니다
연한 이파리
무지개 같은 진달래를
순이와 난 따먹었어요
함경도의 3월은
아직 쌀쌀하나
허전한 육체에
꽃은 피로 녹아
하늘하늘 떨었지요

나 보기가 역겨워 가실 때에는
사뿐히 즈려밟고 가시옵소서
평안도 약산 시인은
노래했으나
밟고 가다니 사치하잖아요
먹었단 말입니다
심장으로 들어가게 했지요

모란이 피기까지는
기다리겠노라
전라도 강진 시인은 노래했으나

도대체 뭘 기다린단 말인가요
모란이 뭔지도 모르는 바람 센 땅에서
기다릴 것도 없이
우린 불붙듯 하는
진달래를 따먹었어요

여름내 땀 흘려 농사짓고
겨울엔 이태준의 『문장』 잡지를 읽는
이름 없는 농부의 딸 순이와 나는
입술같이 연한
진달래 이파리를 따먹었어요

순인 북에 있고
난 남쪽에 있으나
둘의 심장으로 들어간 진달래꽃만은
세월이 가도
고동치며 돌고 있답니다
사시사철 꽃은 피고 있답니다.

산

명산 아닌
그 산이
두어 점 구름 아래
조용히 누웠는 이름 없는 그 산이
언제나 내 마음속에 있는 건
얼마나 고마운 일인가

햇살이 부서져
황금빛으로 물든
오솔길에는
빨갛게 익은 열구밥이
정물화같이
푸른 대기 가운데 고정되었다

바람과 짐승과 안개가
산 저편으로 잦아든 뒤
해 기울고
소달구지 하나 지나지 않는
신작로길이
영원처럼 멀었다

바다 우짖음 소리도
강물의 고요한 숨결도
알지 못하나
소박한 자태로 하여
쓸쓸한 기쁨 안겨주던 산
어린 나를 키워준 산이
탕아 돌아오기를 기다린다

시여
너의 고뇌와 눈물의 아름다움
그리워하지 않은 때 없으나
이룬 것 없이
죄만 쌓여
언젠가는 돌아가게 될
고향 하늘

아, 철없이 나선
유랑길
몸은 병들어 초라하기 짝이 없으나
받아주리라 용서해주리라 너만은
이름 없는 나의 산.

이북에 내리는 눈

이북에 내리는 눈이
한 치
두 치
아득하여라
평양에 청진에
한 치 두 치
눈은 내려
그때가 언제던가
스스스 눈이 내려
그이는 살아 있을까
희망은 있다고 힘주어 말하더니
희망은 있다고,
스스스스
눈이 내려
함흥에 회령에
눈이 내려
얼어붙은 새싹이
물 올리네

비밀은 네게서도 내게서도
검은 구름덩이처럼 깊어

ㅎㅎㅎ
눈이 내려
잠드신 백부님
평생 흙 파신 백부님
ㅎㅎㅎ
휴전선 이북에 눈 내려
사랑도 죽음도
스스스
눈에 묻혀
모르겠네
모두는
살아 있을까.

별이 달에게

편지 못 쓰고
전화 못해도
마음 변한 건 아니라고
믿어주오

시간은 밤새
천리나 멀리 가버렸구려

쑥 향기 그윽한 언덕에
이슬이 내려
적시오 가슴을

당신은 알 것이오
승자가 가는 길과
패자가 가는 길이
함께 있다는 것을

떨어지는 불덩이를 안고
비스듬히 나는 새

새는 죽어서

싸늘한 돌에 제 자태를 새겨놓았구려.

바다

빈 몸으로 왔다
바다
그래도 고마워서
온몸으로 반기는 바다
나는 너에게
무엇을 바쳐야 할 것이냐
말하여라 말하여라
망설임도 꾸밈도 없이
네 본연의 목소리로.

두만강에 두고 온 작은 배

가고 있을까
나의 작은 배
두만강에

반백년
비바람에
너 홀로

백두산 줄기
그 강가에
한줌 흙이 된 작은 배.

어머니에게

깍두기 한가지만으로
밥 한그릇 비우게 되니
이 감격을
오래 간직하고 싶어요
광주의 음식맛은
깍두기에서부터 시작됩니다
아무리 싼 값의 밥상이라도
정성을 다해요, 전라도 광주는
어머니
광주 음식맛을
못 보여드리는 게 한입니다

함경도 척박한 고장서 자란 저는
맛에 대한 감각이 둔하지요
그러니 글을 쓴대도
맛있게는 못 써요
혀는 맛을 모르고 자랐으니
어찌 글의 맛인들 알았겠나요
어머니.

그래도 저이는 행복하여라

고향에 가서
아는 이 없다 하더라도
먼 하늘 바라다볼 수 있는 이
앞산 뒷산 바라다보며
옛 생각에 잠기는 이
뛰놀던 언덕 위에 서서
어린시절 동무들 얼굴
하나하나 떠올리는 이
봄 여름 가을 겨울
기쁘고 고달팠던 추억에
넋을 잃고 앉았는 저이
행복하여라
저이는 그래도 행복하여라.

시인을 한 사람만
어느 죄수의 편지

어찌어찌 하다보니
20년 장기수 되었다오
외롭고 답답하외다
이 컴컴한 감방에서
바깥소식 모르고
일생 살자니 기가 막히오
대한민국에는
시인이 많다 하는데
이 못난 자를 위로해줄 만한 시인 한 사람만 골라
소개해주구려
마지막 부탁이오.

천(天)

규천*아, 나다 형이다.

*규천(奎千)은 1948년 1월 평양에서 헤어진 아우 이름.

저승 사람들 오시다

도라지 캐러
백두산에 간다더니
머루 따러 관모봉에 간다더니
생원은 여태 돌아오지 않습꾸마
혹시 호랑이를 만난 거는 아니겠습지
에구마
어젯밤에 무산령에서는
곰이 두 다리를 버티고
기차를 세웠다지 않슴등
빨리빨리 돌아오지 않구시리
생원이도 우둔하지
집에서는 쌀이 떨어졌다는데

동그란 무덤 속에서
흰옷 입은 두 아낙네가 걸어나와
수인사하고는
이런 대화를 나누는 것이었다
흙덩이 같은 인정에 얻어맞은 나는
그대로 쓰러지고 말았다

고향이라네

나의 반쪽이 묻힌 이게 내 고향이라네.

어떤 유언

시간이
조금밖에 없으므로
그렇다
가까이 오너라
손잡아보자

시간이
조금밖에 없으므로
간단히 말하겠다
일생
거짓말 시 많이도 썼지

시간이
조금밖에 없으므로
내 죄를
벗고 갈 수도 없이 되었다
시간이 조금밖에 없으므로.

아, 통일

이 손
디리우면
그 아침
못 맞으리

내 넋
흐리우면
그 하늘
쳐다 못 보리

반백년 고행길 걸은
형제의 마디 굵은 손
잡지 못하리
이 손 더러우면

내 넋 흐리우면
아, 그것은
영원한 죽음.

떠날 때

아내에게
잘해드리세요
새벽 세시면 일어나
아픈 다리 두드리며
날 밝기를 기다리는 병든 아내

좋은 시 쓰려면
책 읽고 술 마시고 놀기도 해야 한다며
일찍 들어와본 일 없는 그대
평생
이룬 것 없이
빈손으로 휘적휘적 돌아온 그대
아내에게 잘해드려요

여름이면 가뿐하라고
홑이불 모시이불 덮어주고
겨울에는
춥지 말라고 폭 싸이는
솜이불 덮어줬던 착한 아내

이제라도 늦지 않아요

천식으로 숨이 차 갈갈거리는 그대
무슨 생각 하시나요
시간이 얼마 남지 않았소

날아보시소
바람에 쏠리는 갈대밭을
바람에 너풀대는
멋진 갈대밭 속을
아내 손 붙들고
기우뚱 걸어보시소
아내에게 잘해드리세요.

봄이 오는 소리

아주머니
달래 캐서 뭘 하려우

콧물 흘리며
시꺼먼 땅에서 달래를 캐서

기차는 마천령을 넘다
얼음 녹은 물에 미끄러져 자빠진다

철사에 고정된 기러기는
하늘 공중에 걸렸구나

잿가루같이 죽었던 것이 살아나는 이 아침
누가 사람을 부르고 있다

저기 가는 저 아즈바니
여기 좀 봅쇼.

매화

당신은
무슨 생각이 나서
나를 쳐다보십니까
달도 없는
어스름 저녁에
단출한 소복 차림인 나를 쳐다보십니까
평소에는 스쳐지나시더니
어찌하여 오래 곁을 떠나지 않고
서 계십니까
머리 숙이고 서 계십니까.

존재와 말

최서해가
상허에게
이형이 냉수맛을 알려면
술이 좀 늘어야 할 텐데 하고
안타까워했다

이상은
폐병 말기의 김유정보고
김형이 꼭 한 달만 술을 끊는다면
병이 깨끗이 나을 텐데 하고 한숨지었다

6·25전쟁 때
오장환이 서울로 나와
제일 먼저 찾은 건
시인 김광균이었다
숨어 사는 옛 친구에게
그가 내민 것은
탱크가 어쩌고저쩌고 하는 자신의 시집이었다
김광균이 한마디 했다
여보게 그건 자네 주머니에 넣어두게
내가 지금 그런 걸 읽을 형편 못되네

하고 쓸쓸히 웃었다

5·16군사반란 때
까만 색안경 끼고
시청 앞에 선 박정희 장군을 두고
김수영과 나는 내기를 걸었다
수영은 미8군이 곧 나와
저 사람들을 진압할 것이라 장담하고
나는 미군은 나오지 않을 것이다라고 점을 쳤다
지는 사람이 술을 사기로 했으나
내기에 진 수영이 종내 술은 사지 않고
박정희만 무서워하다가
먼저 가버렸다

사라진 시간 속에서
고개를 치켜드는 건
언제나
가냘픈 존재의 떨림이다.

묘지에서

이렇게도 조용할 수 있을까
조그맣게 누워서
낯모를 이에게 인사를 보낸다

심장이 뛸 일도 없고
서럽고 안타까울 일도 없다
일체를 맡겼다 그 자신에게

이렇게도 고요할 수 있을까
잔디도 입히지 않은 흙을 이고
깨끗이 정리했다 그 모든 것을

꿈도 채무도 고통도
발을 동동 구르던 노동도
내려놓았다

이렇게도 가뿐할 수 있을까
언덕 너머 고속도로에는
불을 뿜는 행렬이 줄달음치고 있는데.

낮과 밤 사이

갠 날은
인천 앞바다가 보인다는
탑에 올라가봐도
개성땅이 보인다는
통일전망대에 올라가봐도
그렇다 아무것도 안 보인다
바람과 구름이 스칠 뿐
소주를 마셔봐도 재미가 없고
노래를 불러도 어깨를 들썩일 뿐
이미 노래도 식어버렸다
멀리 가까이 줄지어 까맣게 기는 자동차의 행렬
등불을 하나씩 달고
멀리멀리 간다 세계는 간다
파괴와 건설 다음에
라디오를 듣고 텔레비전을 보고
보이지 않는 그림자에 기대어
오늘 하루를 마감한다
때로 꿈을 꾸니
생시 같기도 하고 낡은 필름 같기도 하여
하늘에 오르고 바다에 잠기며
식은땀 흘려본다

밤이 깊어 어디선가
한 사내의 불길한 울음소리가 들려온다.

병실

중환자실의 환자는
누구나 제가 제일 아프다고 생각한다
급환으로 가득 찬 병실은
밤낮없이 난리다

죽음과 생시 사이를
왕래하는 가없은 사람들 틈
까만 시곗바늘이 거기 숨어서
몇바퀴 돌았다

수면제를 먹었으니 잠을 자겠지
하지만 입구에 누운 남자의
비명에 가까운 신음소리 때문에
뜬눈으로 아침을 맞는다

방금 큰 수술을 마치고
회진을 온 의사는 마음을 단단히 잡수세요
마음가짐이 제일입네다
하고 팔목을 잡아준다

의사선생이

팔목을 잡아주니
아이들같이 눈물이 글썽해서
고마워하는 것이다.

고향 가는 길

차를 타고
달렸디 만리를
달렸다는 데
지나지 않는다
살구를 안주로
술을 조금 마셨다
통일을 기다리다 죽은
그 친구 생각이 났다
멀리
강물이 번쩍거렸으나
시간이 흘러간다는 데 지나지 않았다
뇌성마비 앓은 처녀가
히죽 웃었다
우리 고향 자두나무 그늘에서……
산초 빤사같이 순하게 생긴 사람과
우주의 오염에 대해 이야기했다
자, 들어가거라
이 문으로
천년 전 사람들이
도란도란 밥을 지어 먹고
숟가락 놓는 소리가 들린다

내일도 또 굴러갈 것이다
두개골처럼 조그맣게.

행복에 대해

신논어

여자집에
중매가 들어왔다
그가 자공이라면 하고
모두는 바랐으나
나타난 신랑감은
자공이 아니라 했다
가진 건 없어도 착해 뵈는지라
딸을 그에게 줬다
혼인을 하고 며칠 만에
신랑은 자기가 자공임을 비로소 밝혔다
후한 마음씨 가진 이에게
복이……

시인의 죽음

가난한 살림에
소주 두 병 남기고
그는 갔다 저승으로

숨을 거둘 때
푹 꺼진 두 눈에 눈물이 고였더란다

몽롱한 의식을 뒤덮은 숱한 깃발
깃발에 싸여 박봉우는
이 땅에 오는 통일을 보았을 것이다.

추억

아내의 결혼반지를 팔아
첫시집을 낸 지
쉰 해 가깝도록
그 빚을 갚지 못했다
시집이 팔리는 대로
수금을 해서는
박인환이랑 수영이랑 함께 술을 마셔버렸다
거짓말쟁이에게도
때로 눈물은 있다.

주례사

"싸우지 말고
살아야 합니다
만일 싸움이 시작되면
한쪽이 먼저 참으세요"
이런 간단한 주례사는
처음 들었다
그래서 모두는
하하 웃었다
나지막하나 뜻있는
송건호의 주례사였다.

흰 것은 뼈다

흙 속에 있어
흰 뼈기
지리산에도 있고
강원도 고성, 인제, 원주에도
있어
눈이 오건 비가 오건
뼈는 누워 있어
전쟁 때 목숨 잃은 젊은이들 뼈
흙 파다 푸석푸석한
흰 것이 보이면
오, 이것은 형제의 뼈다
있다 뼈가
제주도에도 숱하게 있어
이 산하 산지사방에
뼈는 있지
바람이 잔잔한 날은
그들이 말을 건네고 있어
가르릉가르릉
속삭이고 있어
아직도 멀었느냐
통일이.

거리에서

이북 손님이 왔다

한 품팔이꾼이
내뱉듯 한탄했다

나도 고향이 신의준데
고향사람 손이라도 잡아보면 어쨌다는 거요

손님이 오면 뭘 해
온통 저희놈끼리만 끼고 돌며
애꿎은 건배나 하고 풍을 치니
이래 갖고 통일이 돼요 뭐가 돼요?

아직도 멀었어요
멀었다니까요
왕창 깨버리기 전에는.

태양이 내려온 완충지대

완충지대에
살구꽃이 눈부시게 피었습니다
꽃의 눈보라에
천지가 새로 열렸습니다
진달래 개나리 민들레 쑥
아카시아 배 사과 복숭아
온갖 꽃이 가슴이 메게 피었습니다
총을 든 남북의 병정이
사슴 노루 멧돼지 토끼 오소리 다람쥐
고니 두루미 백로 오리 꿩 까치
숱한 짐승과 새가 뛰노는
완충지대를 바라보며
이 현란한 조국강산의 아름다움 앞에
넋을 잃고 서 있었습니다
때마침
밝디밝은 웃음을 머금은 태양이
풍성한 대지 위에 내려와
남북 병사의 등을
애타게 쓰다듬어주고 있었습니다.

밤의 불덩어리

　사람을 잘 치는 차가 있기는 있기 때문에 인도를 걸으면서도 불안한 것이니 언제 어디서 이놈이 비집고 나와 들이받을지 예측이 될 턱이 없은즉 두리번거리며 곁눈질로 바퀴란 바퀴를 조심하면서 되도록 걸음을 재촉하는 지가 오래되었거니와 귀신이 다락 구석과 선반 널빤지 위에 숨어 있는 것을 본 이후로는 자동차의 불빛과 경적, 부르렁거리는 숨결소리를 무서워하게 된 것 역시 우연 아니거니와 대도에 넉 줄로 꼬리를 물고 행진하는 숱한 달구지의 물굽이를 벌거벗은 거대한 유령이 타고 앉는 순간 때마침 신호기가 침입자를 얼른 알아보고 즉시 빨간불 파란불을 능란하게 켜들 때 금시 사방에 자갈돌이 뿌려지고 멍석만한 바람덩이가 뺨을 갈겨댔으나 운명에 잘 견디는 팔자를 타고났는지라 눈을 지그시 감고 캄캄한 굴속을 아무렇지도 않게 빠져나오는 것이 신기하기는 하나 내 체내에는 어느새 새까맣게 탄 기형의 생물이 수천 마리나 쌓여 그중 어떤 것들은 개구리와 올챙이 비슷하게 생겼는데 좌우로 몸을 틀며 그것이 뱀같이 머리를 내젓는 것을 보게 되고 허공에서 몸을 파르르 떠는 괴물이 또한 숱하니 무슨 수로 이것을 내쫓을지 몰라 속으로 뱀은 연이다 하늘을 나는 연이다라는 헛소리를 두어 번 해보고 나서 앞을 보니 새까만 것이 불덩어리를 달고 시야를 가리는데 에즈라 파운드같이 생긴 꾸부정한 사람이 지팡이를 짚고 서서 서툰 한국말로 길을 묻기를 잠실 운동장 가는 차 어디 있습니까?였으나 지리에 어두운 나는 몸부

694

림쳐보나 그에게 아무것도 가르쳐주지 못하고 말았는데 다만 깜박 꿇아떨어진 잠 속에서 이렇게 외친 게 고작, 스톱 스톱 온갖 힘을 다해 차를 세웠으니 그렇다는 것은 급기야 자동차가 부엌을 지나 안방까지 들이닥쳤으니 딴에는 위급을 면해보느라고 스톱 소리밖에 냅다 지를 게 없었던 것이다.

제문을 쓰며

노래를 부르란다
해는 연기에 싸여
평원에 지는데
배꼽 드러내놓고
석별의 노래 부르란다
땅바닥을 두들기며
맑은 물 밝은 아침을 노래했던
우리들의 날은 가고
내일은
쇠붙이같이 빛나는
그대의 싸움터에 맡기고
열띤 기계같이
육체의 마디마디를 단련하는
강철의 노래 부르잔다
지금 몇점이나 됐을까
에쿠 찻간에 우산을 놓고 내렸네
난 일찍 자야 하는데
그래야 새벽 다섯시에 일어나
무작정 곤두박질할 거 아니냐
일요일은 아직 멀었다
휴일까지는 죽어산다

백화점 앞
4차선 도로
어디선가 나타난
한 마리 제비가 일직선으로 날아갔다
아, 멀리 사라지는 물기 묻은 새의 날개
흐릿한 눈에
순간 영원이 보이는 듯했다
깜박 꺼졌던 불이
다시 켜졌다.

해는 기울고

운명

기쁨도
슬픔도
가거라

폭풍이 몰아친다
오, 폭풍은 몰아친다
이 넋의 고요.

인연

사랑이 식기 전에
가야 하는 것을

낙엽 지면
찬 서리 내리는 것을.

당부

가는 데까지 가거라
가다 막히면
앉아서 쉬거라

쉬다보면
보이리
길이.

백지

그가 시집을 냈다
10년 만에
제목은 백지
몇줄 머리말이 있고
내용은 아무것도 인쇄되지 않은
백지 100여 쪽
이게 시집인가
장난이겠지

그만 더럽힐 작정이오 종이를
백지 책 보내니
여기에 낙서를 하든지
시를 써보든지 내키는 대로 하시오

머리말은 이러하나
나는 감히 낙서장으로 쓸 생각을 못하고
이것을 정중히 책장에 꽂아놓는다

그의 머리말은
다음과 같이 끝난다

대적 안되는 시는 그만둬야……
효력이 전무한 시도
시간의 경과에 견디지 못하는
짜릿한 것들도
하지만 백지는 견디리
개가 짖는다
그도 시인을 우습게 보고 저러는 게 아닐까
되풀이?
시가 뭐 자전거 바퀴던가.

담배와 신

60년 동안 피워온 담배
끊었다오
어떻게 끊었느냐고?
허리 분질러놓고 끊었지
신이 나더러 이것 한번 들라 해서
원목 무거운 것 들어올리려다
딱 소리가 나게
허리를 분질러버렸다오
석 달 동안 숨도 크게 못 쉬고
누워 있었소
기둥이 부러졌으니 무슨 일인들 하겠소
척추를 내리치는 번개
기침이 날 때면 반은 죽소
그러니 기침 날까봐
담배 죽어도 못 피우지
이렇게 해서 담배 끊게 됐다오
허전해서
날마다 빈둥거리면서도
신의 지도를 고맙게 여기고 있다오.

누님

이북에
누님 두 분 계십니다
큰누님은 이름이
김용금(金龍金)이고
작은누이는
김선옥(金鮮玉)이라 합니다
누구시든지 혹 소식 아시는 분은
안 계시는지요
이 넓은 천지지간에
손톱만큼이라도
소식 아시는 분
안 계실는지요
안 계실는지요.

대낮

철조망에 기대어
졸고 있는
한 병사가 있다
나른하여
들리는 것 보이는 것 모두 머나
새소리
짐승 기는 소리
바위들 숨쉬는 소리

야 너 몇살이냐
졸음이 날아갔다
등 너머로
입에 풀포기 꼬나문
이북 병사가 서 있다
서로의 겁먹은 얼굴이
대나무같이
곧추섰다

때마침
뭉게구름이
주정뱅이처럼 지나며

주절거렸다
백년이 가고
또 백년이 간 뒤에
그때 그 눈동자를 그리며
흙과 물이
여기서 입 맞추는 것을
꼭 보고야 말 것이니
갇힌 자에게
영생을

쉬었다들 가거라
놀다들 가려무나.

다시 고향에

아흔아홉 골짜기
머루빛
능선에 일어선 구름
저승 소식 들리네
원을 그리는 솔개
너는 몇대 손 함경도 솔개냐
우물가의 느릅나무
노목 되어 낯이 설고
가족들 도란거리는 소리
들리네 가슴 깊이
우리 집 있던 자리는 바로 여기
길과 나무와 바람의 향기 아직 남아 있네
돌 밑에 숨은 귀신
그에게 묻는다
저 집에 살던
나의 노모를 알지 못하는가요
"모르오"
우리 뒤켠에 살던
태호와 행준이네를
혹시 아시나요
"모르오 세월이 너무 많이 가서

이젠 모두 모르오"
모르오 모르오 모르오
남북의 벌어짐
50년이여
저승의 산 자들이
손꼽아 우리를 기다린다.

지하철의 사상

행복하십니까
노인
지하철의 당신이여

폐 끼치기 싫어요
아이들에게
그러니 어찌합니까
지하철 타고 종점까지 갔다
돌아오고
볼일 다 못 본 사람같이
또 종점까지 다시 갔다
이렇게 돌아오고
가고 오고
그러는 거지요

나 보기가 역겨워 가실 때에는
죽어도 아니 눈물 흘리오리다 어쩌구 하는
아름다운 노래도 있는 것 같으나
죽는 게 어려워요
죽으려면 죽을 수도 있겠다 싶지만
아직은 용기가 없으니

불쌍한 목숨이구려

아, 텔레비전이나 들여다보고
오가는 자동차 물결이나
멍하니 서서 바라보고
그래봐야 통 사는 재미 없어요
빈 병 빈 종이상자 주워다
손자 손녀애들 과자봉다리와 바꿔봐야
그것도 이제는 별 재미 없다오

하루하루
연명이나 하자는 이 짓이
무슨 뜻이 있겠소
죽지 못해 사는 노인이
허구한 날 무료승차 미안하나
지하철 타고
우르릉우르릉
가는 거라오
우르릉우르릉
오고 있는 거라오.

천년 전처럼

고향이라
지용이 노래하던 고향이라
이제 와서 고향이 무슨 소용이리오
우리에게 고향이란 없소
분단은 있어도
고향은 없다오
하지만 잊혀지지 않는 그곳
거기가 곧 고향이라
뭉게구름 층층이 떴는
저 하늘 앞에 머리 치켜드니
두 눈 감기며
쏴 푸르름 내게로 돌아오네
오, 천년 전처럼
여기는 내 고향
여기는 내 고향
여기는 내 통일이라.

비문

동이에 물을 퍼 담아주거나
무거운 짐을 들어줄 때면
함경도 우리 고장 아주머니들은
아심챤슷꾸마 하고 인사했다
애교는 없어도 정이 담긴 이 말을
잊지 못한다
죽어서 혹 비석을 세운다면
비문에 이 한마디나 적어볼까
'아심챤슷꾸마'
고맙다는 존댓말의 우리게 사투리다.

잃어버린 사진

올 때는
감색 옷에
타이는 빨강
오래간만에 보는 서울이
눈물이 난다더니
여위고 흰 얼굴에
빠른 웃음 머금더니
얼마 머물지 못한 채
쫓겨간 그

돌아갈 때는
셔츠 바람에
꽁무니에 타월 한장 차고
잘 있으라 손 흔들던 사람

'성벽'과 '나 사는 곳', '병든 서울'을
십년 혹은 이십년 저쪽에 버려두고
꿈과 현실을 뒤바꿔
한번 우리 세상 살아보자던
축구공같이 날랜 그 열망을
가끔 생각할 때가 있다

스쳐가는
유쾌한 낭만이
고통 속에서
그들 세대의 우정과 연대의
해바라기를 피워올린
뜨겁고 아름다웠던 시절을 그려본다

자동차가 길을 메워
발 들여놓을 틈이 없는
하인천 부둣가를 걸으며
복작거리는 안국동과 명동의
옛날과는 딴판인 이 거리 저 거리를
빠져나가며
그대들 빠른 미소를 떠올린다
잘 있으라
손 흔들며 사라지던 포연 자욱한 그 길

이제 날이 밝았다
십년이 다섯 번 거듭되었다
셔터 누를 때는
일시 모두는 멈춰서야 하는 거다

빛 바랜 한 장의 사진이
장막처럼 드리운 서울 하늘을 난다

비뚜름하게 올려놓은
중절모 아래서 구레나룻이 웃고
청년시인 아무개도 웃고 있다
잘 있으라
꿈과 열정의 한 시대여

흰 돌이 눈부시고
강물이 비스듬히 흐르는 그 길
잘 가꿔진 보리밭 감자밭도 있는
옛날에 보았던
내 고국의 한낮에
다시 만나보리.

말의 정의

온갖 것이 축축한
장마에
헛간문을 열자
벽에 걸린 호미날이 반짝거리는 것을
'돌아섰던 애인과의 만남'이라 한다

가라오케에서
시인이 「신라의 달밤」 부르는 것을
'쌍둥이 젖 먹는 시간'이라 부른다

잡초는 찍어도 자란다
잡아당겨 뽑히는 놈도 있으나
대개는 뭉텅 줄기만 잘린다
이것도 살겠다고 이러는데
이런 징그러운 연민이 생기는 것을
'가오리의 날개'라고 한다

팔순 노인이 꿈에
젊은 여자와 문제 일으킨 것을
'에티오피아 군대 입성'이라 부른다

사막에서
엄숙하기로 이름난
작가 아무개씨가
한 미치광이 여자를 만나
그녀 구애에 진땀 빼는 것을
'추억의 화투놀이'라고 한다

지하철에서
낙치(落齒)가 다 된 노인을
세워두고 구경만 하는 것을
'사도왕림'이라 부른다.

기억 속의 비전

중학교 때
한 반이었던 이용악의 아우 용해는
우둔할 만큼 공부를 잘했는데
그는 벌이를 못하고
누워자빠졌기만 하는 시인 형님을
나직한 말로
우리 집은 형님 때문에 망했다며
히죽 웃었다

점심시간이 되어
왁자지껄 모두 도시락을 먹을 때도
그는 찬 보리밥덩이를 두어 번 입에 물고는
콘사이스를 보느라고 종내 얼굴을 들지 않았다
이용악의 시를 별로 좋게 여기지 않는
시인 김기림이
영어시간이면
그에게 반짝이는 격려의 미소를 던졌으니
모두는 그애를 다시 볼밖에

소크라테스라 불린
인내심 강한 용해는 해방 뒤에

아깝게도 장질부사로 죽었지만
게으른 시인 형님을 원망하며
지독히도 공부하던 그애의 어수룩한 모습이
가끔 생각난다

거미줄과 좁쌀과 국숫집 이야기가 나오는
우스꽝스런 이용악의 시는
멋은 있어도 어딘가 낡은 초롱불 같은 분위기여서
한창때의 우린 별로 좋은 줄 몰랐으나
월남해서 떠돌이로 고생할 시절
충무로 3간가 4가에서
『오랑캐꽃』을 샀다
우그러진 도시락통에 반찬도 없는
보리밥 두어 덩이 갖고 다니며
지독히 파던 그애 생각을 하며
주머니를 몽땅 털어
시집 한 권 샀던 것이다
그것은 이용악의 친필 서명이 든
고전미 풍기는 양장본 시집이었다.

무정한 도살자

돼지를 도살하기 위하여는
회초리를 들고 먼저 쫓는다
우 하고 돼지가 흩어지면
맛난 콩이나 강냉이 사료 그릇을 흔들어
다시 불러들인다
우둔한 돼지는 꿀꿀거리며
발밑까지 모여든다
이때를 놓치지 않고
겨드랑이에 꼈던 대검을 뽑아
가장 순하게 주둥이 치켜든 놈의
정수리를 내리친다
눈 깜짝할 새의 일이다
머리에 칼을 인 돼지는 허둥지둥 달아나다
저만치 가서 쿡 쓰러진다
인근에서 무정한 도살자로 불리는
이 고리눈의 뚱뚱한 사내는
전에 특수공작부대에 다녔다고도 하고
월남전에 나가서는
훈장도 다섯 개 탔다고 했다.

행렬

한마디 항거도 없이
컴컴한 구름 밑을 줄지어 가는
저 사람들은 누군가
찢긴 백기같이 희끗거리는
저 숨죽인 사람들의 행렬을 보라

까마귀도
짐승도 울지 않았다
다만 나무숲이 무성하게
타는 푸르름을 더하고 있을 따름
십자가 쓰러지고
수많은 불기둥이 하늘 공중에 솟구친다
주먹으로 입을 씻는 사형집행인
혈육의 피는
이 가슴에서 저 가슴으로 흘렀으나
슬픔과 비참의 세월을 가늠할 힘은 없다

아, 이 많은 흙이여 적막이여
산이여 구름이여 악마여
아침해
저 산 너머에 다시 떠오를 때까지는

핏발 선 눈 들지 않은 채
흙도 덮지 않고 누우리
저 희끗거리는 사람들은
돌인가 산인가 바다인가
저 사람들은 누구인가.

혼자 웃는다

가난해보라고
그래야 뭐 좀 알게 되리라고
'중정'에서 책 3천 부를 압수해 갔다
영세한 출판사 하고 있을 때다
1975년 첫여름
그날은 부슬부슬 비가 내렸지
책과 함께 남산에 붙들려가
한 열흘 갇혀 있었지
사회당 당수 김철이 쓴
『오늘의 민족노선』이란 단행본
책이 시중에 나가보기도 전에
일이 이렇게 되니
5푼 이자 주기로 하고 빌려다 쓴
개성할머니 돈은 어떻게 갚나
하늘이 점지하는 건가보다
좀더 가난해보라고
그래야 뭣 좀 알게 되리라고
신기한 느낌이 들었다
밤 한시쯤이면
불러내다 취조를 하는데
무슨 이유로 이런 불온한 책을 냈느냐

김철하고 매우 친하다는데
사회딩에 자금은 얼마나 대췄느냐
있는 대로 말하라
그렇지 못할 때는 풀려나지 못한다
그렇지만 나는
김당수하고 학교 동기인데다
그가 하도 간청해서 부득이 낸 것이며
내용을 훑어봐도
공산당을 찬양하거나 이롭게 하는 부분은
결코 없노라 일관되게 변명했다
밤공기가 차 떨리는 몸으로
조사관 앞에 앉아 있노라면
반장이 그래서, 그런 다음에는, 그렇다면
거기서 당신이…… 하고 심문하는데
저쪽 테이블에서
멍하니 천장 쳐다보고 있던 호랑이 과장이
갑자기 소리를 질렀다
'연이면'이야
그렇다면 그래서 그렇다고 한다면이 아니야
'연이면'이라고 써,라고 고함쳤다
그 와중에서도 나는 우스워서

슬그머니 웃음을 삼켰지
녀석이 아는 체하기는 한다마는
그건 일제 잔재야
일정 때
죄없는 농민 붙들어다놓고
두 눈 부릅뜬 일경이 조서 꾸민다며
쉴새없이 내뱉던 말
연이면(시까라바)이 아닌가
세월이 지나갔다
길을 걷고 있을 때 가끔
그 호랑이 과장 얼굴이 떠올라
혼자 웃을 때가 있다
연이면. 일제 잔재! 일제 잔재!

그것도 현실은 현실이다

정도상의 소설 「개 잡는 여자」를 읽은 날 밤에
이런 꿈을 꿨다
강도가 들이닥쳐
이 늙은것이 현찰은 왜 한푼도 없냐면서
비수로 가슴을 찔렀다
나는 피를 흘리며 대로를 질주하다
불야성을 이룬 어느 요리점 앞에서 쓰러졌다
그곳은 북경 아니면 상해 같은 대도시였다
아이들이 달려들어 나를 일으켜세웠는데
이애들은 먹을 것 제대로 못 먹은
북한 어린이들이라 했다
우리는 유리창 밖에서 궁궐 같은
그 집 안을 들여다보았다
요리점 안에서는
점잖은 서양 손님 둘이
원숭이 요리를 맛보고 있다
산 원숭이를 붙들어다
요리사가 망치로 짐승의 정수리를 치니
골수가 불끈 솟아올랐다
그것을 두 서양 손님이 젓가락으로 집어 맛보는데
입에서는 원더풀 원더풀 하는 소리가 계속됐다

한 사람은 T. S. 엘리어트같이
머리를 깨끗이 빗어올린 자이고
또 한 사람은 제임스 조이스같이
코밑에 노랑 수염을 기른 자였다
에즈라 파운드 영감은 아니었다
우리는 아무 말 없이
『임꺽정』에 나오는 돌석이같이
주먹만한 돌을 그 집을 향해 날렸다
어디 맛 좀 봐라 이놈들
이렇게 외쳐대며 아이들이 돌을 던지자
요리점은 순식간에 박살났다
이윽고 이북 어린이들과 나는
밤하늘을 훨훨 날아
어느 자유의 섬나라로 탈주했다
그런데 우리들 등뒤에서
악쓰고 외쳐대는 여자 목소리가 있었으니
이 작자야 여자만 보면 그것밖에 생각 못하는
개 같은 자야
내 손을 보아라 피 묻은 내 손을
나는 개 잡는 여자다
너도 어디 가서 돈이나 벌어오든지

그렇잖으면 썩 꺼져버려라
여자의 앙칼진 목소리는
우리가 섬을 향해 날고 있는 동안
줄창 귓전을 때렸다.

재판정의 파리

찌는 듯한 더운 날씨였다
법정에는
여남은 명 시국사범이 끌려나와
선고를 받는 중이었다

단식중에도
책은 많이 읽었는지
학생들의 총명한 눈이
깨끗하기 별빛 같았다

재판장이
엄숙하게 판결문을 읽었다
"학업에 전념해야 할 학생 신분으로
감히 체제 전복을 기도, 선동한 죄는
엄벌에 처해야 하므로" 하고
장내를 한번 훑어볼 때다

어디서 날아왔는지
커다란 똥파리 한 마리가
윙 원을 그리더니
재판장의

콧등에 와 앉았다

거룩한 파리였다.

검은 바다

정보사 땅 3만 3천5백평
동두천 영평리 임야 19만평
강원도 속초시 용대리 산 7만 7천평
대동강군 승호리 전답 및 임야 8필지
총 49만 9천평, 이것도 팝니다
해주읍 신장리 농경지 19만 8천8백평
1만 2만 한평 두평 세평
1만 2천봉 팔만대장경
교육원부지 매매대금 2천억
덕×궁 창×궁 남산
수의계약 매매대금 총 3조 3천5백억원
제주도 매매대금 10조 8천억
땅이 넘어간다
땅이
돈 꿘 녀석은 날아라
바람에 날고 불에 날고
핵탄 타고 날아라
거대한 톱날이
천년 묵은 아름드리 나무에 박힌다
땅이다 땅
서녘 해 붉게 타고

용기를 위하여는
아직 숨이 붙어 있는
짐승의 간이 제일
높아가는 파도
미친 바다가
헛되이
땅을 울리며 밤새도록 운다 땅 땅
2백원짜리 라면을 맛있게 먹던
한 거지가 푸념하듯 한마디 했다
이래 봬도 나도
장래가 있는 놈이라오.

용기

노동도 했다
일이 일생 따라다녔다
원해서 한 것도 있고
그렇지 못한 것도 있다
노동이 시간을 몽땅 앗아갔다
익사 직전에 건져올려졌을 때처럼
푸르게 보이는 자연은 없다
탄알은 문문하게 육체를 뚫고 나가
산허리에 박히고
까만 총구에서 흰 수염같이 연기가 났다
담배 한 개비를
다 빨지 못하고 쓰러진
그의 무덤에
깃발을 세워본들 무엇하리
나는 음악을 연주하지 않으련다
첨단기술과 학문이 혹은 의학이
아무리 발전한다 하더라도
가슴에 웅크린 시꺼먼 멍을
내보일 용기는 없다.

나눔의 경이

아이는
사탕과자를 넣고 나가더니
동네 아이들한테
다 나눠주고 나서
어, 내 건 하나도 없어
하고
당황한 얼굴을 했다
빨갛게 언 두 볼이
나긋나긋했다

자선사업가가 자선을
이 아이같이 했을 때의 경이로움.

노임을 받을 때

춘삼이는
소주 한잔 마실 때가
한나절 중
가장 기쁘다
오징어를 찢어 씹으며
먼지 뒤집어쓴 낯짝에
하얀 이를 드러내어
반짝 웃는다
때마침 겨울 해는 진다
일당 몇만원의 노동이
무겁기는 하지만
시마이하고 한잔 기울인 다음에
품삯 받을 때는
그게 그렇게도 고마울 수가 없다
당장 그 돈어치만큼은 살 수 있기 때문이다
일 시키는
주인집 아주머니는
상냥하게 대했으나
속으로는 기르는 두 마리 개보다도
낮추보던 것이다
하지만

품삯을 탈 때는
머리를 숙여 고미움을 표시했다
공손하게 구는 게 득이지
괜히 우쭐대다간 다시 불러주지도 않을 게다
품팔이 생활 수십년에
배운 것이란
노임 앞에서 마냥
겸손할 수밖에 없다는 것이다
저승에 가서는
나도 무시무시한 부자가 되고 말 것이다
두 주먹 불끈 쥐며
밤하늘에 대고
춘삼이가 외는 독백이
번개같이
우면산 능선 위를 달린다.

모순의 황제

너의 소아병을
내게 팔아라
취미는 갖고 가거라
벌판이 될는지 구름이 될는지
그건 알 수 없다
강물이 되돌아다보며 흐른다
사람은 멀리에서부터 온다
쑥갓밭에서
철학이라는 노오란 빛살이 나왔다 해서
기절하거나
낙담할 것은 없다
탯줄에서부터 세상살이에 맞게 나온 자는
오만불손해서 못쓴다
우여곡절 없이 어찌 오늘이 있겠냐
죽는 잎이 있으면
살아나는 잎이 있다
치마폭에 감기는 봄바람 보아라
20년 전 달래 캐던 언덕에
저렇게도 높은 공장 굴뚝 솟았구나
시인은 죽었다
그러므로

동두천에 가는가 하면 양평에 달려가고
하루에도 수백리를
떠돌게 되는 거다
텔레비전 광고 많이 봐라
걸레 수세미 될 때까지 보아라
자질구레한 살림살이
이제는 더 못 참는다
소리없이 부수고
소리없이 뉘우쳤고
수십년 사귀었으나
끝내 그년이 자주지 않는다고
분해하는 최군의 심사 알 만하다
하지만 불행할 수밖에 없는 연애를
사모하는 능력도
늠름하기로 말하면 고래만큼은 하다
낚을 바에는
썩어들어가는 땅에서 고래를 낚으라고
최군한테 일러라
단테나 괴테같이 점잖은 사람도 있다
사나운 꿈 많이 꾸는 점잖은 사람 되거라
매일밤 대여섯 가지 기괴한 꿈을 꾸는 건

아직 정신이 살아 있다는 증명이니라
땀에 흠뻑 젖는 꿈을 꾸도록 노력하자
땀, 그것은 불이 일어서는 모습이다
70년대는 톱니바퀴
80년대는 매춘과 감옥 증축
90년대, 그것은 녹 안 나는 스텐 호루라기
2천년, 그건 벌거벗고 달리는 운동회날이다
장님이 한 분
서툴게 지팡이 끝으로
시멘트 바닥을 때리며 간다
그는 말하는 법이 없다
그가 지나간 자리에
제주도 넓이만큼한
공간이 하나 남는다
여백이 나의 시선을
지평선 저쪽으로 날라간다
단칸 셋집에 이사 온 최서해가
친구 초청하고 풍롯불 피우느라
세차게 부채질하는 걸 보아라
손등에 살아나는 파란 핏줄이
오늘따라 창창하다

『현해탄』 시집 출간 축하모임에는
경인의 문사들 다 모였다
일제 고등계형사도 한 놈
밖에서 대회장 안을 점잖게 기웃거린다
사회 보는 김남천이
시의 목적은 결국
실천적 비평이라는 독특한 덕담을 내놓자
오늘은 화사한 명주 바지저고리 입은
김기림이 축하 건배 제창한다
정지용이 착 가라앉은 미소 띠고
홍명희 이원조 이태준 등과 눈인사 나눈다
역사는 저를 거부하는 자를
끝내 돌보리라
그런 까닭에 역사는
튼튼하게 나이를 먹어가는 거다
폭포같이 줄기찬 역사의 이끼여
죽음을 딛고 일어서거라
베토벤의 피아노 협주곡은
종로 거리에서
목이 쉬어 운다
영구차도 없는 황제가 뭘 할 것이냐

숫돌에 간 축음기 바늘이
머리털 타는 냄새를 내는
찻집 '제비'에 가을바람 늘씬한데
이상은 이틀째 출타중
스트라빈스키는
전운 감도는 구라파의 하늘을 낮게 나는
바우하우스의 기계였다
하지만 피카소는
고철과 돌멩이를 주워
저고리 주머니에 쑤셔넣는 광부
피카소의 반짝이는 까만 눈이
세느 강 기슭을 긴다
그의 혈관 속에 흐르는 동양의 피는
중국의 육중한 별을 연상케 했다
두 아들을 교통사고로 잃은
말로가 탁자 위에 찻잔 내려놓는 소리
대창 같은 빗줄기가
아직 땅바닥에 내리꽂힌다
바람을 피운
클린턴 대통령이
마이크 앞에서 짓는 표정은

어머니한테 꾸중들은 장난꾸러기 아이 모습이다
횡단보도에서
파란불을 기다리는
황지우의 두 손 중 한 손이
주머니 속에서 빨간 전라도 노을을
붙잡는 동안에도
무등산의 세월은 유유히 흘러가는구나
남쪽에서 올라간 문인들과
박헌영이 숙청될 때
그 무자비한 날에
부수상이요『임꺽정』의 작자인
홍명희는 뭘 했나
후배 문인들을 살리지 못한 벽초는
그다지 위대하지 못하다
임꺽정은 애꿎은 애들의 장난감 몽둥이
위선은 잘난 척하는 데서 시작된다
온 세계 다 둘러봐도
머리 숙인 자 한놈 없으니
다시 해 뜨고 하늘이 열리는 게 원수
시를 쓴다는 아가씨야
해바라기씨 많이 먹어라

손 한번 잡아보고
어찌 그 사내를 안다 하겠느냐
실천적 진리
해바라기씨는 그것을 너에게 안겨줄 것이다
위안받고 싶다고
그렇다면 저녁마다
고함지르고 싶은 충동을 누르고
텔레비전이 하는 연속극을 보아라
죽은 체 바보가 되어가는 게 진보라는 거다
1천만이 각기 다른 소리 질러대니
동서화합 과히 멀지 않고
정치지망생마다 장차 영웅이 되리라
평양 개는 서울 하늘 쳐다보고 짖고
남쪽 소 북녘 들판 넘겨다보며
활짝 웃었다
부자 부자
부자 되고 싶다면 책 많이 내라
99권 아니라 9천권쯤 시집 내라
거지 거지
거지 되고 싶다면
책 한권 내지 마라

김삿갓, 네르발같이 종적없이 죽어라
다 몰라보고 잊어먹는 한이 있더라도
저 한점 소슬바람이
너를 기억해주지 않겠느냐
중금속 머금은 소슬바람이……

의자

식은 찻잔 두 개
여자의 손이 젊은이의 목에 얹힌다
젊은이는 여자의 허리에
비스듬히 팔을 감았다
섞는다 숱한 이야기를
말에 의미가 없을수록
심장이 부푼다
저기 앉았는 노인은
이미 우리 시대의 것 아니다
개의할 것 없다
그는 의자 위에
허허로이 꿈을 걸쳐놓는
낡은 기계다
두 사람은 새삼
남남같이 서로의 볼을 맞댄다
키스했다 아니 그 이상의 것도
순간 포크레인이
옆집 슬라브 콘크리트를 우장창 허물었다
80년대를 파괴하는 건 한줌 바람이면 된다
하물며 70년대 60년대랴
방어

그렇다 괜히 만날 이유 없다
꼭 껴안고 우리의 적으로부터
고립을 보호하는 거다
다시 한번
팔을 목에 감고
물고기 같은 손을
어깨에 얹는다
유리창을 기웃거리는
비에 젖은 덩치 큰 사내 하나.

오장환이네 집

이북으로 간 오장환이네 고향집 기운 기둥뿌리에
전파가 와닿는다
부엌을 가로지른 거미줄
여보세요 여보세요
오장환 씨 계시면 바꾸시오

여기는 허물어진 낡은 성벽의 돌더미
그가 눈물짓던 이끼 냄새
개미, 구름 썩은 항구
그밖에는 아무것도 없소

늙으신 시인의 어머니는
병들어 누운 아들을 위해
돈 1원을 꿔다가 닭 한 마리를 고았다

이 닭다리 하나 먹고
어서 서울 올라가 이번엔 취직 꼭 해라
사내자식이 평생을
벌이 안되는 글이나 쓰면 뭘 하겠냐
하지만 네 소원이 꼭 그거라면
이 어미인들 어찌하겠냐

장환아, 안 그러냐, 안 그러냐?

고무신

옛날에
박봉우라는 시인 있었습니다
이 사람이
지금의 조선일보 옆골목 입구에
떡 버티고 서서
히틀러같이 한 손을 펴 꼿꼿이 들고
인사를 합니다
흰 와이셔츠 소매는 한쪽은 걷어붙였으나
한쪽은 때 묻은 채로 손등까지 축 늘어졌습니다
그가 쓴 『휴전선』이란 시집을 칭찬해주면
꾸벅 절하고, 또 이런 데 저런 데는
조금 날렸더라, 비평 비슷한 말 지껄이면
삽시간에 얼굴이 창백해져서
당장 노기를 내뿜었습니다
흰 고무신을 신은 그가
뒤도 돌아 안 보고 세종로 방향으로
달아나듯 하는 뒷모습은
꼭 서툰 시골 농부 같은 모습이었지요
군사독재 시절
데모하다 전경들에 번쩍 들려
호송차에 실릴 때의

함석헌 선생 고무신 생각이 납니다
사람들 머리 위에 고무신만 반짝 희었지요

시인의 고무신과 함옹의 고무신
이 두 켤레 흰 신발을
한폭 수묵화같이
짙푸른 하늘가에 그려본답니다.

운명 앞에서

아편보다 나쁘다는
담배 하루 두 갑
(어디까지 견디나 두고 본다)
이빨은 빠져 죽 먹지
시를 읽지 못한 날은
손을 씻어본다
아무 생각도 안 날 때는
김립의 강인한 지팡이를 그린다
강남역에 가면
나 같은 노인 한 사람 볼 수 없는 게
겁나 미친 듯 달리지
노인은 다 어디로 잠적했나
세상은 컴퓨터판인데
어디로 잠적했나 먼 인생의 노고
정신을 맑게 하는 황진이의 가야금
멸하여가는 것에 눈물을 기울임은
분명 멸하여가는 나를 위로함이라
외투 벗어 전당포 맡기고 마시는
시인 오장환의 술잔 위에
맑디맑은 샛바람 인다

눈보라는 친다
사람냄새 그리우면
베어물라
드높은 하늘의 푸른 자락 한점을
아이야 너는 장차 자라서
나폴레옹이 되든지 베토벤 되든지
빅토르 위고 되든지 안중근 되든지
아, 멀다 깨끗하다 장래
오늘의 이 어지러움을
눈 딱 감고 이겨내라
그러면 진인 된다 사람이 된다
쥐약 먹은 놈같이
비틀거리며 하루하루 무사히
목숨 부지하는 데 길들여져가는
나는 베짱이
눈물을 흘려본들 쓰디쓰다
고향도 형제자매도 다 잊고
사는 데 급급한 불쌍한 노인
남한의 약하디약한 시인
저 혼자의 취미에 오붓하게 만족해 사는
거랑꾼 같은 놈이라

(이래도 되는가. 됐지 뭐)
북쪽에서는
살얼음판을 딛고 사는 배고픈 사람들이
웃음 한번 크게 웃는 일 없이
두 주먹 쥐고
희멀건 하늘 복판을 달리고 있다
운명이라
질긴 것은 운명이라
희망이 행동에서 왔다면
죽음을 초극하는
한 시대의 행동은 다 어디로 빠져나갔나.

진혼가

통일을 못 보고
가는 벗
잠드시라
여기 대동강에서 떠온 물이 있고
한강수가 있다오
이 물로
그대 심장을 식히소서.

죽여주옵소서

놀다보니 다 가버렸어
산천도 사람도 다 가버렸어

제 가족 먹여살린답시고
바쁜 체 돌아다니다보니
빈 하늘 쳐다보며 쫓아다니다보니
꽃 지고 해 지고 남은 건 그림자뿐

가버렸어
그 많은 시간 다 가버렸어
50년 세월 어디론가 다 가버렸어
이래서 한잔 저래서 한잔
먹을 것 입을 것
그런 것에나 신경 쓰고 살다보니
아, 다 가버렸어 알맹이는 다 가버렸어
통일은 언제 되느냐
조국통일은 과연 언제쯤 오느냐

북녘
내 어머니시여
놀다 놀다

세월 다 보낸 이 아들을
백두산 물푸레나무 매질로
반쯤 죽여주소서 죽여주옵소서.

절규

벤치가 비자
그가
한 팔로 해를 가리고
드러눕는다

오늘 같은 날은
부엉이는 몰라도
까마귀 하나는 울었으면 싶지만
그런 일은 없다

스톱! 갑자기 비명에 가까운 외침소리
차는 큰길가의 빌딩 유리벽을 관통하여
삽시간에 공원으로 돌진한 다음
그를 덮쳤다

아니, 죄송하다니
사람을 치어놓고 죄송하다니, 이 악귀 세상
빈 데 대고 소리쳤는가 싶더니
그가 꽝 땅바닥에 쓰러지고 말았다.

해 뜨는 아침을 기다리며

완전한 증명서를 가져본 일이 없다
검문에 걸리면
이게 마지막이란 생각이 들었고
얼음이 서걱이는 벌판을 헤맬 때는
늑대라도 만났으면 싶었다
밤에만 탄 기차
밤에만 건넌 철교
길을 물을 때는
그래도 여자가 마음이 놓였다
어디로 가나
그믐달 아래 희뜩희뜩
눈이 깔린 벌판을 기차는 간다
말 한마디 건네는 일 없이
모두는 꼿꼿이 앉아서……

강남역

달아났다 노인들이
의정부 동두천 방면으로
아니 아산만 쪽으로 갔을까
아니다 강원도 쪽이다
구름 타고
더러는 달구지 빌려 타고 갔다
업어주고 안아주고
어미 대신 우유 보리차 먹여 키웠는데
우리 손자 손녀
어느새 저렇게 컸구나
강남역 근처는
젊은이들 나라
거기 노인 끼어들 틈 없어라
넘실거린다 물결
흘러라 한 시대의 끝은
도망갔다 예의바른 노인들이
나 또한
지하도 계단 기어올라
숨 몰아쉬며 달아났다
달아났다
강남역에서.

역사

그 지팡이는 이리 주게
전쟁터에서
지팡이가 될 말인가
자네는
내 뒤만 따르게
앞을 보아도 안되고
뒤를 보아도 안되네
피차
숨이 가쁘고
가슴이 텅 빈 것 같은 이 기분은
우리가 살아 있다는 증거에 불과해
모두들 갔네
울며불며
저 언덕을 기어올라들 갔네
이 넓은 들판에
아무도 안 보인다고?
그렇다네
한번 넘어선 고개는
다시 돌아올 수 없다네
그대로 가는 것일세
보이지 않는 줄에 매여서

가는 것일세
아득히 연기에 싸여서.

인제 가면 언제 오나

치맛자락 걷어올려
어머니는 또 눈시울 훔치시네
인제 가면 언제 오나
강물 흐르는 것만 바라봐도
집 나간 자식 생각에
한번 떠난 뒤엔
종무소식인 그것들 때문에
가슴 복받치는 것 있나니
장난에 팔려 공부는 뒷전이라
야단치며 키울 때가 좋았었지
다 크면 떠나는 것을
강물처럼 멀리 가버린 것을

강물을 전송하는 건
어머니뿐이 아니다
숲은 숲대로
언덕과 나무와 밭
먼 산이 등을 일으켜 굽어보고
희뜩거리는 돌밭이
저들의 잔치를 벌였다
골짜기 키 작은 꽃들이

다소곳이 일어서서
흐르는 물의 장도를 반긴다

산허리를
질펀한 들과 농토 아래를
험한 낭떠러지와 깊은 골을
굽이굽이 휘돌아
이제 강물이 훤한 넓은 들
여주 양평 벌 흐르나니
하늘의 빛살이
빈 데 없이 쏟아져
무수한 거울이 숨바꼭질하는 수면에
산들바람 스치고
두어 마리 흰 새 느릿느릿 난다

벌써 바다가 가까웠다는 것을
물은 아는가보아서
아이들처럼 우쭐대며 숨이 차
기쁨의 눈물조차 뿌리며
정답게 손짓한다
산지사방에서 모여

하나가 된 물이
대해를 향해 출렁이며 간다

검은 물 흰 물 황토물
너그러이 삼키고 어깨 들썩이며 간다
기쁨과 슬픔이 뒤엉킨 몸부림
춤과 음악과 희망을 함께 걷어안고
긴 도정의 마지막 관문을 스친다
두 기슭을 핥는 물의 따뜻한 체온이
흰 모래밭을 조용히 적시고 있다

저 김포 서녘 하늘가에
놀이 핏빛으로 탈 때는
너희는 바다의 심연에 다달을 게다
넘실대는 바다가
가슴을 헤치고 기다린다

안겨라
밑 모를 그 해저 깊이
네 자란 산천을 떠나
더 넓은 세계와 한몸이 되는 거다

갈매기와 배들도
너의 입성을 맞기 위해
사뭇 분주하다

너희는 거기서
형제인 대동강과 압록강
금강과 낙동강을 만나리라
저 멀리 동해바다 에돌아오는
두만강과도 만나 손잡겠구나

대지는 작열하고
8월의 태양 이글대는 이 강가에서
밭일하는 농군들도 가끔
허리를 펴고 너를 바라보며
가는 세월을 탄식한다
풀도 나무도 익어가는 곡식도
네 쉬임없는 흐름을
옷깃 여미고 전송하는데
어머니는
치맛자락을 걷어올려
눈가로 가져가네

인제 가면 언제 오나

물아
네 형제들끼리
바다의 벅찬 숨결 속에서
하나가 되거라
그런 다음에는 승천하여
네 고국산하에
안개와 구름과 물이 되어
다시 내려오너라

강물이 서둘러 흐른다
쪽빛 하늘이 쨍쨍 소리를 내는
우리의 8월.

망설임의 계절

서리 내린 뒤에
들은
여름의 상처를 치유하느라 바쁘다
까마귀 울었던가
새신랑
오토바이 타고 강 건너 길 달렸다
지금이 2001년인 줄도 모르고
나는 휘청 자빠질 뻔했다
파운드가 쓴 바람 풍(風)자
한쪽 획이 기울고
서양과 동양의 해 저물었다
눈이 내릴까
하늘이
아직 생각중인 것 같다
병은 언제 낫는다는 기약 없이
낫기도 하거니와
영 그렇지 못한 경우도 태반이다
언제 가도 되는 준비
사람에겐 그것도 필요하지
아이야
너희들 얼굴 힐긋 보는 게 가뿐한 낙이다

만약 내 무덤이 널찍하기만 하다면
너희들에게
운동장인들 왜 못 만들어주겠냐.

하늘 꼭대기에 닿는 것은 깃대뿐이냐

대가리 비뚤어진 놈 나오너라
반복이다 물도 자동차도 반복을 먹고 산다
폭력을 저주하는
입 비뚤어진 귀여운 자식 나오너라
눈물 떨어뜨리다니 보도 위에 고얀 놈
미라가 미래를
대나무 꼿꼿한 줄기에 얽어맨다
보증 섰다 집 날린 놈 나오너라
보들레르
키 74센티밖에 안되는 여자
데리고 사는 놈 나오너라
만물조응이다 매일매일 건배하자
글씨 쓰고파도 못 쓰는
김구용의 수전증 고칠 약 내놓아라
천상병이 두고 간 고물딱지 손목시계가
광화문통의 오후 세시를 가리켰다
새는 운다
목월 목월 기림 기림
이승에서도 저승에서도
백년의 피로를 푸노라고
무덤 속에서 다리 꼬고 신음소리 내는

오든의 A, E, I, O, U
랭보, 망각의 역사 딛고 소네트만 쓰는 그는
가련한 베를렌느를 위해
노오란 한국산 바가지를 샀다
질풍노도
서산대사같이 생긴 이가
넘실대는 바닷물에
지하의 「오적」을 헹궈낸다
철썩철썩 물은 어디에서도
애교 부리는 강아지
자살, 햇살 아직 멀쩡한 한낮에
약 혼자 삼키는 게 억울했던 놈 나오너라
중앙선을 넘어
남의 차 다 부순 녀석 나오너라
가로수 들이받은 「이방인」의 작자는
에나멜같이 반짝이는 죽음을
신기루 속에 새겨넣는다
죽음을 이기는 법은 장난기 속에 있다
감방 쇠창살에 매달려
9천번 긴 한숨 짓는 놈 나오너라
아무리 남의 눈 없는 저승이라고

수영이 청마의 댓진빛 두루마기
걸치고 나오다니
자넨 누구한테 보이려고 옷 걸치는 건가
깔깔 웃으며 죽은 녀석
그 넋 지금 나오너라
뼈만 남은 이상의 옆구리 아프게 쑤시는
엉덩이 큰 금홍이년 나오너라
밤새껏
사납고 불길한 꿈만 꾸다
이른 아침 세수도 하는 둥 마는 둥
지하철로 달려나가는
착해빠진 월급쟁이 나오너라
뒷거리 쓰레기통에 쓰러져 죽은
네르발의 동냥주머니 나오너라
지금 세인트헬레나 벌거벗은 섬 상공에
갈매기 한 마리 날고 있다
무의미다 아니 리얼리즘이다
남의 눈 의식하는 데 일생을 바친
문학가 예술가 학자는 나오너라
어슬렁어슬렁 나오너라
갚을 길 없는 농협빚 걱정에

풀 찍다 말고 호미 맥없이 쥐고
썩은 물 흐르는 냇가 찾아 내려가는
농군 나오너라
강냉이죽도 없어 못 먹이는
이북 아이들 애비 에미 나오너라
당 중앙
태양은 떴냐
중앙 중앙 대동강 대동강 나오너라
베토벤의 5번 틀어놓고
가짜 종군기자 완장 두르고 다니다
수면제 자살한 시인 전봉래 나오너라
평안도 안주 녀석 나오너라
네까짓 게 뭘 알아
너 나한테 한번 맞아볼 테냐
점프해서 키 큰 서양화가 면상을 갈긴
그래서 코피 흘리게 한 키 작은 시인 지용 나와라
아들이 다리 자르는 날
병원에 안 간 랭보의 인정없는 어머니 나오너라
밥값 내라며
시인 시아버지 내쫓은 며느리 나오너라
아들 녀석도 함께 나와라

느릅나무에게 771

쓸데없이 만나지는 마라 여자를
지위와 안정이 없는 한
그녀가 어찌 앉은뱅이 같은 너에게 머물 것이냐
무겁디무거운 돌이 되는 게 상책이다
천년 동안이나 아내의 푸념을 들어준
소크라테스가 앉아 있다
오늘은 대운동회날이다
그 흔한 텔레비전에도 한번 나오지 못하는
숯가루처럼 콧구멍 시꺼메지는 운동회날
죽음과 열광의 경주날이다
몸은 지글거리는 불 속에 던져둬라
마음이야 여태 청춘임에 틀림없나니
잽싸게 정신이나 한번 해방해보자
비켜라
바퀴가 나간다
개미 나간다
솟구치는 개미 등에 반짝이는
귀 찢는 폭발음 서너 개
우리들의 축제
여기 시작된다.

비석에 대하여

돌을 깎고
금을 다듬어
비석을 수없이 세운들
무효다
밭 갈고
씨 뿌리는 그날에
무효
세상이 새로 열려
새 사람들 일어서는 날에는
자리 내놓아야 하지 않겠는가
만년을 기약하여 다진 주춧돌도
앳된 사람들 마음대로
이리저리 옮겨지리라
아무것도 없는 허허벌판에
새로 건설되는 순하디순한 젊은이들의 나라
그런 나라가 있을 수 있는 것이다

악몽이었다
악몽이기에 모두의 뇌리에서 사라지리라
갈아엎은 땅에 뿌려지는
생명의 씨는 깨끗한 불이요 물이요 흙

길 가는
허리 굽은 저 노인 붙들고 물어보자
대형 트럭에 흙을 넘쳐나게 싣고
경적 울려대며 가는 운전기사에게
장바구니 들고
시장바닥의 싼 것에만 마음을 쓰는
젊은 아줌마에게
노동자 농민에게 사무원과 학생에게
망연자실한 지식인에게 물어보자
이 꿈이 진실인가 아닌가를
우리 모두에게는 있다
마음의 비석이
눈에는 보이지 않는 진짜 비석이
한 개씩 있다.

끌려가는 삶
어느 미전향수의 수기

아이구
이 언덕에서
숨이나 돌려 갑시다

당신에게도 처자식 있겠지
그렇담 더욱 쉬어나 갑시다요
양대가리
소대가리
두환대가리
태우대가리
개대가리
왜가리대가리
다 보이는 이 언덕에서 말입니다요

쉬어갑시다
50년 동안의 감옥생활 마친 나라오
내가 죄인인지 당신이 죄인인지
그걸 뉘라서 알기라도 하겠소
게 무슨 소리냐고?
뒤집고 보면
끌려가는 나나

끌고 가는 당신이나
다 매한가지란 그 말씀이외다
그저 매한가지 그저 매한가지……

그날에

그 느릅나무는
잠자코 가지를 뻗고 있을까
새들이 날아오고 있을까
일렁이는 낮과 밤이
무작정 스쳐간 뒤에
그 기억을 토대 삼아
미명같이 어슴푸레한
새로운 시간의 아침을 맞고 있을까

새벽달이 질 무렵
둔탁하게 울던 부엉이의 추억도
가족들의 높고 낮은 말소리도
하나 빠짐없이 간직하고
슬픔도 기쁨도
오직 너의 중심에 맡긴 채
동그란 고향 하늘 아래 숨쉬고 있을까

우리 집 우물가의 장한 느릅나무
무섭도록 무럭무럭 자라
비 오는 밤이면
후두둑 머리를 풀어헤쳐

귀신처럼 어린 가슴을 조이게 하던
오, 수많은 전설을 지닌
외로운 그림자여 나무여

통일이 되면
너를 어떻게 만나야 할까
그것이 마음에 걸려
너와의 대화를
미리부터 생각하게 되는구나
하지만
나는 너에게 할 이야기가 아무것도 없고
두 볼에 흘러내리는 눈물과
두근거리는 가슴으로
나의 혼을 너에게 맡기는 게 고작일 게다

나무여 나의 느릅나무여
이야기해다오
반백년에 걸친 그 많은 이야기를
나는 너에게 기대어
네가 하는 그리운 이야기를
황홀히 듣고만 있을 게다

온갖 슬픔과 시름을 누르고
네 정다운 이야기를
넋 나간 사람처럼 오래도록 듣고 섰을 게다.

저승에서 온 어머님 편지

일하다 가는 곳이니라
산 사람이야
그런대로 살지
일만 하다 가는 사람
불쌍히 여겨라
가엾게 여겨라
북녘이든 남녘이든
그래 맞다
일만 하다 떠나가는 곳이니라
얼마나 많이 기다렸는지
너를 보게 될까 하여
오래도록 기다렸다
세상은 일만 하다 떠나는 곳
얘야 날아다니는 혼이 되어
이곳에서나 다시 보자
다시 만나자
얘야, 38선 없애버리고 빨리 오너라.

플라워다방

보들레르, 나를 건져주다

1948년 여름에
소공동 '플라워다방'에
들렀다

정월달에 남으로 온 나는
남쪽 문인들은 어떤 사람들인가 하고
그곳을 찾았다

'플라워다방'에는
『문예』잡지 필진들이 모인다 했다
과연 그곳에는
김동리 조연현 곽종원 조지훈
서정주의 아우 서정태, 이정호 이한직 등이
모여 있었다

안쪽 구석 테이블에서
한창 원고를 갈기고 있는
베토벤같이 헝클어진 머리를 한 이는
중국서 온 소설가 김광주라 했다
처음에 나는
저 사람이야말로

남쪽 큰 작가가 아닌가 하고
그쪽만 주목했다

김동리는 수인사 끝나자
이태준의 안부를 묻고
북에서 「농토」를 발표했는데
어떤 내용이냐고 물었다
서울 물정에 어두운
초면의 문학청년에게
김동리는 비교적 친절했다
그의 경상도 말씨는
여기가 과연 '남조선'이구나 싶은
감명을 안겨줬다

내과의사 같은 인상을 한
깡마른 조연현은
콧등에 밴 땀방울을
훔칠 생각도 않고
임화 안막 최승희는
어떻게 하고 있느냐
호기심을 갖고 물었다

내가 학교시절 김기림 선생한테 배웠다니까
그분은 지용과 함께 문학가동맹을 해서
요즘은 활동 못하게 됐다고
잘라말했다
다른 테이블로 옮겨가더니
두 다리를 탁자 위에 올려놓고
누구보곤지
경주 갈라나? 나 안 갈련다 마
하고 소리쳤다
아마 조지훈보고 건네는 말이 아니었던가 싶다

곽종원은
오늘도 서울역에 나가
우리 쪽이 좌익 네댓 명 잡았다고
무용담을 비쳤다
그가 쓰는 평론은 읽은 적이 없으나
네모반듯한 얼굴이 아주 건장해 보였다

미쓰 윤이라는 자칭 시인이
머리를 올백으로 곱게 빗어올린 이정호를

사모하는 모양으로 애교를 한창 떨었다
서정태는 윗저고리에
장미꽃 한 송이를 꽂고 좋아했다
과연 문예파들이구나 싶은 감흥이 솟았다

검은 안경테가 유난히 굵어 보이는
조지훈의 턱은 고고하게 긴데
창백한 얼굴의 지식인 시인 이한직이
그와 다정스레 담소했다

촌놈이
다방이 무엇인지 알기나 했으랴
두어 시간 땀을 흘리며
이 사람 저 사람 두루 인사 나누며
된 소리 안된 소리 지껄인 후에
카운터에 가 접대한 분들 커피값을 계산하니
일금 900원이라
수중에 단돈 100원밖에 없는
이북내기는 참으로 큰일이었다

아리땁게 생긴 마담이

향수냄새를 확 풍기며
다방이 처음이신 모양이죠 하고
비웃는 눈치로 살짝 웃었다

창졸지간에 무슨 궁린들 나겠나
겨드랑에 끼고 갔던
책을 꺼내놓으며
이걸 맡기고 내일 돈 갖고 와
찾아가겠노라는 궁색한 사정을 하고
겨우 다방문을 나섰다
현기증이 났다
그 책은
보들레르의 호화 양장 『악의 꽃』 시집이었다

내무부 들어가는 골목 '문예빌딩'에서
(박종화 김영랑 모윤숙 유치환
이분들이 하는 시낭송회를 보러 갔다
처음 보기는 했으나
생각하면 태반의 글쟁이들이 월북하고
남은 문인이 얼마 안되는구나
하니 절로 쓸쓸해졌다

어두워지는 거리에 발을 옮기며
하나 나는 이제 여기서 살아야만 한다
라고 멋없는 한마디 중얼거려보았다)

이 '남조선' 첫 체험담을
김기림 선생한테 얘기하니
김군, 친구를 아무나 사귀면 안돼요
차차 내가 좋은 친구를 소개할 테니
너무 서둘지 마시오
라고 훈계하였다.

탁자

비어 있는 저 탁자는
아직 누군가
그 앞에 앉아 있는 것만 같다
하지만
탁자는 비어 있다
그렇다 곧 그가
저 유리문을 밀고 들어와
거기 앉을 게다
그는 지난밤에
버지니아 울프의 『등대로』를 읽었을까

안주머니에서
담배 한 개비 꺼내 문다
그러고는
「인도네시아 인민에게 주는 시」라는
깨끗하게 청서한 시고를 꺼내
한번 묵독할 것이다
그는 조금 흥분해 있다
'우리는 왜 이렇게 가난해야 하나'
입술을 깨무는 것을 보면 알 수 있다
잠시 후

그가 내가 앉았는 구석자리로 온다
시고를 소중히 주머니에 넣고

그가 내게 말을 건다
자네는 폐야, 폐병
이상 김유정 최서해 나도향
다 폐병으로 일찍 갔지
자넨 가난뱅이라
인삼 녹용 못 쓸 게고
일광욕밖에 없어, 일광욕
아무데서나 벌거벗고 일광욕하는 건
과다노출죄에 해당하니 조심하고

50년 전
가슴이 약한 내게 일광욕을 권하던
키 큰 사내
박인환
그는 30살 나이에
심장마비로 세상을 떴다.

까마귀

너는 길하지 못한 녀석이다
네가 극성스레 울면
저승사자가
누군가를 데려갔다

게으른 날갯짓에
길게 늘어뜨린 울음
네 울음은
무겁고 우람하다
장사가 큰 돌을 들었다 놓는다

북한강 인적 드문 산자락에 서서
너희들이 서로 부르며 우는 소리에
다소곳이 가슴을 연다

소리와 공기와 바람과 색깔이
홀쭉하게 만든 정신이
홀연 제자리를 찾는다
있는 듯 없는 듯한 이 향기는
저승 것이다

어느새
죽은 그녀도 사뿐 내 곁에 서서
한때의 고요를 음미하고 있다

검은 돌에 새겨진
두어 줄기 금빛 평화
새여 검은 새여 복 받으라.

산중일기

짖는다
깊이
바다 밑에서 짖는다
골짜기에서 짖어

개는
우수가 두려운 게다
그에게도 사람들모양
우수는 있다

휴전선의 정적을 짖는다
발자국 소리 멀어졌으나
그 고요
참을 수 없다
희끄무레한 그믐밤이
개의 심장을 포대기로 싼다
밀실에서 기어나온 강도가
불현듯 하늘을 처다보고 파안대소했다

기르던 개 죽고
쥐와 뱀이 나타났다

79세는
고비

죽었는데
꿈을 꾼다 시체가
발을 헛디뎌
옆집 지붕을 무너뜨려 낭패 난 꿈을

이 산중에서
짖는다 숙연히 개는
그는 지금
고독의 밑바닥에 추락했다

아득히 두만강가에서
탈북자를 경계하는 몇발의 총성이 울린다
사람이 어디 있나
이런 세상에 사람이 어디 있겠나.

파우스트의 공해주머니

빼어나게 현명한 자는
부자와 친하게 내버려두고
가난한 자는
풀이나 나무나 돌을
우상처럼 중히 여기도록 할 일입니다
민중을 즐겁게 하려면
그 마술지팡이에서
끊임없이 듣기 좋은 찬사를 뽑아내야 하고
언제나 강당이 꽉 차게
군중을 모아놓고
물리학 수학 공학 수사학 정치학
전쟁학 심지어 점술과 역학까지
가득 먹여놓을 일입니다
바다만큼 많은 말로다
흠뻑 취하게 만든 다음에
강아지 끈을 당기듯 슬쩍 당기거나
혹은 내팽겨쳐놓으면
성패는 절로 나타나는 법입니다
여보게 나의 메피스토펠레스여
전쟁이 난다고 야단치는 사람들이
벌써

우리의 이권을 앞질러 차지한 것 같은데
이 일을 어쩌나
나리 그건 걱정하지 마십시오
세상이란 아무리 속여도
속는 즉시 다시 살아나는
신묘한 힘을 가졌으니 말입니다.

악의 시, 피눈물의 시

자네
신문기자이면서 시인이었던 자네
한때는 파이프 입에 물고
인환이랑 함께
멋도 부렸던 친구
정부를 비방하거나
독재정권 규탄하면
여보 말조심하우
그러다간 다칠 게유 하며
옆사람 눈치 살피던 소심한 친구
철학적인 논리적인 시를 쓴다고
뒤볼 때처럼 힘을 주며
끙끙거리던 경기도내기
게슈탈트 심리학이니 칸트니
마키아벨리, 폴 발레리, 합리주의니
존재니 풍경이니 허무니 하는 소리 나오는
시 써갖고 우쭐거리던 친구
첨단 모더니즘 한다고 신이 나하던 친구
양로원에 못 갈 형편이면
많은 노인들처럼
지하철 타고 남은 세월 보내지

아들집에는 왜 내려갔나
아내를 잃고 아들네하고 합친 자넨
충청도 그곳서 낭패 나고 말았네
기식한 지 몇달 만에
드디어
며느리가 밥값 내라며
쫓아냈다지 않나
어쩌는 수 없이
싸구려 하숙집에 은거하던 자넨
종내 심장마비로 이승을 떴네
여보 게슈탈트파 시인
내 말 좀 들어보우
덕이 없는 나 역시
언제 무슨 변을 당할는지 알 수 없으나
세상에 시아버지보고
밥값 내라는 며느리도 있다는
이 현실이 심장을 떨리게 한다우
이제는 알았소?
현실을
자본주의 사회 미덕의 극치를
그렇다오

이게 바로 우리 사는 세상이오
며느리가 밥값 내라며
어버이 내쫓는 이 시대가
우리 사는 오늘이구려
자, 이제 깨달았겠지
모더니즘 깨끗이 청산하고
내가 무슨 시를 써야 할 것인가를
쓰시오
저승에서는 악의 시를
아니 피눈물의 시를
거기서는 수영이며 인환이 만나봤는지.

시와 진실

1
어디까지가 진실이냐?
진실을 말했다고 하는 순간에
진실의 정체는 물밑에 가라앉는다
이 고요.

2
벽이 있다, 아무 소리도 들리지 않는 두꺼운 벽이, 비명소리조
차 씻은 듯이 훔쳐버리는 벽이
벽은 허물어졌다 하면 다시 나타난다
죽은 자 벌떡 일어선다.

3
고문기술자 하나쯤 단죄해봐야 웃을 일도 울 일도 없다
인간의 본성은 그가 무엇을 어떻게 먹고 마시느냐에 따라 달라
지는 것 아니던가
원장실에 걸려 있는
커다란 예수 사진을 보고
내 병은 곧 낫는다.

4

소외된 사람이 베푸는 인정에 눈시울 적시는 자가 한 발짝 사
람에 가깝다
좋은 술 마실 때는
이게 소외된 사람들의 피눈물이라 여겨라
밤마다 나타나
미녀들을 훔쳐가는 저 늑대떼.

5

악의 깊이를 안다고 자랑 마라
그대는 그 깊이를 무엇으로 재봤는가
통일 안하겠다는 사람 마음을 아는 이여
이 운명의 모순을 찐득거리는
피로 쓸지어다
한 시대의 수형자들이
시인의 진실과 허영을
천명같이 받들고 나아간다.

오늘은 가고

동쪽에도
서쪽에도 불이 붙었다
백리에 뻗은
이 산맥을 넘으면
잔잔한 이성의 호숫가에
달은 뜨리라
별빛은 아직 지구의 바깥에 놓여 있다
너와 나의 등골을 흐르는
시간의 눈부신 궤적을 따라
매일매일 죽는
작은 입상을 본다
어느새 여름이 가고 가을
이제 겨울이 닥치면
그래도 봄을 기다리며
옛날에 본 그 하늘빛을 그려보겠지
뇌성이 친다
핏줄같이 뒤엉킨 장막을 헤치고
오늘의 기억이 숲처럼 일어선다
소리보다 빨리 달리는 영혼의 귀
어디선가 물고기 한 마리가 날아들어
폭파되는 대로 위에

흰 배를 사정없이 드러냈다.

미간 시편

2005 이후

석류와 시인

석류가
가슴을 활짝 열고
종로 거리에서 시인을 만나다

정지용도 아니고 목월, 도연명도 아닌
새롭게 출발한 여류시인 한 분을

아유 어쩌면 그대는
이다지도 남성답나이까

농부의 얼굴같이 붉은
석류 한 알
그녀의 고운 손에 쥐어지다

시인의 대사는 옳았으므로
세상이 반짝 밝아진 듯 싶었다.

환영의 거리

키가 좀 작고
턱밑에 염소수염 살짝 기른 분은
정지용 선생이고
스포츠형 머리에
도수 높은 검은 테 안경 낀 분은
「천변풍경」의 저자 구보 박태원 선생이시다
또 한 분
회색빛 중절모에 단장 가볍게 짚은
버쩍 마른 저분
「날개」의 이상 선생이지

세 분이
약속이라도 한 듯
광화문통 한 신문사 앞에서 만나
이야기를 나눕니다

이상 ― 몰라보게 변했어요! 서울이
지용 ― 암 변했고말고
　　　　웬 영어 간판은 이리 많아
　　　　마치 외국 온 것 같소그려
구보 ― 어디가 어딘지 분간이 안 가는구료

자동차와 빌딩의 대도시올시다
아하, 이 신문사 건물은 옛 그대로고
이 현관문
옛날에 여기를 숱해 드나들었었지
광교다리 지나 서린동으로 해서
지용 ─ 인왕산은 저기
삼각산은 또 이쪽
보고 싶었다오 서울이
이번에 『시와시학』이
우리를 초청했소
창간 15주년에
그리로 가
젊은 시인들 많이 만나보면 어떨까
다음에 다시 올 때는
편석촌 김기림과
상허 이태준도 함께 끌고 옵시다요

세 사람의 환영이
서서히 황혼의 불빛 속으로 사라지는데
현기증 일으킨
이상을 부축하고

천천히 지용의 뒤를 따르는
구보의 뒷모습이
낡은 흑백사진같이
흐려 보였다.

나무와 말

나무는 서서 기다린다
종일을
그래도 그가 기다리는 이는
오지 않는다

나무가 돌아서서
기침을 하거나
눈시울을 닦을 때가 있다
인제 그도 많이 늙었다

밤이면 자연스럽게
어디론가 사라진다
걷지 못하는 나무가
사라지는 까닭을 알 수 없다

비가 많이 오던 그해 여름에
나무는 관절염으로 고생했다
그럼에도 모른 척 나는 글만 썼으니
생각하면 미안한 일이다

너는 용서해준다

오늘 밖에서
통속작가같이 실컷 떠들고
돌아온 나를

너는 서서 온몸으로 내게 충고한다
그대여
말을 너무 많이 하면
시를 못 쓰게 된다고.

정지용의 서울 나들이

광대무변이라더니
서울이 정말 그렇구먼
내 살던 성북동 골짜기는
어떻게 가면 되우
어디서 어디까지가 서울인지
크고 작은 집에다 자동차 꽉 찼소
종로통에서 고층집 쳐다보고 걷다
비둘기 밟을 뻔했소
처음 대하는 손님같이
가깝고도 먼 한양 서울이라오
풍요가 좋긴 좋아도
왠지 현기증이 날 것 같으이.

파고다공원

헐렁한 파고다공원 문을 들어서면
김동리라든가 황순원이 아니고
이태준이라든지
박태원이라든지
김유정이라든지
채만식이라든지
그런 작가분들을 만날 수 있을 것 같은
느낌이 든다
어쩐지 그러하다

세월이 지나간 자리는
늙은 나무등걸같이 희고
오늘은 투전꾼도
신수 봐주는 사람도 안 보인다
종 치는 사람은
지금 여기에 있지 않다
여기서
만세 부르다
북으로 넘어간 선배 문인들은
어찌 되었나
다 어찌 되었나

빈자리에
봄볕이 스치며
한마디 건넨다
세상살이 어떠신가요
좀 어떤가요

발자국을 본 사람은 어디에도 없다.

화나는 날은 높이 올라가고 싶다

자동차는
삽시간에
곧추선 빌딩의 벽을 기어올라
넓은 옥상에 가 멎었다
조용하다
그 차가
국산찬지
외제찬지
그건 모르겠다
큰일 날 뻔했네요
사람 다치지 않은 게 다행이지
사람들이
아득히 그 빌딩을 쳐다보며 중얼거렸다.

점경(點景)

비 오는 날은
뼈같이 하얗게 씻겨
그 빌딩 모서리에 가만히 섰거라

미사일이
나팔꽃같이

이윤이 적어도
다섯 자 쌓였다
재물은 용광로에서 쏟아진다

굴뚝
촛불을 든 굴뚝
키를 키운 은행나무가 제 할일을 알아차렸다

추석날 열리는 6자회담
테이블 위에
한반도의 소슬바람 한점 놓인다

단풍나무 등걸에
딱 붙어 있는 매미

매미는 그 더운 여름에
마르크스 자본론을 독파했다

저기
정보부 사람이 오고 있다
빨리 화장실에 가 숨어라

쌀은 가볍다
아무리 많이 짊어져도
배급 쌀은 가볍구나.

어디까지 썼나

이번이 마지막
정말이지 마지막

아니 털옷 맡기고
전당포에서
200루블 빌린 도스토예프스키
번화가 도박장으로 걸음 재촉한다
오늘은 대운일 것이다
물고기떼 몰려와 가슴을 치고
별들이 천리나 가까이서
나를 축복하고 있다
짐승은 도박할 줄 모르지
그러니 안심하고 돈 대어도 좋다
도박이 혁명같이
울긋불긋 일어선다
돈 한 자루 따면
이제
원고료 박한
『지하생활자의 수기』 따위 안 써도 되리

그러나 시베리아에서

뭉클한 바람의 힘이 태양을 밀어올렸을 때
그는 다시 빈손이 되었다

흐느적흐느적 어깨 처져
집으로 돌아오는 길
그가 혼잣소리 해본다
그런데 『백치』는 어디까지 썼지?

알 수 없는 시 불행한 시

파란 연기
부재
이백이 살던 시대 아니다
21세기의 부서진 돌
아이는 자라 어른이 되고
어른이 되면 곧 늙는다
미나리의 배추의 철강의 디지털의
자본의 씨
빵껍질과 만나는 수평선은 희다
통사정하는 로봇의 눈물 한방울
탄광지구의 정치범수용소는
사체처리장과 함께 있고
비밀처형장은
십리 떨어진 곳에 있다.
구름을 밀고 나오는 개미와 거미의 달음박질
5만 명이 신음하는
검은 흙의 반쪽 햇빛
새벽 공기는 일체의 무를 두들겨팬다
공화국의 공화국과
다시 그 안의 공화국의 올챙이 반도체
억압과 노동과 굶주림이 곧 암이다

그것은 천형
시는 쾌락인가
자기만족인가
아니면 여행인가
철학도 그만두고
문학평론도 그만두자
개가 짖는다
취미를 갖고는 싸우지 말자
굴뚝에서 연기
죽음의 파란 연기
짐승들 울부짖으며
불의 산맥을 넘는다.

하루의 끝

버스와 정거장의
대출금리의 눅눅한 회전
남산에서 내려다본
빌딩과 작은 집들의
적합하지 않은 대조 위에
저녁 해 벌써 너훌거린다
멀리
지리산 남녘 자락
밀밭에 서 있는 저 허수아비는
한쪽 팔을 든 채로 황혼에 묻혔다
빨치산은
제2능선을 넘어 노고단 방향으로 탈주했는가
바다처럼 검은 산
그 능선 밑에서 옛날에
사흘 굶은 병사 하나가
담배 한 개비 피운 그 자리는
지금도 남아
지전에 묻은
낡은 때를 벗기고 있다
야음을 타 몽고 국경 헤매는
탈북자 가족의 파란 눈

사막이여 밥을 다오
두레박줄은 끊어졌다 이어졌다
천년 간다
영원한 분단은 없다
이순신과 원효대사는
석굴암에서
동해의 일출을 기다리고 있다.

뼈

심호흡하는
뼈의
바로 옆의 참나무의
이마

깜둥이가
총 들고 넘어가는
황토언덕의
잠자리 구멍 뚫린 날개
물을 다오

인민군이 버리고 간
닳아 떨어진 신발 한 짝
그 위에 놓인
어머님의 손

아
그 6월에
새까만 하늘이 흘린
짜디짠 것이 대지를 키웠다
무슨 일이 있었나

뼈가 일어섰다
참나무가
부르르 떨었다

포화에 찢긴 능선에
잠시 멈춰섰던 태양이
구릿빛 팔을 치켜든다.

권정생의 꽃
시인의 죽음을 애도함

소달구지길에
민들레 피었소

자세히 들여다보면
꽃이 작은 궁전이라오

거기에
바람과 기쁨이 왔소

민들레
이것은 시인 권정생의 꽃.

토끼와 고양이

고양이가 토끼보고
너는 만날 풀만 먹고 어떻게 사냐 묻자
잘 씹어먹으면
풀만큼 맛있고 영양가 높은 게 없단다
라고 대답했습니다
토끼가 고양이보고
너의 그 야옹 하는 울음소리
가르쳐줄 수 없느냐 하니
그건 안된다 연습을 많이 해야지
고양이 잘라 말했습니다
고양이는 토끼의 하얀 털이 부러운 듯
그다지도 희고 깨끗한 옷을
어디서 얻어 입었느냐 하니
하느님이 주신 거라고 대답했습니다
고양이는 시큰둥해서 뒤 울안으로 가버렸습니다.

시인은 숨어라

정지용이란 유명한 시인이 있었습니다
이분이 한참 공부를 하고 있을 때
술친구가 찾아오면
벽장 속에 숨었답니다
친구들이 그만 알아차리고
정지용 꽁꽁 숨어라
머리카락 보인다를
외쳐대고 돌아갔다 합니다.

달밤

달이 지붕에
라이트 꺼라
오늘은 나운규, 「아리랑」 찍는 날
은박지 천 리에 깔렸다
귀뚜라미도 울지 않는다
귀뚜라미는 달맞이대회에 갔다
낡은 성벽 위에서
저리도 구슬피
트럼펫 불고 있는 건
김기섭일 것이다
이상은
아까 책 한 권 겨드랑에 끼고
저쪽 길로 갔다
그의 얼굴이 희었다
스틱 짚고 흑백영화 골목길 걸어서

30년대의 달이
새파란 불 켜들고
이깔나무숲을
네굽 놓아 달린다.

추락

회장까지는 아직 멀었으므로
함께 가던 그녀가
지팡이 짚은 나를 부축했다
비 내리고 바람이 분다
그녀의 비로드 같은 부드러움이
나의 팔을 따뜻하게 해줬다
이것은 무엇인가
구십 바라보는 나이에도
저 죽음의 욕망이 남아 있었던가
나는 팔을 그녀에게 내맡겼다
어머니 가슴에, 누이 팔에 안기듯이
나 모르게 쓰러졌다
그녀가 힘주어 나의 가느다란 팔을 겨드랑이에 꼈다
나는 병아리같이
그녀 품에 들었다
꿈이겠거니
그래도
이 조용한 죽음의 이야기는
사과해야 하고
깊이 반성해야 하리라.

강물이 가고 있소

아무것도
생각지 않기로 하고
강가에 나갔소
강물이 흘러가고 있소
강물은 혼자였소
멈춰서 있는 게 아니라
흐르오

허리춤에 핸드폰 꽂은 농부
논두렁 지나가오
비포장길을 승용차 한 대 빠르게 지났소
헬리콥터는
강물을 거슬러 휴전선 쪽으로 갔소
나는 꿈에 쓴 시를 다 지워버리고
이북에 있는 가족 생각을 해보았소

집단농장에서
탄광에서
식량배급소에서
청진에서 회령에서
나진 웅기에서

무거운 걸음 옮기는 그림자들

강물은 무슨 급한 일이 생겼나보오
눈 한번 주는 일 없이
흘러가오
강물이 내게 말했소
너는 아직 너 태어난 집에 돌아 못 가고
여기 남아 있었구나.

지하철은 가고

인생의
낙화유수외
혁명과 지성의
돌
오래 참은 돌

살구꽃 피었습니다
형은 낙동강전투에서 전사하고
아우는 학도병으로 나가 인제에서 행방불명
혹 이북에나 살아 있는지
지하철에서 졸고 있는
갈 곳 없는 노인의 눈시울 떨린다
살구꽃 그늘에서
애들 글 읽는 소리 들려옵니다
고통과 죽음은 혼자다

장미는 타고
정신의 미래
노을 속에 불꽃 튀기니
은행과 증권의 전산망이
지구를 한 바퀴 도는 동안

노란 사색의 각인은
물 위에 떠서 흔들린다
나는 광대가 아니니
더 쓸 것도 없다
넋이 나간 게다
산도 바다도 문문하다
로켓포 그만 쏴라.

창가에 앉은 여자

부모 여읜 여자일까
집에서 쫓겨났을까
아니다 그렇지 않다
7년 동안 사귀던 남자와 헤어졌다
그 사내는 착한 사람이었다
외국으로 떠나가며
시간이 가면
아픔은 멎고
잊게 된다며 여자의 손 잡고
울었다오
지금은 그가 어디서
어떻게 사는지 모르오
3년이 흘러갔소
절반은 잊고 절반은 아직 잊지 못해
울고 있는 것이오
보일까 말까 한 이슬이
여자의 눈가에 맺혀 있소.

하루가 끝날 때

어두워지면
일하고 싶어도 못하지요
어둡기 때문에
풀이 안 보이지요
글자가 안 보이지요
석탄이 안 보이지요
물고기 안 보이지요
과일도 곡식도 안 보이지요
돌과 자갈이 분간 안되지요
해가 지면
일하고파도 못하지요
뒤돌아보며 그 자리 떠나지요
떠나지요
미진한 듯
섭섭한 듯 그 자리 돌아다보지요
세월이 가는 줄 모르게 되지요
한살 두살 더 먹어
늙어가는 줄도 모르게 되지요
일하다보면
시간이 갔는지
그런 것 생각 못한답니다

손을

발을

등을

어깨를

쉬임 없이 움직여가는 게

낙이라면 낙

일이라면 일이외다

남쪽에서도

북쪽에서도

이렇게 일만 하는 사람들은

벌써 세월이 그렇게 많이 흘렀는가

얼굴 한번 들어

가볍게 한숨 쉬며

뿌연 저녁 하늘 쳐다보고들 있습니다.

멜로디

수양산 그늘
3백리
도포에 묻은 낙엽
멀리 간다

서울의 해는
백운대 쪽으로 기울고
빌딩의 그늘에서
지팡이 짚은 시인이 걸어나온다

배는 벌써 떠났는가
항구에는
아이들 노는 소리 들리지 않고
연기가 가득
기다란 건물을 덮었다

친구의 부음은
죽음은 갑자기 오는 것을 알려주고
천둥은 번개 다음에 친다
죽음의 빛깔은 검다
검은 것은 왜 죽음인가

에스컬레이터를 타고 올라오는 저 여자는
50년 전에
스카라극장에서
마르세르 카르네 영화 같이 봤던 여자
참 오래간만이다

다뉴브 강 푸른 물에
무수한 발전소
여기서는 낭만이 기계와 벗하였다
유람선에서
논어를 읽고 있는 노인을 만났다

구름은 오늘도 휴전선 너머로 가는가
흰 구름 덧없이 흘러간다.

성숙의 무게

바람이 한 무더기 지나갔다
양지바른 과수원

툭
과일 하나 떨어진다
묵직하다
땅이 나직이 말했다
여름 내내 수고 많았다
이 무게는
너의 완성

사과는 곧
세잔느의 사과가 되었다.

청춘은 번개처럼

강물은 흘렀고
흘러서 서쪽으로 갔고
번개 치고
낮이 사라졌다
한 여자가
치마 걷어 안고 달리자
진달래동산에서
지난해의 그 사내가
나무에 목매 죽었다
밝아온 대낮
너는 어디 갔다 지금 오냐
옛날은 벌써 온데간데없이 되었다
그런 줄 알았으면
사진이라도 한 장 찍을 것을
그렇지만 그런 틈인들
어디 있었냐
강물은 흘러 서쪽으로 갔고
노을만 혼자 불탔다.

밤나무와 노인

노인이 우리 집 담장 밑에
밤나무 묘목을 심어줄 때
우리는 웃었습니다
저렇게 작은 나무에
언제 밤이 달릴 거냐고

따뜻한 봄날
밤나무 세 그루를 심어준
노인은 그해 겨울 폐렴을 앓아
세상을 떴습니다

한 해가 가고 두 해가 가고 세 해째
세 개의 나무 중 하나는 죽고
두 개는 보기 좋게 자랐습니다

네 해째 가을
두 나무에는 밤이 보기 좋게 많이 달렸습니다
어머니는 올 추석에
토실토실한 이 밤을 따 차례상에 올렸어요

가끔 우리 집에 와

라면이나 빵을 얻어드시던
혼자 사는 동네 그 노인

송이가 무거운 듯
늘어진 나뭇가지를 올려다보며
주름살 많은 그 할아버지 얼굴을 그려보았습니다
그게 언제 커서 밤을 따느냐며
웃었던 나 자신을 부끄럽게 여겼습니다
노인이 만일 살으셔서
이 탐스런 나무를 본다면
얼마나 대견해하실까요.

걸어다니는 이순신

오래도록
한곳에 서 있은 장군은
걷고 싶다

세종로
이순신 동상이
바퀴 달린 거대한 철판을 타고
서울역 쪽으로 나아가는 모습은
장엄하고 아름답다
마치 온 서울이 함께 걸어나가는 것만 같다

수군은 아직
거북선을
바다에 띄우지 않고 있다.

노을 속으로

이제 와서
시경을 읽으면
내 병은 낫게 될까
숨이 차고
두 다리 휘청거리는 병
병원 안 가고 고쳐질까

고쳐질까
괴로운 꿈에 시달리는
정신의 병도
기다란 둑길 걸어 거기 이르면
임은 나를 알아볼까
처참한 얼굴
알아봐줄까

시경을 읽고
버스 타고 한강을 건너면
동으로 서로 혹은 북으로
물결쳐 흐르는 젊은이들의 함성이 있고
높이 솟은 빌딩의 거리에 서면
비행기 태워졌을 때같이

귀는 어두워지고 생각하던 것들은
어느새 세탁기 속에 들어가 씻겨버리니
유쾌한 일이다

3천년 전 사람들이
속삭이는 예의 바른 말들이
네모반듯한 규격을 갖추고
대륙의 하늘에서
뿌연 모래바람 타고 날아오는구나

아이야
내게 지팡이를 다오
빨리빨리 걷는 연습을 하여
해 지기 전
붉게 타는 저 노을 속으로
들어가보도록 하자.

유년

저기
저게 북두칠성이다

그리고
누님은 아무 말이 없었다.

기차는 지나가고

벙어리가 됐다더라
준식이
기차는 휙 지나가고

6년 동안 쫓아다니던
그 아가씨
여자 집에서
어느 부잣집에 줘버렸대 딸을

준식이
울고불고 굉장했어
그런데 요즘 와서
벙어리가 돼버렸다오

넋이 확 빠진 게지
넋이 아니 목숨이

하지만 그 녀석
그런 거 두어 번 더 겪어봐야 할 거요
그래서 이번에는
장님이 되든지 귀머거리가 되든지 말유

세상이란 게
다 겪고 나서야 비로소 졸업인 걸
어찌하겠소
가엾은 준식이

그가 더듬거리며
내게 꼭 한마디 했다오
장래 대통령선거에나 한번
출마해볼까 한다고.

시법(詩法)

그러면 그렇지
있어 있다고
분명 시가 있다고

그가 이제야말로
시다운 시 쓴다며
문을 꽁꽁 닫고 들어앉은 지
나흘 만에
어디 붙들려가 실컷 매 맞고 나온 사람같이
홀쭉해진 얼굴로
제가 만들었다는 비빔밥 한 그릇 들고 나와
푹푹 퍼먹는 것이었다

길고 짧은 것
다섯 편 써서 다섯 편 다
휴지통에 쑤셔넣고 말이다.

빈 모퉁이

달이 뜬다
해 떨어지고
빈 모퉁이

누가 와서 사람을 찾았다
천둥이 치고
빈 모퉁이

무슨 물건 놓지도 말고
세워두거나 걸어두지도 말고
비워둔다

휑하니 비운
방구석 직각 모퉁이
곧다

거기 생각에 주린 사람 하나
앉아 있다 부처같이.

뼈의 집

하얀 뼈
회전하는 뭉게구름
흐르는 하수구
영혼
흰 굴뚝

허위에 가득 찬 나의 과거는
내가 쌓은 업이다

3백년 전에
활을 어깨에 메고
성을 쌓던 조상들의
순한 수염
까만 눈

돌의 무상
바람에 씻기는 추억
그리고 절망
돌에 파인 구멍
빈곤

언제든
병원 응급실에서 만닐 수 있을 게다
그 상봉
엑스레이 사진의 완만한 구릉
척추 또는 가슴

부유하는 환상의 하루
잿가루의 점
신호기
그것은 걸으면서 운다

터널을 걸어나오는
한 사내
그 미래, 가느다란

하얀 뼈
마스트
지워지는
낙타 발자국.

비석도 없이 산에는

비석도 없이
산에는
개암
떨어지는 소리

개인 날은
가느다란 손으로
나뭇가지도 주워보세요
당신은 부지런한 분이시니

광풍이 몰아치는
세월을
집을 나간 자식에게
모든 것 바치고 살으신 당신

이제 옛날은 가고
마른 숲에
작은 짐승 같은
햇살이 뒹굴다 갑니다.

길

선생님이 안 써주시면
오갈 데가 없습니다
책을 팔아
부산까지 여비 만들어가지고 왔어요

그래도 너는 안돼
첫째 키가 작고
둘째 목이 짧고
다리가 안짱다리니 배우 자격이 없다

부산 조선키네마 사장 윤백남이
서울 중동학교 학생 나운규를 접견하고
퇴짜를 놓았다
80년 전 옛날이야기다

면접실에서 쫓겨난 나운규는
해가 졌는데도 현관 밖에 쭈그리고 앉았다가
마침 퇴근하는 사장 앞에 엎드려 빌었다
살려주십시오 선생님

열성에 감동한 사장이

그를 임시고용 연기자 겸 급사로 써줬다
「아리랑」의 나운규 생애는
이렇게 시작되었다

50년대 폐허의 명동거리에서
『대도전』의 작가 윤백남 옹이 말했다
그때는 내가 자칫 사람을 죽일 뻔했지
그를 살렸으니 내가 아직 이렇게 살아 있지

백발에 미남형의 작달만한 선생은 계속했다
이 윤백남을 천 명 묶어 세워본들
나운규의 능력을 어찌 당해내리까
한 불덩어리 예술가의 생애를 조용히 회고하는 거였다.

울어보자

정 못 견딜 때는
울자
창피할 것 없다

천상병이
박봉우, 빈 하늘 쳐다보고 울었다

해방 후
이북으로 넘어간
임화
오장환이도 하늘 쳐다보며 울었다더라

이백년 전
지팡이 끌고
함경북도 길주 명천까지 들어간
김병연이
백두산
금강산
동해바다 바라다보며 울었다

정 못 견딜 때는

우리도 울어보자
야심을랑 꺾고 울자.

탕아, 돌아오라

달아나본들
어디까지
달아나본들

사막에 이르러
무기 실은 낙타 따라
정처없이 걸을 테지
팔레스타인이냐 이라크냐
아니면 카이로, 봄베이 근처냐

16개 나라의 말을 배웠다지
밖에 나가 바라보는
너의 나라는 어떻더냐

발바닥을 찌르는 가시같이
고통과 쾌락이
번갈아 가슴을 파고들 때
생각하여라
사람은 혼자는 죽어도
혼자는 살지 못한다고

인제 돌아오너라
나갈 때는 달려나가도
돌아올 때는
다리 쩔룩이며 돌아온다

저렇게 설레이는 바다는
공연히 출렁이는 것이 아니다
협동과 희생과 반복을 지어내느라고
신음하는 거다

네 어버이 묻힌 땅이
조국이니라
남북으로 갈라진 땅이
그 북과 남이
바로 조국이니라.

편지

이북에서 편지가 온다면
받아볼 수 있을 텐데

아직
살아 있으니

누님은 편지 못 쓴다
쓰지 못하게 하는 거다

나 또한 편지 써도 부칠 데가 없다
이북에도 이남에도 가지 못하는 하늘 아래의 편지들.

경고

노인은 곧
어린아이가 된다
떼쓰고 잘 넘어지는

숨이 차 꼼짝 못하다가
복도로 나가려다 현관에서 쓰러졌다

꽝
이마를 벽돌바닥에 찧었다
눈썹에서 출혈,
바른쪽 눈 보이지 않는다
깜깜하다

의사가 말했다
눈에는 상처가 없는데 실명이니
그 원인을 모르겠다고
안타까운 의사다

휴업중이라 했는데도
청탁서는 온다
한쪽 눈 앗아가며

그 누군가 단단히 경고하는가보다
그 돼먹지 못한 시 이제 그만 쓰라고

인정사정없는 경고다.

장엄한 분단서사(分斷敍事)와 회복의 시정신
─김규동 시인의 시세계

이동순

1. 프롤로그

김규동(金奎東, 1925~) 시인은 함북 종성(鐘城) 출생으로, 1948년 『예술조선(藝術朝鮮)』지에 시 「강」을 발표하면서 문단활동을 시작하였다. 시인의 회고에 따르면 어수선하던 해방정국 시절, 서울에서 활동하던 편석촌(片石村) 김기림(金起林, 1908~?) 시인의 근황이 궁금해서 서울로 내려왔다가 그길로 다시는 고향에 돌아가지 못하게 되었다고 한다. 1930년대의 대표적인 모더니스트 김기림은 김규동의 경성고보 시절 은사이기도 하다. 김기림은 일제 말 함북 경성에서 영어를 가르치던 멋쟁이 시인 교사였다.

이 무렵부터 김규동은 스승 김기림의 시인적 풍모와 사상성에 심취하여 그를 흠모하고 깊이 흡수하는 돈독한 관계가 되었다. 하지만 서울에서 만난 김기림은 그후 북으로 납치되어 떠나갔고, 스승이 없는 서울에서 김규동은 지난날 스승의 가르침과 추억을 되새기며 모더니즘적 창작방법론을 선호하는 한 사람의 독자적 청년시인으로 살아가게 되었다. 전쟁은 모든 것을 강제로 중단시키고 파괴했으며, 원대한 포부마저 해체시켜버렸다.

1950년대 한국전쟁 이후 문단의 분위기는 반공이념의 강화와 더불어 경색된 냉전시대 문단의 전형성을 고스란히 드러내고 있있다. 이러한 여건 속에서 김규동은 1951년 피난지 수도 부산에서 박인환(朴寅煥, 1926~56), 조향(趙鄕, 1917~85), 김경린(金璟麟, 1918~2006), 이봉래(李奉來, 1926~98), 김차영(金次榮, 1923~94) 등과 더불어 〈후반기(後半期)〉 동인을 결성하여 1930년대 모더니즘이 거두었던 성과를 계승하고 문제점을 극복해가려는 활동을 펼쳤다.[1] 김규동은 시 「불안한 속도」를 발표하면서 과거 1930년대 모더니스트들이 그러했던 것처럼 낡은 과거와의 결별을 선언하며 새로운 스타일을 창조하려는 시도를 전개하였다.

'후반기' 동인들의 비평적 관점은 낡은 인식에 기초를 둔 서정시에 대한 배척이었고, 청록파(青鹿派) 시인들의 창작스타일이야말로 그 표본이었다. 그들은 연약하고 허전한 서정성과는 과감하게 결별하고, 불안한 도시문명과 인간존재에 대한 즉물적 탐구에 중심목표를 두었다. 말하자면 전쟁으로 모든 것이 파괴된 황폐한

---

1) 부산 피난 시절, 문인들은 주로 다방에 집결했다. 피난 직후엔 밀다원(蜜茶苑)에서 모이다가 곧 춘추(春秋), 녹원(綠園), 청구(青丘) 등으로 분산되었다고 한다. 〈후반기〉 동인도 이런 다방에서 결성된 것으로 보인다. "금강엔 조연현, 황순원, 오영수, 김동리, 곽종원, 허윤석, 박용구, 김말봉, 손소희, 이종환을 비롯한 많은 사람이 드나들었고, 춘추, 녹원, 청구에는 김광주, 임긍재, 박인환, 김규동, 김송, 김종문, 박연희, 조영암, 전봉래를 비롯한 이 주변 사람들이 모여들었다."(이봉구 「피난부산문단」, 『해방문학 20년』, 정원사 1947, 108면)

여건 속에서 현대문명이 지니는 메커니즘과 그 음영에 대한 시적 언술 및 표현을 탐구하는 것이 그들의 주요 목적이었다. 그러나 그들의 노력은 어디까지나 모색과 실험이란 기치와 명분으로 이루어졌으므로 관념적 추구에 머물러버렸다는 비판을 모면하지 못하였다.[2] 당시 '후반기' 동인들의 이러한 활동은 모더니즘적 가치관과 방법론을 신봉하는 청년기그룹 시인들이 보인 실험정신과 그 구현의 전형적인 모습이었다 할 것이다.

이후 김규동은 언론계, 출판계에서 일하며 생계를 꾸려갔고, 힘들고 열악한 환경 속에서도 좋은 문학을 이룩하겠다는 시인적 꿈과 열망을 잃지 않았다. 하지만 문단의 돌아가는 정황이란 점점 순수한 꿈과 열망에 상처와 좌절을 주는 일들의 반복이어서 김규동 시인은 1962년경부터 약 10년가량 절필을 한다.

1970년대로 접어들며 한국사회는 이른바 산업화의 혼란과 소용돌이에 휘말려 심각한 내홍을 겪게 된다. 그러한 혼돈의 표본적 사례들이 바로 인권유린, 계층간의 불평등, 빈부격차의 심화, 정치적 비리와 부조리의 횡행 따위였다. 말하자면 한 지식인이 온전한 자기양심을 지키며 살아가기란 참으로 힘든 정황이 되고 만 것이다. 그리하여 김규동 시인은 과거 자신의 은사 김기림이 그러했던 것처럼 종래 자신이 추구해오던 가치관과 방법론을 과감하게 변화시켜 대사회적 관점과 해석론적 입장을 중시하기 시작

---

2) '후반기' 동인의 활동과 성과에 대하여 가장 비판적인 견해를 보인 경우는 고은 시인이다. 그는 『1950년대』(고은전집 10, 청하 1989, 165면)에서 혹독한 비판으로 일관한다. 한형구도 '생경한 언어유희의 차원' 혹은 '감상적 휴머니즘' 따위로 고은과 유사한 비판적 견해를 나타낸다.(「1950년대의 한국시」, 『1950년대 문학연구』, 예하 1991, 91면)

한다. 정치적 부조리를 격렬하게 비판하고 사회정의와 민주주의를 실현하려는 운동의 대열에 과감하게 참여하는 활동이 바로 그것이었다. 김기림 시인도 1930년대의 모더니즘운동을 선도한 한 시대의 기린아였으나 해방정국의 혼란을 맞이한 뒤로 종래의 안일한 모더니즘 추구에서 벗어나 과감한 현실참여로 돌아섰던 것이 아닌가. 시집 『새노래』(1948)의 경우가 바로 그러한 소산이다. 한 시인에게 있어서 이러한 자기갱신, 혹은 자기극복의 변화는 참으로 놀라운 모습이라 하겠다.[3]

　　김규동 시인 또한 온건하고 평범한 모더니스트에서 사회적 인식을 결합한 모더니즘으로 방법론적 변화를 이루어나갔다. 김규동 시인은 최근까지 도합 9권의 시집을 펴내었다. 그 목록은 다음과 같다.

　　『나비와 광장』(1955)
　　『현대의 신화』(1958)
　　『죽음 속의 영웅』(1977)
　　『깨끗한 희망』(선집, 1985)
　　『하나의 세상』(선집, 1987)
　　『오늘밤 기러기떼는』(1989)
　　『생명의 노래』(1991)
　　『길은 멀어도』(선집, 1991)
　　『느릅나무에게』(2005)

---

3) 이동순 「'흰 나비' 이미지와 모더니즘의 자기부정 ─김규동론」, 『시정신을 찾아서』, 영남대출판부 1998, 104~113면.

아홉 권이란 분량은 시력 60년이 넘는 시인으로서는 비교적 과작(寡作)이라 하겠다. 하지만 여기에는 시인의 고결함이 반영되어 있다. 이는 김규동 시인이 창작에 임하는 철저한 자세, 즉 제대로 발효와 숙성의 과정을 거친 작품이 아니면 결코 발표하지 않는 완벽주의의 결과이다. 1950년대에 발간한 두 권의 시집에는 '후반기' 동인으로 참가하던 시절의 창작스타일이 잘 나타나 있으며, 1960년대의 공백을 거쳐 1970년대 이후의 시집들은 주로 시인의 사회적 인식과 가치관이 반영된 작품들로 엮여 있다. 하지만 김규동 시인은 모더니즘적 창작방법론을 포기한 것이 아니라 시인의 사회적 인식과 결합하여 한층 발전되고 정제된 창작스타일로 승화시켜나간 것이라 하겠다.

2. '죽음'이라는 이름의 분단

김규동 시인이 해방기 북의 고향을 떠나 서울로 내려왔을 때는 일정한 시기에 다시 집으로 돌아갈 생각을 했을 것이다. 왜냐하면 함경도의 고향집에는 홀어머니와 두 명의 누나, 남동생 등 가족들이 살고 있었기 때문이다. 그러나 시인은 그로부터 두번 다시 고향에 돌아가지 못하였다. 분단이라는 엄청난 장벽이 가로막혀 오도가도 못하는 실향민의 처지가 되고 만 것이다. 한국전쟁과 피난생활을 겪으며 항상 고향에 두고 온 그리운 가족들을 생각하는 시인은 오로지 이산을 강제하고 가족들과 만날 수 없게 하는 분단에 대한 극도의 증오심으로 가득하였다. 이것은 결과적으로 시인의 시에서 근대물질문명의 메커니즘과 그를 둘러싼 시대적 불안감이 죽음의식과 관련지어 나타나도록 이끌었고, 그러한 우울함과 불투명성은 대체로 검은 빛깔의 색채감각으로 나타났다.

　검은색은 모든 것의 시작인 원초적 생성을 의미하기도 하지만 불길함, 완전한 나락으로 떨어지는 실패와 좌절, 분해와 해체를 의미하기도 한다. 그리하여 검은색은 죽음의 빛깔 그 자체이다. 외형상 보라색과 유사한 의미를 내포하고 있지만 한편으로는 대상에 대한 죄책감이 근저에 깔려 있으며, 자신의 능력에서 벗어난 외부사태를 도저히 감당하지 못하는 비극적 수동성을 나타내기도 한다. 이와 더불어 검은색은 생명력이나 재생가능성에 대한 회의와 우울성을 상징하는 색이기도 하다. 아메리카인디언들의 삶에서 검은색은 밤의 색채로서 죽은 자에 대한 위로를 상징하는 빛깔이며, 기독교에서는 지옥, 혹은 악마의 세계를 지칭하는 상징으로 온갖 나쁘고 불길한 것의 총칭이다. 불교에서는 인연에 의한 속박을 가리키는 색채로 인식되기도 한다.

　시집 『나비와 광장』의 서두는 우선 방황심리로 전개된다.

　　애수에 젖어
　　소리에 젖어
　　오늘도 나는 이 거리에서
　　도대체 어디로 가는 것인가
　　　　　　　　　　　　—「하늘과 태양만이 남아 있는 도시」 부분

비교적 장형화(長形化) 모델의 기획으로 전개되는 이 작품에는 실향민으로서의 고적함과 상실감이 농도 짙게 반영되어 있다. 살아가는 시간이 안정성을 잃은 '몽유병자'와 다를 바 없다는 시적 언술도 등장한다. "까마귀와 같은/환상의 행렬을 따라/검은 층계를 올라가면", "장송곡"(「화하(花河)의 밤」) 등의 표현도 마찬가지다. 첫시집에서 이와 유사한 사례를 찾아보는 일이란 그리 어렵지 않다. "검은 운하"(「기도」), "세기의 종말 위에/검은 화환을 뿌리며", "오! 화려한 그림자여/검은 날개여."(「검은 날개」), "검은 육체와/죽음의 폭풍 속에서"(「밤의 계제(階梯)에서」), "해저와 같이 검은 공간에서"(「장송의 노래」), "검은 포신"(「포대가 있는 풍경」), "검은 공간을 기웃거리는/1953년의 검은 얼굴들"(「눈 내리는 밤의 시」), "너의 검은 유선(流線)의 머리 위에"(「날지 못하는 새」), "열에 들뜬 검은 기계와 탄도"(「참으로 난해한 시」, "회색건물의 층계를 기어오르는/까만 그림자"(「전쟁은 출렁이는 해협처럼」), "검은 음악", "검은 의상의 여인들", "폐허의 사막으로 가는/바람 속엔 검은 나비가 난다"(「항공기는 육지를 떠나고」) 등이 그러한 본보기이다.

이러한 시의식은 두번째 시집 『현대의 신화』에서도 동일한 양상으로 펼쳐진다. 그것은 「비(碑)」의 경우 "검은 밤이 너의 가슴에/절망과 비애를 흘리고 갈 때"로 그려지고, 「위기를 담은 전차」에서는 '밤의 얼굴'로 나타난다. 이러한 또다른 사례로는 "까맣게 내려다보이는 작은 조감도", "몽롱한 암흑"(「거리에서 흘러오는 숨소리는」), "검은 가로수와 초연 냄새"(「밤의 신화」), "인간의 가슴에 검은 문장을 찍어놓은 손"(「풍경으로 대신하는 진단서」), "사형수의 가슴에 새겨진 검은 문자"(「세 사람의 사형수」), "검은 구름과 선혈의 강"(「그 소리는」) 등이 있다.

세번째 시집 『죽음 속의 영웅』에 다다라 검은색의 우울한 색조는 현저히 엷어진다. 흑색에 대한 직접적 언술도 발견하기 어렵다. 기껏 "검은 산비탈에서/주저없이 꿩이 울었다"(「흐르는 생명」),

"죽음이 딛고 가는 소리도 들리지 않는/검은 암석 밑"(「죽음 속의 영웅」), "노한 바다 검은 구름이 지나듯"(「운명」), "기류처럼 흘러드는 검은 물리", "싸늘한 수면에 어리는/시꺼먼 물체"(「서글픈 무기」) 등의 문맥들만 겨우 확인할 수 있을 뿐이다. 이후 시집들에서는 놀랍게도 검은색과 관련된 색채상징이 전혀 나타나지 않는다. 그것은 시인의 다부진 자기정착을 통한 허무주의와 패배주의의 극복, 혹은 놀라운 자기극복의 성취와 어떤 관련이 있지 않을까 추정된다.

김규동 시인의 초기시에서 이렇듯 검은색에 대한 선호가 특별하게 나타나는 것은 실향민으로서의 고립감, 가족관계에 대한 타율적 절연의 심정, 사회불안, 이로 인한 미래의 불안정성 따위가 혼합된 총체적 심리반영에 다름아니다. 단적으로 말하자면 검은색은 분단시대의 반인간적, 반역사적 특성을 상징적으로 그려낸 비유적 표현이었던 것이다.

3. "나비"-분단의 한을 풀어주는 시적 상징

김규동 시인에게 가장 절실한 것은 모더니즘도 아니고, '후반기' 동인도 아니었다. 또한 언론과 출판활동도 아니었다. 다만 가슴속 한편에 품은 고향집에 두고 온 가족들에 대한 그리움, 다시는 만날 수 없다는 절박한 심정 바로 그것이었다. 이것을 달리 가까운 그 누구에겐들 털어놓고 말할 수 있었으리. 분단의 세월이 경과하면 할수록 가슴속에 쌓여가는 깊은 한을 풀어내고 해소하는 일이 과연 그 무엇으로 가능했겠는가. 오로지 시의 방법으로,

상상력을 근본으로 삼는 창작의 몰입과정을 통해서 삶의 평정을 바로잡고 기우뚱거리는 중심을 세워갈 수 있었을 것이다. 가장 애타는 갈망을 충족하기 위해서 인간은 상상력의 기능을 발동하고, 상상세계를 통해서 성취 불가능한 것을 가능한 것으로 만들어간다. 사랑과 이별, 물질과 욕망과 관련된 인간의 삶에서 나비 상징은 특히 그러한 방식으로 운용되었다.

일반적으로 나비 상징은 부귀, 아름다움, 행운, 행복 등과 관련되는 것으로 해석된다. 기독교에서는 부활, 혹은 새 생명을 얻는 구원의 상징으로 활용되기도 한다. 불가에서는 자아의 완성, 진정한 아름다움, 불타의 존재성으로 인식하며 무속에서는 영혼의 메씬저, 혹은 죽은 사람의 영혼으로 인식한다. 나비는 대체로 그 존재의 연약함으로 인해 무상한 것, 덧없는 것, 순수성 따위를 지칭한다.

김규동은 이러한 시적 인식을 바탕으로 나비 이미지를 설정하여 자주 자신의 시에서 떠올린다. 첫시집 제목이 『나비와 광장』인 것도 고보 시절부터의 스승 김기림의 시집 『바다와 나비』로부터 받은 영향이 워낙 크고 강렬했기 때문일 것이다. 이에 대하여 필자는 지난날 김규동 시선집 『길은 멀어도』(미래사 1991)의 해설에서 다음과 같이 정리한 바가 있다.

작품의 어투나 전반적인 분위기가 김기림의 시 「바다와 나비」「공동묘지」 등과 정지용의 시 「유리창」에서 풍기는 문맥의 서술성을 방불케 하는 바가 있다. 즉 "굽어본다" "이즈러진 날개를 파닥거린다"와 같은 대목이 그것이다. 그러나 이 시는 김기림의 「바다와 나비」보다는 한층 더 진전된 세계를 보여준다.

김기림의 "나비"는 바다를 청무밭으로 잘못 생각해서 내려갔다가 다시 되돌아오는 착각 속에서의 패배의식을 나타내고 있지만, 김규동의 "나비"는 활주로 위의 피곤함 속에서도 지치지 않고 끝끝내 대결의 자세를 포기하지 않는 것이다.[4]

이렇듯 김규동 시인은 자신의 시세계에서 항시 가슴을 짓누르는 실향민으로서의 단절감, 고립감 따위를 나비 상징의 구사와 활용을 통해 해소하고 충족시켜나간다. 김규동의 시에 등장하는 나비 이미지는 "영적인 힘의 떠오르기"라 할 수 있다.[5] 여기서 "떠오르기"란 인간의 조건을 더욱 높은 수준으로 승화시키려는 욕망에서 비롯된다. 나비가 보여주는 날갯짓은 그 자체가 하나의 초월적인 행동으로 인식된다. 또한 그것은 인간을 구속하는 온갖 외부사슬에서 벗어날 수 있는 하나의 방법이기도 하다. 나비는 무중력 속에서도 비상의 꿈을 언제나 잃지 않고 있다. 이러한 관점에서 김규동 시인이 구사하는 나비 이미지는 하나의 아름다운 상승(ascention)의 의미이다. 때로는 높은 곳에서 들려오는 말씀의 형상이기도 하고, 보금자리와 내부의 상징이기도 하며, 때로는 희생적 존재와 시간의 형상으로 설정되기도 한다.

첫시집 『나비와 광장』에서 나비 이미지가 등장하는 작품들은 「나비와 광장」을 비롯하여 「전쟁과 나비」 「날지 못하는 새」 「전쟁은 출렁이는 해협처럼」 「항공기는 육지를 떠나고」 등이다. 「전쟁과 나비」에서는 결말부를 통해 연약한 상징적 존재로서의 나비와 그 초월성을 다루고 있다.

---

4) 이동순 「흰 나비와 자기부정의 시학」, 『길은 멀어도』, 미래사 1991 참조.
5) 이동순, 앞의 책 107면.

새하얀 광선을 쓰며
전쟁의 언덕을 올라오는
어린 나비들은
믿기 어려운 네온사인의 영상(影像) 속에
마그네슘처럼 투명한 아침을 폭발시키는 것이다.
　　　　　　　　　　　　　　　—「전쟁과 나비」 부분

이 시에 나타나는 이미지의 구사는 햇살의 시적 표현으로 읽힌다. 평범한 햇살의 표현에서 나비 이미지는 현실의 답답한 분위기를 폭파시키는 전투요원 같은 형상으로 독특하게 재현된다. 나비가 전쟁, 우울함, 공포 따위로부터 벗어나게 하는 촉매장치나 도구로서의 역할을 담당하는 것이다.

반면 「나비와 광장」에서 나비는 비극적 현실을 응시하는 신적인 존재성으로 떠오르기도 한다.

현기증 나는 활주로의
최후의 절정에서 흰나비는
돌진의 방향을 잊어버리고
피 묻은 육체의 파편들을 굽어본다
　　　　　　　　　　　　　　　—「나비와 광장」 부분

이 작품은 한국전쟁을 겪으면서도 진정한 전쟁시 한편을 제대로 생산해내지 못한 1950년대 한국문학사의 척박한 환경에서 전쟁과 나비의 극명한 대조를 통해 전쟁의 비극성을 환기하는 데 성공한 전형적이고 모범적인 전쟁시로 새롭게 재조명되어야 한다.

이와 비슷한 이미지로「날지 못하는 새」에 등장하는 나비는 어둡고 우울한 현장성의 분위기를 강화시키고 있다. "너의 검은 유선(流線)의 머리 위에 날아와 앉는 나비들의 속삭임"이란 대목이 바로 그것이다. 이러한 표현기법은「전쟁은 출렁이는 해협처럼」에 등장하는 나비 이미지의 경우도 마찬가지다. "나비는/상장(喪章)처럼 휘날리며 오고"에 나타난 나비는 죽음의 불길한 소식을 전달하는 전령사이다.「항공기는 육지를 떠나고」에서도 "폐허의 사막으로 가는/바람 속엔 검은 나비가 난다"와 같이 나비 이미지는 불안과 우울한 기류를 강화시키는 도구적 기능을 수행하고 있다.

이후 약 20여년 동안 김규동의 시에서는 나비 이미지가 등장하지 않았다. 그러다가 세번째 시집『죽음 속의 영웅』이 출간된 1977년경에 이르러 나비 이미지는「어둠을 앓는 병」을 통해 다시 비상의 흔적을 나타내 보인다. "스산한 밤물결이/고독의 빈 구석에 스밀 때/일월은 화조 노니는/내 지난 시절의 병풍 뒤에/흰나비의 그림자를 떨구었다"란 대목이 바로 그것인바, 여기서는 밝고 긍정적인 광명의 상징성을 함축하고 있다.

「어떤 사기술」은 초현실주의란 이름으로 위장된 저질의 시작품에 대한 통렬한 비판을 담고 있는데, 여기에서 나비 이미지는 "맛대가리 없는 무 같은 그림이나/나비 같은 고운 시는 해될 것은 없지만"처럼 정직한 직유로서 연약성과 관련된 단순한 의미 전달로 일관하고 있다. 또한「시의 천국」에서는 고독, 혹은 절망과 대결하는 구원과 희망의 상징으로 구사된다. "눈물이여/내 시의 천국엔 흰나비 한 마리"란 종결부에서 그러한 여운을 느끼게 한다.

이후 나비 이미지는 다시 잠잠하다가 1991년 일곱번째 시집 『생명의 노래』에 이르러 새롭게 비상한다. 「나비들의 전설」에서는 일체의 관념성이 완벽하게 정제된 상태로 고향에 대한 실향민의 투명하고 선연한 갈망이 담담하게 전개된다.

> 두 마리 나비가
> 너훌너훌 날아갑니다
> 한 마리는 남에서 백두산 향해 날고
> 다른 한 마리는 북에서
> 한라산으로 날고 있습니다
>
> ─「나비들의 전설」부분

이 시에서 나비 이미지는 실향민의 원초적 갈망을 실현하는 시적 자아로서 훌륭한 시적 성취를 거두고 있다. 비록 연약한 나비의 날개이지만 그 앞에서 분단의 장벽, 휴전선, 비무장지대, 지뢰매설지역, 철조망, 차단기, 통제소 따위는 무력하기 짝이 없다. 오로지 아름답고 화려한 남북강산의 감격만이 그들 앞에 펼쳐질 뿐이다. 이 얼마나 장엄한 시적 성취인가.

4. 위기의 삶을 버티게 해준 시적 화두로서의 '어머니'

「나비들의 전설」에 나타나는 시적 장엄성이 본격적으로 성취되고 있는 김규동의 시작품들은 대개 어머니를 다룬 노작(勞作)들이다. 더불어 그것은 김규동 시세계의 발단에서 절정까지 그 모든 추구의 절대적 경지에 도달해 있다. 우선 그 전반적 경과부터 살펴보기로 하자.

김규동 시인의 전체 작품 중에서 어머니 테마 시는 약 10%에 다다를 정도로 양적으로도 다수의 비중을 차지한다. 뿐만 아니라 북에 두고 온 이미니를 연싱케 하는 절질한 그리움의 징서가 작품의 창작과정에 반영된 경우까지 보탠다면 훨씬 많은 분량이 될 것이다. 이를 통해 보더라도 김규동 시인이 그의 시적 출발에서부터 최근에 이르기까지 어머니 표상을 시작품의 가장 절대적 가치로 삼았다는 사실을 미루어 짐작할 수 있다. 굳이 헤르만 헤쎄의 걸작 『데미안(Demian)』을 사례로 들지 않더라도 어머니는 우리 모두의 존재의 근원이자 시발점인 것이다.

'나'라는 자아의 출생은 어머니의 신체와 정신의 일부를 크게 희생시키면서 비로소 가능하다. 그러므로 모든 자녀들은 삶의 가장 고통스러운 절정에서 어머니란 존재를 떠올림으로써 현실의 고통을 너끈히 이겨나가는 힘과 의지를 얻는다. 프로이트는 어머니란 존재를 자녀들의 심신을 의탁하며 쉬도록 하는 편안한 주택이자 휴식처에 비견하였으며, 랑구랄은 천칭(天秤)의 한쪽 편에 세계를 온통 실어놓고, 다른 편에 어머니를 싣는다면 아마도 세계의 편이 훨씬 가벼울 것이라고 하였다. 그만큼 어머니란 존재가 숭고하고 막중한 가치를 지님을 강조한 표현이라 하겠다. 수필가였던 청천(聽川) 김진섭(金晉燮, 1903~?)도 그의 유명한 「모송론(母頌論)」에서 어머니는 자식에게 영양제공자이고, 생명의 부여자이며, 괴롭고 힘든 시간을 겪는 자녀들에게 가장 적절한 피난처이자, 기쁨을 함께 나누는 동감자라 설파하였다.

무릇 어머니의 마음은 이렇듯 그 아들과 항시 함께하거늘, 김규동 시인의 어머니는 차디찬 북녘 함경도 땅에서 보고 싶은 남쪽의 아들을 몽매간에도 그리워하다 종생(終生)을 하셨으리라. 어머니의 자식 사랑과 염려하는 마음은 시공과 생사를 초월할 것이니, 그리하여 남녘의 시인 아들은 북녘 어머니의 자식 사랑을 바람결에 느끼며 모정에 대한 절절히 사무치는 그리움을 그때마다 시로 쏟아내었을 것이다.

먼저 첫시집 『나비와 광장』에 수록된 어머니 테마 시작품을 살펴보자. 「포대가 있는 풍경」은 고국의 어머니에게 편지를 쓰는 이국병사의 모습을 통해 모정에 대한 그리움을 표현하고 있으며, 「열차를 기다려서」에서는 어머니와 헤어진 다섯 해 동안 가슴속에 쌓인 그리움이 드러난다. 시인은 "육십오세의 흰머리 날리시며/어머니/돌아가시면 안됩니다"라며 간절하게 말한다. 「조국」에서는 어머니의 나라, 즉 모국의 이미지를 통하여 모성과 조국이 구별되지 않는 하나란 사실을 강조하고 있다.

「고향」에는 어머니란 시어가 단 한군데도 등장하지 않지만 사실상 고향은 어머니가 계신 곳, 즉 어머니 그 자체란 인식으로 다가온다. 「잠 아니오는 밤의 시」에서는 "다시는 돌아가볼 수 없을 것만 같은/북쪽 옛 마을의 육친들을 생각하여/잠 아니 오는 밤들이 있었던 것은/아득한 어저께의 일이다"란 대목에서 가족 이산과 결별을 기정사실화하는 과거형으로 짐짓 어법을 돌림으로써 그리움과 갈망을 한층 고조시키고 있다.

두번째 시집 『현대의 신화』에서 어머니를 다룬 시는 「공상의 날개」이다. 이 작품에서 우리는 어머니와 아들의 감격적인 상봉을 공상(fancy)의 세계 속에서 쓸쓸하게 그려내는 시인의 모습을 발견하고 가슴이 아린다.

> 어머니
> 그곳에 가만히 계셔주세요
> 당신의 말씀 듣고 싶어요
>
> 오랫동안 혼자 계시게 했군요
> 밤중 아들이 오는 꿈을 꾸며
> 몇번이나 소스라쳐 깨셨는가요
> 눈길이 차군요
> 꿈에도 잊지 못하던 그 길이
>
> 햇빛에 빛나던 하얀 벌판
> 눈이 어찔거려요
> 어머니 그곳에 가만히 계셔주세요
>
> ──「공상의 날개」 부분

이 대목만 따로 분리해 읽어도 가히 명편이라 할 만하다.

세번째 시집 『죽음 속의 영웅』에서도 어머니 테마는 명편을 이루고 있다. 「북에서 온 어머님 편지」와 「어머님전 상서」 등이 그러한 사례다. "꿈에 네가 왔더라/스물세살 때 홀쩍 떠난 네가/마흔 일곱살 나그네 되어/네가 왔더라"로 시작하는 「북에서 온 어머님 편지」는 꿈결에 이룬 모자상봉의 눈물겨운 감격을 다정하고 담담한 어머니의 화법으로 엮어낸다. 전체가 구어체 형식으로 전개되는 형식이 적절한 효과적 반향으로 아름답게 살아난다. 같은 시집에 실린 「어머님전 상서」는 앞의 시에 대한 아들의 화답 형식으로 작성된 듯하다.

　네번째 시집 『깨끗한 희망』의 「안부」라는 시는 비록 어머니란 직접적 호칭이 등장하진 않으나 그리움의 대상이 필시 어머니와 가족 형제 들임을 짐작하게 하는 강렬함이 느껴진다. 사찰에서 부처님께 불공을 드리는 어머님의 모습을 떠올리는 장면이 선연한 스크린 기법으로 묘사되는 시 「초상(肖像)」에서도 어머니와 아들의 상봉과 결합의 필연성이 강조되고 있다. 「모정」은 아들과 헤어진 북녘 땅의 어머니가 30여 년 동안 줄곧 38선 부근에 와서 서성거리다 쓸쓸하게 되돌아가는 모습을 통해 아들에 대한 어머니의 그리움을 그려낸다. 이러한 표현은 「청년화가전(靑年畫家傳)」이 환기하는 여운효과와도 일맥상통한다.

　다섯번째 시집 『하나의 세상』에서는 「우리 어머님들」의 시적 울림과 효과가 매우 크고 웅변적이다. 시적 화자는 어머님의 목소리를 시시각각 환청으로 듣는다.

　　문득
　　걸음을 멈추고 쳐다보면
　　애야 애야……
　　빈 허공 저 끝에서
　　어머님이 부르시는 소리
　　번개 치는 소리에 가려
　　들리지 않는다.

　　　　　　　　　　　　　　　　　　　―「우리 어머님들」 부분

시인은 또한 「3월의 꿈」에서 마치 영화의 장면이동처럼 바뀌어가는 전개과정을 통하여 눈 쌓인 산맥의 준봉들과 두만강 물소리를 떠올린다. 그리고 고향집 가까운 지역으로 다가가면서 문득 신작로를 혼자 걷고 있는 그리웁던 어머니의 모습을 발견한다.

여섯번째 시집 『오늘밤 기러기떼는』의 어머니는 깊은 죄의식으로 표현되고 있다. 시간이 갈수록 어머니를 만나지 못한다는 사실이 심한 자책감과 탄식, 그리고 뜨거운 통한으로 다가온다. 「형벌」과 「징소리」가 바로 그러하고, 「돌아가야 하리」도 필연적 귀환에 대한 강렬한 욕망을 환기하고 있다.

「기러기」는 북녘 땅에서 내려오는 철새들의 끼룩거리는 소리를 통해서 고향마을의 어머니와 일가친척을 떠올린다는 내용을 담고 있다. 그것은 마치 일본의 시인 이시까와 타꾸보꾸(石川啄木, 1886~1912)의, 그리운 고향 말소리를 들으려고 정거장의 인파 속으로 들어가 정겨운 사투리에 귀를 기울인다는 시 「연기-2」를 연상시키는 작품이기도 하다. 「기다림」은 어린시절 어머님께 시간을 묻던 버릇을 상기하며 지금도 항상 어머님께 시간을 묻는 버릇을 유지하며 살아간다는 내용을 담고 있다. 이러한 유소년 시절의 생활습관이 유지되는 한 어머니와 아들의 관계는 비극적인 분리 상태를 회복하여 본래의 하나로 통합되는 것이다.

일곱번째 시집 『생명의 노래』에서는 두고 온 어머니에 대한 그리움이 막혔던 봇물처럼 쏟아져나온다. 어머님의 손을 깎인 나뭇조각처럼 차다고 표현한 「어머님의 손」, 남북이산가족 상봉의 감격적 소식을 접하며 쓴 것으로 추정되는 「북행길」에서 시인은 자신의 고향집 귀환을 상상하며 설레는 마음을 피력한다. 몽매간에도 잊지 못하던 고향집에 돌아와 누님들과 감격적 상봉을 실현하는 장면을 상상으로 떠올리는 시 「만남」도 독자의 가슴을 아프게 한다. 두만강을 떠올리며 그리움을 담아내는 「연가」도 같은 느낌으로 다가온다. 남녘 땅 아들을 만나러 어머니가 함경도에서 서울까지 찾아오셨다는 시적 상상으로 도입부가 전개되는 「어머니 오시다」는 서사성을 담보한 형태로 읽힌다. 비록 누님을 다루고 있지만 어머니 테마와 순조롭게 부합되는 시 「찾지 말아요」와 「빈자리」의 경우도 앞의 시들과 함께 읽을 수 있는 작품이다.

　김규동 시인이 남녘의 시인들과 함께 백두산을 방문한 감격은 동행했던 다른 시인들과는 사뭇 달랐을 것이다. 「백두산에 올라」가 바로 그것일 터인즉, 천지의 물을 마실 때도 어머니는 어김없이 나타나 아들에게 삶의 지혜를 다정한 목소리로 일러준다. 「대신할게요 어머니」는 북녘 땅 어머니를 그리워하며 부르는 남녘 땅 아들의 애타는 사모곡이다. 어머니에 대한 그리움은 때로 시인 자신이 어머니가 되어서 어머니의 화법으로 아들에게 간절한 목소리를 들려주게도 한다. 「어머니」가 바로 그러한 사례이다.

　「나비들의 전설」에 등장하는 "두 마리 나비"는 곧 북녘 땅 어머니와 남녘 땅 아들의 모습에 다름아니다. 하늘 끝까지 닿는 깊은 한을 지니고 살거나, 똑같이 비천하게 살아가면 저절로 오래 살게 된다는 시 「장수비결」은 또다른 슬픈 여운으로 독자들에게 다가온다. 함경도 동향의 선배시인 김광섭(金珖燮, 1905~77)을 다룬 시에서도 "곰처럼 산처럼 막아서서/미동도 하지 않는 함경도 든든한 분"(「김광섭」)이란 대목에서 결국은 그 표현주체가 사실상 어머니와 동질적인 문맥으로 읽힌다.

　아홉번째 시집 『느릅나무에게』에서 어머니 테마 시작품은 표현의 절정을 이룬다. 「어머니는 다 용서하신다」에 나타나는 어머니는 이미 시인 한 사람의 어머니가 아니라 이 땅의 모든 어머니로 그 의미가 확장되고 있다. 「아침의 편지」에는 어머니란 시어가 전혀 나타나 있지 않지만 고향집과 마을, 그리고 주변의 정겨운 정서가 고스란히 재현되어 있다. 불과 4연 8행의 이 작품은 김규동의 전체 시작품 가운데서 가장 높은 시적 성취를 보인 절창의 하나로 평가될 것이다.

> 함경북도
> 우리 고향 아득한 마을
>
> 행준네 넓은 콩밭머리에
> 이 아침 장끼가 내렸는가 보아라
>
> 칙칙거리기만 하고
> 아직 못 가는 이 기차
>
> 해는 노루골 너머에서
> 몇자쯤 떴는가 보아다오.
>
> ──「아침의 편지」 전문

　그 어떤 절박한 감정의 속박도 느껴지지 아니하는 정갈하고 맑은 시적 정서가 완벽한 짜임새를 통하여 한층 빛나고 있다. 한반도 전역의 토속적인 정취와 아름다움, 분단의 아픔, 고향 회복에 대한 기대와 희망에 대한 염원 따위가 적재적소에 배치되어 참으로 경이로운 시적 하모니를 형성한다.

남도의 음식을 먹으면서도 그 음식맛의 고유성을 어머니에게 전해드리려는「어머니에게」, 어머님의 마지막 목소리를 환청으로 듣는 듯한「어떤 유언」, 무서운 자책감에 시달리며 어머니에게 아들을 매질해달라며 간청하는「죽여주옵소서」, 자식이 집을 떠날 때 항상 "인제 가면 언제 오나"라시던 어머니의 모습을 떠올리는「인제 가면 언제 오나」, 아들을 보는 날까지 기다리며 살아왔다는 어머니가 세상을 떠나서 38선 없애고 빨리 오라는 기별을 저승에서 보내온 내용을 담고 있는「저승에서 온 어머님 편지」 등을 읽으며 독자들은 김규동 시인이 평생토록 '어머니'란 시적 화두를 떠올리며 살아온 그 장엄한 내력과 곡절에 대하여 어느정도 깊은 속을 헤아려보게 되었을 것이다. 진정 시인이란 이렇듯 처연한 슬픔 하나쯤 가슴속에 끼고 살아야 하는 운명을 타고난 것인가.

5. 에필로그

김규동 시인이 발간한 전체 시집을 통찰하는 과정에서 확실히 알 수 있는 것은 시인의 작품세계가 줄곧 '회복'의 시정신으로 일관해왔다는 사실이다. 김규동 시인이 추구해온 회복의 대상은 바로 그리운 어머니와 잃어버린 고향이다. 뿐만 아니라 그 회복의 정신은 분단체제하에서 항시 서로 대립 갈등해온 남북한의 통일과 민족동질성의 회복으로도 확장된다. 나아가서는 민주주의의 발전과 정착, 진정한 낙토(樂土)의 건설, 또한 격동기에 심각한 유린과 상처를 입은 모든 한국인의 자존심까지 회복되기를 갈망한다. 이러한 회복의 시정신으로 충만한 김규동 시인의 시세계에서 고향은 우리가 항상 되찾아야 할 곳, 반드시 돌아가야 할 곳으로 떠올려진다. 그 고향은 아무리 세월이 흘러가도 살던 집과 가족 친지 들의 얼굴, 함경도 고향 주변지역의 풍광들이 시인의 기억 속에서 생생한 곳이다. 그리하여 시인의 분단서사는 언제나 회복의 시정신으로 넘실거린다.

이와 더불어 김규동 시인은 몽매간에도 스승 김기림 시인의 영향을 잊지 못한다. 오죽하면 숲의 새소리조차도 "기림 기림"(「하늘 꼭대기에 닿는 것은 깃대뿐이냐」)이란 환청으로 들리기까지 한다. 제목마저 스승의 이름으로 된 시 「김기림」에서 제자는 해방 직후 함경도에서 스승과 함께 겪었던 쓸쓸한 추억을 떠올린다. 김기림 시인에 대한 특별한 사랑과 존경심, 흠모의 마음을 담고 있는 「플라워다방」 또한 우리의 흥미를 끈다.

이 작품은 1948년 여름, 청년시인 김규동이 북에서 내려와 서울에 아무런 의지가지없는 처지로 방황하고 다니던 시절의 편모를 술회하고 있다. 남한 문학인들의 정황이 궁금하여 들렀던 플라워다방에서 김규동은 김동리(金東里, 1913~95), 조연현(趙演鉉, 1920~81), 곽종원(郭鍾元, 1915~2001), 조지훈(趙芝薰, 1920~68), 서정태(徐廷太, 1923~), 이한직(李漢稷, 1921~76), 이정호(李正鎬, 1927~), 김광주 등과 첫 만남을 가진다. 월남한 청년시인에게 남한 시인들이 보여준 여러 모습과 느낌 들은 못내 불안스럽고 편하지 않다.

이들 가운데 상당수는 해방 직후에 창간된 『문예(文藝)』지를 통해서 활동하며 한창 문단권력을 장악하고 있던 이른바 청문협(靑文協)의 중심세력들로서, 그 기세등등함과 우쭐거리는 모습이 마치 현장을 그대로 보는 듯 실감이 느껴진다. 월북작가 이태준(李泰俊, 1904~?)의 안부를 묻는 작가 김동리, 깡마른 "내과의사 같은 인상"으로 북한예술인의 근황에 대해 물어보는 비평가 조연현은 김기림의 제자였다는 청년시인 김규동을 일거에 무시하며 교만한 태도를 보인다. 심지어는 다방 탁자 위에 두 다리를 포개어 올려놓은 채 방자한 자세로 무언가를 떠들어댄다. 비평가 곽종원은 서울역 부근에서 좌익청년들을 낱낱이 체포했다는 문학인답지 않은 무용담까지 늘어놓는다.

한쪽에서는 굵고 검은 안경테의 조지훈이 창백한 얼굴의 시인 이한직과 담소를 나누고 있다. 양복 윗저고리에 장미꽃을 꽂고 있는 전형적인 문예파 서정태의 모습도 보인다. 그런 분위기 속에서도 김광주는 "베토벤같이 헝클어진 머리"를 하고 다방 구석에서 원고를 쓰고 있다. 이들과 두루 인사를 나눈 뒤 김규동은 그 많은 커피값을 계산하지 못하고 보들레르의 양장본 시집 『악의 꽃』을 맡긴 채 허전하고도 씁쓸한 심정으로 다방을 나온다. 점점 저물어가는 서울의 밤거리를 터벅터벅 거닐며 "나는 이제 여기서 살아야만 한다"라고 시인은 혼잣말로 중얼거린다.

이후 스승 김기림 시인을 만나 불안하기만 했던 '남조선' 첫 체험담을 전하니 이에 대한 스승의 답변이 걸작이다. 스승은 제자에게 "김군, 친구를 아무나 사귀면 안돼요/차차 내가 좋은 친구를 소개할 테니/너무 서둘지 마시오"라고 말한다. 하지만 스승은 전쟁의 격동 속에서 북으로 끌려가고 제자는 혼자 서울에 남았다. 그로부터 무려 60여년 세월이 구름처럼 흘러갔다.

시인이 서울에서 우정을 나누었던 문단 친구 및 지인 들에 대한 시적 술회도 우리의 눈길을 끈다. 그 친구들이란 다름아닌 박인환(朴寅煥, 1926~56), 오장환(吳章煥, 1918~48), 김수영(金洙暎, 1921~68), 박봉우(朴鳳宇, 1934~90), 천상병(千祥炳, 1930~93) 등이다. 특히 박인환에 대한 추억은 각별하다.[6] 「친구의 이름들」과 「잡설」「탁자」 등은 온통 박인환에 대한 추억담으로 가득하다.

> 어리석은 사나이
> 르네 클레어의 어두운 영화에 나오는 사람처럼
> 큰 키를 하고
> 백주(白晝), 초조히 쏘다니던 얼굴!
>
> ──「친구의 이름들」 부분

「잡설」에서 김규동 시인은 다정했던 친구 박인환에 대한 사무치는 그리움을 토로한다. 박인환이 요절하지 않고 지금까지 살아 있었다면 필시 훌륭한 민중시인, 혹은 "분단시대를 떠메는/참다운 모더니스트"가 되었을 것이라고 말한다.

또 한편으로는 함북 회령(會寧) 출신 명사들, 이를테면 민족지사 김약연(金躍淵, 1868~1942), 영화인 나운규(羅雲奎, 1902~37), 윤봉춘(尹逢春, 1902~75) 등에 대한 애착과 존경심을 담아내기도 한다.

김규동 시인은 일찍 떠나간 벗들이 다 살지 못했던 시간까지

---

6) 김규동은 그 시절을 회고하는 어느 글에서 '1951년 우리가 부산에서 '후반기' 동인회를 만들어 모더니즘의 한 거점을 모색할 때, 이 운동에 가장 폭넓은 의견을 첨부하며 실제로 분주한 활동을 통해 작품을 보여준 것은 바로 그였다'고 말했다.(김규동 「박인환론」, 『심상』, 1978년 1월호, 36~37면)

온갖 파란과 고통의 세월 속에서 볼 것 못 볼 것 온통 다 겪으며 살아왔다. 하지만 오직 하나, 사람으로서 마땅히 가야 할 길을 엄정하게 찾아서 걸어온 시인으로서의 발자취는 분명 개결하고도 강직하였다. 그 노시인에게 유유히 흐르는 강물은 "너는 아직 너 태어난 집에 돌아 못 가고/여기 남아 있었구나"(「강물이 가고 있소」)라고 속삭인다. 그러한 강물의 속삭임을 안으로 새겨들으며 노시인은 지그시 눈을 감고 다시 이렇게 한편의 시를 읊조린다.

가고 있을까
나의 작은 배
두만강에

반백년
비바람에
너 홀로

백두산 줄기
그 강가에
한줌 흙이 된 작은 배.
　　　　　　　　　　——「두만강에 두고 온 작은 배」전문

李東洵 | 시인·문학평론가

1925년　2월 13일(음력 1월 21일) 함북 종성에서 의사인 부 김하윤(金河潤)과 모 김옥길(金玉吉) 사이의 장남으로 출생. 위로 누나 둘과 아래로 남동생이 있음(지금까지 오랫동안 출생지를 경성으로 기재해왔던 것은 헤어진 가족의 안위를 위해 신원이 노출되는 것을 걱정했기 때문. 민족분단은 이같은 조그만 삶의 진실까지도 무참히 왜곡게 함).

1932년 8세　3월 향리 보통학교에 들어갔으나 공부를 못해 1학년을 두 번, 6학년을 두 번 다니다보니 8년 만인 1940년 봄에 졸업. 학교가 싫고 선생님이 무서웠음. 톱질, 망치질, 대패질, 장작패기, 자전거 수리, 나무 가지치기 등을 닥치는 대로 잘하는 것을 보고 부친이 걱정스러운 얼굴로 "너는 이다음에 목수가 되겠다. 돼도 큰 목수가 될 게다"라고 말함.

1940년 16세　3월 경성고보에 입학. 재학중 수학 및 영어 교사인 김기림(金起林)에게 사사. 이때의 동기 중에 영화감독 신상옥(申相玉), 정치인 김철(金哲), 시인 이활(李活), 이용악의 아우 이용해(李庸海) 등이 있음.

1941년 17세　10월 1일 부친 뇌일혈로 별세(향년 51세).

1943년 19세　2월 간도 용정의 독립지사 김약연(金躍淵) 선생을 방문하고 문중에서 보내는 성금을 전함. 약연 선생이 명동학교 시절에 부친이 쓴 서예작품을 보여주며 "이것이 너의 아버지 솜씨다"라고 칭찬했음(선생은 명동학교 설립자이며 부친은 문익환 목사의 부친 문재린 목사와 명동학교 동창생임).

1944년 ^{20세} 경성고보 졸업. 2월 서울 경성제대 예과(을)에 응시했으나 불합격. 진눈깨비 속에 길게 써 붙인 합격자 발표를 보고 고향으로 내려가는 기차간에서 울면서 처음으로 담배를 피움. 집으로 돌아와 의사인 매형에게 해부학, 생리학, 내과학, 외과학, 임상학, 산과학, 약물학 등의 의학서를 빌려 의사검정시험(한지의사) 준비를 함. 5월에 친척인 연변의대 학장 김광찬(金光讚)의 배려로 이 학교 2학년에 청강생으로 다니게 됨.

1945년 ^{21세} 의학서적과의 싸움이 계속됨. 회령 삼성(三聖)병원에서 임상학과 진찰법을 배움. 8·15 해방 후 '청진문학동맹'에 소속된 소설가 현경준(玄卿俊)의 지도를 받아 농민연극운동을 벌이고 가을에 해방의 감격을 담은 소인극 「춘향전」의 연출을 맡아 종성에서 공연함. '민청동맹' 활동. 두만강 일대에서 독보회 및 시국강연회, 마르크스 레닌주의 강좌 등을 펼침.

1947년 ^{23세} 1월 의학 공부(연변의대 수학)를 청산하고 평양으로 가 김일성종합대학(김대) 조선어문학과 2학년에 편입. 11월 '문학동맹' 가입심사(심사위원장 박세영)를 받았으나 김기림의 제자라는 것이 문제가 되어 실패. 11월 『대학신문』 창간호에 「아침의 그라운드」라는 시를 발표.

1948년 ^{24세} 2월 김대 교복을 입은 채 단신으로 38선을 넘어 남으로 나옴. 김대 의학부 3학년의 아우 김규천(金奎天)이 서울 가면 고생한다며 적지 않은 노자돈을 보태줌. 철원과 포천 사이 38선에 앉아 '자, 이제부터 난 남쪽에 가 산다'라고 생각하니 어머니 얼굴이 떠오르며 앞이 캄캄해졌음. 3월 김기림 선생 주선으로 상공중학(중대부고) 교사로 부임. 이 무렵 김기림, 김광균, 장만영 등 선배 시인과 더불어 모더니즘에 대한 관심을 높여감. 『예술조선』에 시 「강」을 발표. 명동 '모나리자 다방'에서 이봉구, 박인환, 양병식, 이한직, 김광주, 김수영 등의 문인들을 알게 됨. 소공동 '플라워 다방'에서 문예파 순수문인들을 만남. 김동리, 조연현, 조지훈, 곽종원, 이설주, 이정호, 서정태 등과 수인사 나눔.

1949년 25세 4월, 영화사를 하는 신상옥에게 '귀재 나운규'라는 단편영화 스토리(서사시 형식) 1백 매를 써주고 원고료를 받아 충무로 4가 책방의 외상 책값을 다 갚음. 여름에 김기림 선생이 학교로 찾아와 같이 한강 둑길을 걸으며 시에 관한 이야기를 들음. 선생이 "아무나 친구로 사귀지 마시오"라고 충고.

1950년 26세 6·25 터짐. 세상은 아비규환. 인민군이 서울에 들어오고 김기림 선생이 납북됨. 평양에서 가깝게 지낸 인민위원회 보건국장 유채룡(평양의과전문대학교 출신)이 서울대병원 총책임자로 왔다는 소식을 듣고 찾아감. 군복을 입고 강당에서 연설하던 유가 반갑게 맞아주며 "남조선 나오려면 간다고 말이나 하지 왜 몰래 나와, 남조선 간다고 하면 내가 당신을 잡아넣을 줄 알고 그랬소?"라고 함. 평양의 동생 안부를 묻고는 그가 점심 먹고 가라는 것을 뿌리치고 통이 큰 공산주의자의 우정에 눈시울을 적시며 한강을 건넘. 3개월의 지하생활에 들어감.

1951년 27세 1·4 후퇴. 중공군이 들어온다 해서 모두들 피난길을 다시 떠남. 교사직 사퇴. 인천으로 내려가 시인 이인석(李仁石)의 도움으로 전차상륙함(LST)을 타고 부산으로 감. 부산에서 박인환, 조향, 김경린, 김차영, 이봉래 등과 함께 '후반기' 모더니즘 동인 운동을 시작함. 10월에 『연합신문』 문화부장으로 취임. 정국은(鄭國殷) 편집국장이 첫 대면에서 '이흡(李洽)이란 시인을 아느냐, 나와 휘문학교 동창인데 그 사람 시는 어떠냐'고 물음. 별로 신통치 않다고 하니 "그러면 당신은 이흡보다는 잘 쓰는 모양이군, 우리 같이 일해봅시다. 문화부를 맡아주시오"라고 하명함. 거처할 데가 없어 영도 예춘호(芮春浩, 뒤에 국회의원이 됨)의 문간방 신세를 짐.

1952년 28세 5월 18일 강춘영(姜春英)과 혼인. 연합신문 지상에 많은 문인, 화가, 영화인, 음악인의 글을 소개함. 「문총해체론」이란 조향의 평론을 게재했다가 말썽을 빚기도 함.

1953년 29세 늦여름 정부 환도에 따라 서울로 올라옴. 가을에 편집국장 정국은이 간첩죄로 몰려 특무대에 피체. 발행인 양우정 구속. 대통령 후계를 둘러싼 정치싸움에서 민족청년당 계열 이범석과 양우정이 몰락하면서 김성곤이 연합신문 발행인이 되고 편집국 사원 태반이 사직함. 신문사를 그만두고 명동에 나가 소일함. 12월 '후반기' 동인회 해체.

1954년 30세 봄에 정국은 국장이 수색에서 총살형에 처해짐. 이 충격에서 벗어나지 못해 고민함. 시를 많이 씀. 6월에 연합신문 동료들과 『한국일보』 창간에 합류함. 문화부장으로 취임, 눈코 뜰 새 없이 바쁜 기자 생활을 다시 시작했고 신문은 창간되기 무섭게 보급망을 넓혀 큰 신문들의 뒤를 쫓게 됨. "기사는 발로 써라, 신문기사는 시다, 성공하면 나눌 것이다, 성공은 부채요 실패는 자산이다, 정상이 보인다!" 등 장기영 사장의 명구가 기억남. 10월 12일 큰아들 윤(潤) 출생.

1955년 ^{31세} 10월 20일 시집『나비와 광장』(산호장) 출간. 11월 13일 명동 '동방문화살롱'에서 '시집『나비와 광장』비평의 밤' 개최.

1956년 ^{32세} 1월 17일 둘째아들 현(炫) 출생. 여름에 과로로 움직일 수 없 게 되어 15일간의 휴가를 맡아 숨을 돌림. 오종식 주필이 여 러모로 돌봐줌. 6월 25일『나비와 광장』(위성문화사)을 신조 판으로 2천부 발행.

1957년 ^{33세} 11월에 한국일보 사직. 사표를 갖고 사장실에 가니 장기영 사장이 "한국일보가 월급이 많아지면 다시 와주겠소?"하 기에 그러겠다고 대답함. 12월부터 도서출판 삼중당 편집 주간으로 근무.

1958년 ^{34세} 옮긴 회사가 날로 발전. 사원도 많아지고 보수가 넉넉하여 생활의 안정을 얻을 수 있어 글을 많이 쓰게 됨. 전봉건(全鳳 健)을 편집장으로 초빙함. 월간 대중지『아리랑』『화제』『소 설계』등이 인기리에 발간됨. 단행본(교양서적)을 매달 2권 이상 만듦. 12월 20일 시집『현대의 신화』(덕연문화사) 출간.

1959년 ^{35세} 7월 30일 시론집『새로운 시론』(산호장) 출간.

1960년 ^{36세} 1월 15일 3남 준(峻) 출생. 7월 30일 삼중당 사직. 8월 15일 한일출판사 창업. 편집주간 임진수(시인), 편집장 박상집, 영 업 김용준(삼중당 출신). 대중잡지와 단행본(번역서)을 냄.

1961년 ^{37세} 월간 대중지『사랑』의 판매성적이 우수하고 단행본은 부진 함. 편집부를 확장함.

1962년 ^{38세} 4월 20일 수필집『지폐와 피아노』(한일출판사) 출간. 5월 임진 수 후임에 주간 박홍근(아동문학가). 12월 25일 평론집『지성 과 고독의 문학』(한일출판사) 출간.

1963년 ^{39세} 12월 15일 월간대중지『사랑』을 자유문학사에 양도함.

1964년 40세 1월 15일 월간 『영화잡지』 창간. 편집주간 김종원(시인), 편집 남승만(시인), 취재 이동희(소설가).

1965년 41세 『영화잡지』 매달 매진. 단행본도 호조.

1966년 42세 사원 중심 체제로 경영을 일임한 후 출판사 일에서 벗어남. 독서와 번역일을 함.

1967년 43세 『동일성과 차이성』, 『세계상의 시대』를 비롯한 하이데거 전집을 읽음.

1968년 44세 하이데거 전집(14권) 독파. 야스퍼스 및 릴케, 카뮈를 다시 읽음. 공부 삼아 야스퍼스의 『공자와 노자』를 번역.

1969년 45세 글을 조금씩 쓰게 됨. 출판사 경영은 생각하는 생활에서 멀어지게 만들었고 그것은 고통이었음.

1970년 46세 신문, 잡지에 시를 몇편 발표함.

1971년 47세 사르트르 재독(再讀), 『자유의 길』은 그가 쓴 다른 평론에 비해 구성과 긴장감이 떨어진다고 느낌.

1972년 48세 3월 1일 『현대시의 연구』(한일출판사) 출간. 10년 가까이 작품을 제대로 쓰지 못하다가 이해부터 다시 활동을 시작.

1973년 49세 군사정권이 점점 험악해가던 시기, 시국에 대해 관심을 가짐.

1974년 50세 11월 27일 민주회복국민회의의 '민주회복국민선언대회'에 이헌구, 김정한, 고은, 김병걸, 백낙청, 김윤수 등의 문인과 함께 참가.

1975년 51세 3월 15일 자유실천문인협의회 '165인 문인선언'에 서명, 참가. 이후 자유실천문인협의회 고문에 추대됨. 5월 15일 한일출판사가 펴낸 김철의 『오늘의 민족노선』이 북을 고무 찬양했다 하여 남산 중앙정보부에 연행, 1주일간 심문을 받고 책 2천부를 압수당함. 8월 5일 『현대시의 연구』 재판 간행.

1976년 ^{52세} 앤솔로지 『실험실』 간행(3호까지 발행). 3월에 한일출판사를
시인 최정인과 처남 강덕주에게 넘겨줌. 이후 출판사업에
서 손을 뗌.

1977년 ^{53세} 8월 10일 시집 『죽음 속의 영웅』(근역서재) 출간. 근역서재에
김광균 『시전집』을 엮어주고 발문을 씀.

1978년 ^{54세} 3월부터 야스퍼스 『실천철학』을 번역, 8월에 중단하고 헤겔
의 『역사철학』 『대논리학』을 정독함. 몇편의 시를 씀.

1979년 ^{55세} 6월 카터 미국대통령 방한 반대 데모를 벌이고 문동환, 고
은, 김병걸, 박태순, 안재웅, 이석표 등과 함께 10일 구류 처
분을 받음. 8월 24일 내외 기자회견에서 자유실천문인협의
회를 대표하여 박태순이 작성한 '문학인 선언' 낭독. 10월
15일 평론집 『어두운 시대의 마지막 언어』(백미사) 출간.

1980년 ^{56세} 5월 15일 '지식인 134인 시국선언' 서명, 참가.

1981년 ^{57세} 봄부터 이백에서 두보, 소동파, 가도에 이르기까지의 당시
(唐詩) 번역을 시도함.

1982년 ^{58세} 당시 번역을 중단하고 시와 산문을 여러 편 씀.

1983년 ^{59세} 8월부터 월간 『마당』에 에세이 연재.

1984년 ^{60세} 5월 20일부터 27일까지 로스앤젤레스 여행. 10월 16일 '민
주통일국민회의' 창립대회에서 중앙위원으로 피선됨. 12월
19일 자유실천문인협의회 확대개편 대회에서 다시 고문으
로 추대됨.

1985년 ^{61세} 3월 10일 시선집 『깨끗한 희망』(창작과비평사) 간행. 3월 30일
흥사단 강당에서 회갑기념 시선집인 『깨끗한 희망』 출판기
념회.

1986년 ^{62세} 도스토예프스키 재독. 『백치』 『악령』 『미성년』을 읽고 『카

라마조프의 형제』를 분석하여 인간 심리도표를 그려봄. 이
상(李箱)의 산문과 소설을 정독하고, 박태원이 북에서 쓴
『갑오농민전쟁』(전8권)을 완독.

1987년 63세 1월 28일 산문집『어머님전 상서』(한길사) 출간. 11월 10일 시
선집『하나의 세상』(자유문학사) 간행.

1988년 64세 3월부터 시 전각(詩刻) 작업 시작. 기법이 미숙하나 만들어
가는 과정에 흥미를 가짐. 가을까지 8점 제작.

1989년 65세 5월 31일 시집『오늘밤 기러기떼는』(동광출판사) 출간. '민족
문학작가회의' 고문. '한국민족예술인총연합' 고문.

1990년 66세 과도한 망치질과 칼 작업으로 오른팔 인대가 늘어나 병원
치료를 받음. 시각 작업 일시 중단.

1991년 67세 9월 15일 수필집『어머니 지금 몇 시인가요』(도서출판 나루)
출간. 10월 5일 시집『생명의 노래』(한길사) 출간. 10월 30일
시선집『길은 멀어도』(미래사) 출간.

1992년 68세 시각 작업 다시 시작. 도연명, 두보, 이백, 가도, 장계, 백거
이 작품들을 완성하고 추사 글씨를 새겨봄. 추사체에서는
작업에 어려움을 느낌.

1993년 69세 시각 작업을 계속함.

1994년 70세 5월 28일 산문집『시인의 빈손―어느 모더니스트의 변신』
(소담출판사) 출간.

1995년 71세 시각 작업을 하는 틈틈이 청탁받은 원고를 씀. 원고료를 위
해 여러 군데 글을 쓰면서 시간이 아까움을 절감함.

1996년 72세 봄에 초정 김상옥을 방문하여 전각 대가의 체험담을 듣고
글씨 선물을 받음. 시각 작업을 계속하여 1년 동안 10점을
완성함. 10월 19일 정부로부터 은관문화훈장을 받음.

1997년 73세 도색에 대한 견학과 연구. 한 해 동안 19점 완성.

1998년 74세 시를 10편가량 씀. 시각 12점 완성.

1999년 75세 시를 15편 이상 씀. 시각 20점 완성.

2000년 76세 독서와 시 쓰기에 재미를 느끼는 한편 밤을 새우다시피 하여 시각에 박차.

2001년 77세 1월 30일부터 2월 4일까지 조선일보사 미술관에서 '통일염원시각전' 개최. 출품작품 총 119점.

2002년 78세 시를 조금씩 쓰며 휴식. 11월 22일 폐기종으로 서울아산병원에 입원하여 12월 14일 퇴원.

2003년 79세 1월부터 시각을 다시 시작. 청평에서 목재를 더 구해왔으나 건조되기 전에는 작업을 할 수 없는 점에 고심. 자작시를 새기면서, 전각을 하면 시가 짧아진다는 사실에 신기해함. 8월 18일 폐기종이 악화되어 폐렴이 됨. 서울아산병원에 입원, 8월 26일 퇴원 후 집에서 정양.

2004년 80세 2월 13일 폐기종 및 기관지염으로 다시 서울아산병원에 입원, 2월 25일 퇴원. 8월 20일 재차 입원 후 9월 3일 퇴원. 기력이 떨어져 걷기 힘들게 됨.

2005년 81세 4월 20일 시집 『느릅나무에게』(창비) 출간. 11월 20일 갑작스러운 가슴통증으로 서울삼성병원 응급실행, 심장 수술 뒤 26일까지 중환자실에 있다가 일반병실로 옮김. 11월 29일 퇴원 후 심한 기침과 고열로 12월 18일 서울아산병원에 다시 입원. 폐기종 및 폐렴 치료받음. 12월 27일 퇴원.

2006년 82세 가벼운 독서. 몇편의 시를 씀. 11월 29일 만해문학상 수상.

2007년 83세 그간 잡지, 신문에 게재된 글들을 정리해보았으나 너무 많아 어떻게 분류해야 할지 궁리가 되지 않아 마치지 못함.

2008년 ^{84세} 9월 24일 호흡곤란으로 서울삼성병원에 입원, 10월 3일 퇴원. 폐렴으로 10월 28일 재차 입원, 10월 31일 퇴원.

2009년 ^{85세} 기력이 떨어져 시각 작업 중단. 아파트 단지 내 산보도 숨이 차 어려워짐. 휴식을 취하며 시를 10여 편 쓰고 약간의 산문을 씀.

2010년 ^{86세} 서예작품을 조금 만들어 친지에게 나눠줌.

2011년 ^{87세} 2월 60여년간 써온 시를 모은 『김규동 시전집』(창비) 출간.

작품 찾아보기

ㅈ

김규동 시전집

초판 1쇄 발행 / 2011년 2월 18일
초판 2쇄 발행 / 2014년 4월 3일

지은이 / 김규동
펴낸이 / 강일우
책임편집 / 전성이 박문수
펴낸곳 / (주)창비
등록 / 1986년 8월 5일 제85호
주소 / 413-120 경기도 파주시 회동길 184
전화 / 031-955-3333
팩시밀리 / 영업 031-955-3399 편집 031-955-3400
홈페이지 / www.changbi.com
전자우편 / lit@changbi.com